LE GARÇON DE L'OMBRE

Du même auteur :

Les Aventures fantastiques d'Hercule Barfuss, Lattès, 2011.
L'Homme-sirène, Lattès, 2015.

www.jclattes.fr

Carl-Johan Vallgren

LE GARÇON DE L'OMBRE

Roman

Traduit du suédois par Esther Semage

JC Lattès

Titre de l'édition originale
SKUGGPOJKEN
publiée par Albert Bonniers Förlag

Couverture et illustration : Raphaëlle Faguer

ISBN : 978-2-7096-4653-6

Première édition : avril 2016

Stockholm, 1970

En ce début du mois de juin, il arriva par le bus 49 en provenance du quartier de Stadshagen. Le 7 juin, pour être précis. Il n'oublierait jamais cette date.

Son fils cadet dormait dans sa poussette. L'aîné marchait à côté, tenant la capote de sa petite main marron. Il avait mangé tant de bonbons au goûter d'anniversaire d'un camarade qu'il avait les doigts tout collants. Quelques minutes auparavant, il s'était plaint de mal de ventre et d'envie de vomir, mais depuis qu'ils étaient sortis au grand air, il semblait aller mieux.

Ils étaient descendus à la Nordenflychtsväg. En attendant de pouvoir traverser, une fois que le bus aurait laissé la voie libre, le père étudia les gros titres des journaux scotchés à la vitrine du supermarché. En première page d'*Aftonbladet*, une photo de la Coupe du monde de football au Mexique : mines sombres des joueurs suédois après leur défaite contre l'Italie dans un match de groupe. Le footballeur Ove Grahn appelait de ses vœux une revanche contre Israël. L'*Expressen*, éternel concurrent d'*Aftonbladet*, avait pour sa part mis à la une la visite officielle du Premier ministre Olof Palme aux États-Unis.

— Papa…, dit le garçon. J'ai chaud. Je peux enlever mon blouson ?

— Bien sûr. Range-le sous la poussette.

Bien que tardif, l'été était enfin arrivé. Le père avait eu une journée chargée, cavalant entre les rendez-vous. Il était d'abord allé à Lindingö jeter un coup d'œil au terrain que Gustav leur avait acheté. La construction de leur villa devait débuter à la rentrée. Ensuite, il s'était rendu à Stadshagen où Kristoffer était invité à ce fameux goûter d'anniversaire, puis à Fridhemsplan avec son fils cadet pour manger quelque chose pendant que Joanna rendait visite à une amie.

Une fois Joel endormi dans sa poussette, il en avait profité pour prendre un pot. Trois pintes de bière, pour être exact. Il avait oublié l'heure et couru prendre le bus pour aller chercher Kristoffer à son goûter.

Au passage clouté, ils traversèrent la rue. Dans le parc du château de Kristineberg, un alcoolo pissait, indolent, exhibant sa bite qui arrosait les plantes. Je ne suis jamais tombé aussi bas, songea le père. Il savait se tenir, il s'arrêtait toujours avant que l'ivresse ne devienne visible.

— Je peux avoir une glace, papa ? Il fait chaud.

La voix du garçon lui réchauffait le cœur, même quand il le tannait pour obtenir quelque chose.

— Les bonbons ne t'ont pas suffi ? On vous a servi de la glace au goûter, non ? En tout cas, c'est ce que m'a dit la maman de Peter.

— Mais j'en veux encore. S'il te plaît, papa… J'ai l'impression de bouillir.

— Dis donc, tout à l'heure, tu te plaignais d'avoir mal au ventre. Tu avais envie de vomir. Et maintenant, tu veux de la glace ? Il va falloir se décider.

— Mais je vais mieux ! Je n'ai presque plus mal au ventre.

Le garçonnet qui marchait à son côté en râlant était son trésor. Venu au monde sept ans plus tôt, le petit bout refusait désormais de tenir la main de son papa. Il se trouvait trop grand pour ça. Le père adorait sa voix claire et chaleureuse. Il admirait son sens de l'humour en plein développement. La couleur de sa peau. L'enfant était noir, le sang avait sauté une génération et coulait dorénavant dans les veines d'un petit Suédois.

Il avait beaucoup de mal à lui résister, certes, mais pas question de le laisser manger encore des sucreries.

— Désolé, ça suffit.

— S'il te plaît…

Une Volvo Amazon déboula à toute vitesse dans la Hjalmar Söderbergs väg. Le père tira son fils à lui. Le véhicule passa à cinquante centimètres d'eux. Encore un cinglé du volant… Le gamin aurait pu descendre en courant dans la rue juste à ce moment-là, contrarié de ne pas obtenir ce qu'il voulait.

Le père empoigna le bras du garçon et respira fort pour se calmer. Le pont de Traneberg se dressait contre le ciel. À droite, un train entrait dans la station de métro comme une gigantesque larve roulante. Inutile de se précipiter. Ils prendraient le suivant. Joanna était sûrement en train de préparer le dîner. Ils allaient passer un bon moment tous les quatre, un samedi soir en famille. Quand les enfants seraient couchés, Joanna et lui déboucheraient une bouteille de vin. Ils examineraient les plans de leur future maison – payée par son père, qui espérait ainsi acheter son amour.

La Volvo, qui se dirigeait vers le quartier de Stadshagen, disparut en contrebas. Ils traversèrent la Hjalmar Söderbergs väg. Le petit s'était redressé dans sa poussette. Joel. Tout le contraire de son frère. La peau blanche comme neige. Aucune trace de métissage. Le père l'aimait autant que Kristoffer, bien sûr, mais les sentiments qu'il lui inspirait étaient un peu différents, un peu moins intenses, un peu moins douloureux. Comme si Joel n'avait pas encore laissé en lui d'empreinte suffisamment profonde.

Les portes coulissantes de la station s'ouvrirent. Le père s'approcha des panneaux sur lesquels étaient affichés les horaires du métro. Ligne verte… Un train toutes les cinq minutes.

Soudain, le petit se mit à pleurer – un mauvais rêve ? Le père regarda l'horloge : 17 h 30. Quoi ? Il se serait trompé d'une heure entière ! Comment était-ce… Sa montre indiquait pourtant 16 h 30… Mais la trotteuse n'avançait pas. Cette saloperie s'était arrêtée.

Une femme d'une cinquantaine d'années sortit du bureau de presse, un journal sous le bras.

— Excusez-moi…, dit le père. Pourriez-vous me donner l'heure ? Il est déjà 17 h 30 ?

— Oui, c'est ça. 17 h 30. Même passées de quelques minutes.

Elle lui adressa un sourire aimable. Son fichu, sa robe en coton colorée et ses bottes en caoutchouc lui donnaient un petit air de fermière. Elle lui rappelait les séjours à la campagne de son enfance.

— Merci.

— Pas de quoi. Bon week-end !

Il était en retard d'une heure. Cela signifiait qu'à la maison le dîner était prêt et que Joanna patientait, se demandant où ils pouvaient être. La poussette percuta un des piliers en métal qui encadraient les portillons. Le petit pleura de plus belle.

— Du calme, les enfants ! On est un peu en retard. Maman nous attend pour dîner. Il faut se dépêcher.

Il tendit son ticket au poinçonneur derrière le guichet et franchit le large portillon prévu pour les poussettes. Le petit hurlait toujours. Bientôt, il serait secoué par des sanglots hystériques que seule sa mère savait consoler.

— Allez, chuuut… Ne pleure pas. S'il te plaît !

Quelle mauvaise idée de commander ces bières… En tout cas, les deux dernières. Sans être vraiment soûl, il faisait des erreurs de jugement et se retrouvait à contretemps. Il perdait le sens de l'heure, ratait ses rendez-vous, fonçait dans des poteaux et évitait de justesse des chauffards dans la rue.

Au-dessus de sa tête, il entendit le martèlement sourd d'un train qui entrait en gare. Les gens affluaient dans la station. Il sentait la pression de la foule dans son dos. Le petit, de plus en plus colérique, essaya de se libérer de ses sangles et de descendre du siège. Son père, tenant Kristoffer d'une main, dut le retenir de l'autre tout en appuyant le ventre sur la poussette pour la faire avancer.

L'escalier ou l'ascenseur ?

L'escalier serait sans doute plus rapide, mais la rampe semblait raide. Joel était dans un tel état d'exaspération qu'il valait mieux prendre l'ascenseur. Il appuya sur le bouton d'appel.

— Papa, je peux monter par l'escalier ?

Kristoffer lui décocha son irrésistible regard caribéen, celui dans lequel son père reconnaissait les yeux de sa propre mère, même s'il s'en souvenait à peine.

— Non.

— S'il te plaît… Si vous prenez l'ascenseur, moi, je peux monter tout seul. C'est plus drôle.

— Tu es trop petit.

Sa main agrippée à son sac de bonbons à moitié plein. L'autre main qui se perdait dans celle de son père. Les taches de sucre rouge étalées sur sa joue. Comment pouvait-on se montrer soûl devant ses propres enfants ?

— S'il te plaît… Je t'attendrai en haut.

— J'ai dit : non.

Une ombre tomba sur le visage du garçon, projetée par une silhouette qui s'était arrêtée à côté d'eux.

— Si tu veux, tu peux venir avec moi. Je te tiendrai la main en attendant l'ascenseur, là-haut.

La femme au fichu. Elle avait passé le portillon derrière eux, cédant poliment la place à ce papa encombré d'une poussette et de deux enfants capricieux. Kristoffer la dévisagea de ses grands yeux. Il se demandait comment se comporter, hésitant entre timidité et familiarité. Puis il posa sur son père un regard suppliant.

— Papa, s'il te plaît, je peux aller avec la dame ?

— D'accord, mais tiens-lui bien la main pour ne pas tomber. Regarde, les gens courent dans tous les sens. Il y a un monde fou. Tu t'assiéras sur le banc, là-haut, et tu m'attendras jusqu'à ce que j'arrive. Ça ne prendra que trente secondes.

— Je le garderai, dit gentiment la femme. Allez, jeune homme, on y va !

Kristoffer lui décocha un grand sourire révélant des trous laissés par des dents de lait récemment tombées. La femme prit un air maternel. Jamais le père n'oublierait cet instant. Certaines images restent incrustées au plus profond de soi.

Il les suivit du regard dans l'escalier. La petite main chocolat dans celle de la femme. Elle parlait à Kristoffer, qui levait de grands yeux vers elle et hochait énergiquement la tête. À cet instant, la sonnerie de l'ascenseur retentit.

Le père entra avec la poussette et appuya sur le bouton. A posteriori, il ressasserait certains détails restés gravés dans sa mémoire comme une série ininterrompue de polaroïds pris par son cerveau : les plaques du faux plafond, les trois lampes, l'écriteau « 750 kg / 10 personnes », les mégots sur le sol, la canette de bière entamée dans un coin.

Parvenu au niveau du quai, l'ascenseur tangua légèrement. En poussant la porte, inexplicablement, le père fut saisi de sueurs froides. Il se sentit soudain complètement sobre. Le petit se tut, comme si, ayant lui aussi un mauvais pressentiment, il préférait ne pas déranger. L'homme allongea le pas le long du couloir qui menait aux trains. D'un côté, des grilles en métal. De l'autre, une paroi de plexiglas à travers laquelle on apercevait les quais. La cage d'escalier restait hors de vue. Un train était sur le point de partir, les derniers passagers montaient. Le chauffeur lança l'habituel : « Prenez place, attention à la fermeture des portes ! » L'homme entendit la brève aspiration des panneaux coulissants qui se refermaient comme des ventouses et le grincement des roues métalliques lorsque le train se mit en marche.

Il poussa la porte de la cage d'escalier. Bientôt, Kristoffer apparaîtrait, assis sur le banc à côté de la femme.

Son Kristoffer adoré.

Il s'arrêta avec la poussette et scruta les alentours. Rien. Pas âme qui vive. Un étage plus bas, au rez-de-chaussée, il aperçut la porte coulissante de la cage d'ascenseur, le carrelage blanc sur les parois du puits, les abat-jour en verre strié des deux plafonniers. Les graffitis sur le banc vide.

Joel se mit à geindre. Son père le détacha de la poussette, le déposa sur le sol et se tourna vers le quai. Vide. Dans le tunnel, les feux arrière du train pour Alvik s'éloignaient. En bas, dans le hall d'entrée, un retraité appuyé sur une cane consultait le panneau d'affichage.

— Kristoffer ! appela le père.

D'abord, seul un murmure sortit de sa bouche. Puis il cria plus fort, pris de panique :

— Kristoffer ! KRISTOFFER !

Les murs lui renvoyèrent son appel. Au loin, comme s'ils appartenaient à un autre monde, à une autre ère, il entendait les pleurs de Joel.

Première partie

Stockholm, mai 2012

Pour Katz, tout commençait par une mélodie. Des phrases flottantes de six notes, entre majeur et mineur :

I hurt myself today / to see if I still feel… Sourdes, distantes, comme si elles lui parvenaient de profondeurs subaquatiques. *I focus on the pain / the only thing that's real.*

En tournant la tête, il découvrit une inconnue à côté de lui. Accroupie, une cuiller à la main, elle ne semblait pas entendre la musique, ou alors elle s'en fichait. Trop en manque, se dit Katz. Incroyable, cette faculté qu'a le cerveau de filtrer les impressions superflues…

Elle sortit un paquet de son sac à main et le lui tendit : dix seringues de cinq millilitres, le modèle standard à bout orange adapté à la plupart des injections intraveineuses dans le bras. Elle se mit à préparer son matériel : aiguilles à tuberculine rétractables pour pomper le sang des pieds et des mains. Aux extrémités du corps, les vaisseaux sont très fins. Il la regardait du coin de l'œil. Manches longues – même truc que lui pour cacher les cicatrices. Le déguisement habituel.

The needle tears a hole / the old familiar sting / try to kill it all away / but I remember everything…

Plus loin, sous le pont, il crut apercevoir ses parents. Anne la Norrlandaise et Benjamin le Juif, bras dessus bras dessous, unis par un amour si fort que le reste du monde en était exclu, y compris leur fils. Voilà pourquoi il les haïssait tant. Il ne se l'était jamais vraiment avoué, mais c'était bien ça, la triste vérité, non ? Soudain, tout morts qu'ils étaient, ils disparurent derrière un pilier maculé de graffiti.

Il parcourut les alentours des yeux. Était-il de retour à la case départ, à la rue ? Sur un matelas crasseux à côté d'une bouche de ventilation, sous un pont au nord-ouest de Stockholm ?

Autour de lui, quelqu'un avait dessiné une espèce de périmètre à l'aide de gros cailloux. Peut-être symbolisaient-ils les murs d'une chambre. Une paire de godillots était posée sur un morceau de bâche. Les siens ?

Il contempla l'eau, la grève et le port de plaisance de l'autre côté du pertuis. Le pont de Traneberg, autrefois le plus long du monde en béton, s'élevait au-dessus de lui. Construit à une époque où rien n'ébranlait la foi en l'avenir, il était devenu un repaire de sans-abri et de drogués.

Dol Fool, *Drag* et *Sork*, lut-il sur les piliers. Après avoir achevé leur œuvre, les taggueurs avaient jeté leurs bombes aérosols par terre. Un peu plus loin, il aperçut des boulettes de coton. Dans la chaleur du mois de mai, on aurait pu les confondre avec des fleurs. Des pâquerettes, songea-t-il.

Il se souvint de Berlin quinze ans auparavant : les camés en manque de la Kottbusser Tor, les édentés de Kottie qui faisaient bouillir de vieilles boulettes de coton pour en extirper les dernières gouttes de brune, de quoi préparer un demi-shoot à l'acide ascorbique – des êtres humains réduits à puiser de l'eau dans les flaques ou dans les réservoirs des W-C publics. Il n'y avait pas échappé, quand il était au plus bas. Mais il avait eu de la chance, il s'en était sorti.

You could have it all / my empire of dirt…

La mélodie résonnait toujours, mécanique et lointaine. Un royaume de déjections dont il se serait bien passé. D'ailleurs, il croyait l'avoir définitivement quitté…

— Le goudron bloque l'aiguille. C'est vraiment de la merde, cette héroïne.

La femme était en pleine crise. Lui aussi commençait à ressentir les symptômes… Le souvenir physique du flash. L'envie furieuse de tout tuer à coups de défonce. L'appel du vide. L'abolition du temps. Les retrouvailles avec l'existence physique. Chaque muscle de son corps allait bientôt hurler de frustration. La femme jura : Bordel de merde ! Elle manipulait son matériel avec maladresse. Comment s'étaient-ils rencontrés ? Il la reconnaissait, mais n'arrivait pas à la replacer.

Un journal gisait sur le sol, ouvert. Dessus, une cuiller au manche recourbé – cela évitait de renverser la dose. Katz regarda la femme. Au fond de son regard, il vit l'effroi. Il lui suggéra de sniffer un peu de poudre pour se calmer.

— Ferme-la, fous-moi la paix !

— C'est bon, laisse tomber.

Il se mit à préparer sa dose. Il sortit une bouteille d'eau de la poche de son blouson, en remplit sa seringue et la vida dans une canette de Coca éventrée au fond de laquelle il avait déjà placé l'héroïne. Il fit bouillir le mélange et attendit. Puis, prélevant un morceau de coton sur le tampon que la femme avait posé entre eux, il roula une boulette entre ses doigts et s'en servit comme filtre pour aspirer la dose dans la seringue. Après toutes ces années, il s'étonna de sa dextérité – manifestement, certaines choses ne s'oublient pas. C'était devenu un automatisme, comme la bicyclette ou la natation.

Il retroussa sa manche, prit le collant que la femme avait également mis à sa disposition et le noua juste au-dessus de son coude. Il tapota la seringue pour en vider les dernières bulles d'air et appuya un peu sur le piston. La solution fila vers l'aiguille.

Dix ans déjà. Pourtant, il accomplissait chacun de ces gestes comme si c'était hier. Il était aussi habile des deux mains. Il s'y était entraîné – question de vie ou de mort. À l'époque, il consommait tellement qu'il devait alterner les points d'injection. Il fallait pouvoir se shooter dans le bras droit si le gauche ne répondait pas, de préférence vite et sans douleur, avant d'être rattrapé par le manque qui rendait l'opération plus difficile.

Des rayons de soleil tombaient entre les piliers du métro aérien. Trente mètres plus haut, une rame fonçait au-dessus de sa tête et ralentit à l'approche de la station Alvik. En cet après-midi ensoleillé, la chaleur du mois de mai avait fait une apparition inopinée après une période de froid et de neige qui avait duré jusqu'à la fin avril.

Était-ce ici qu'il passait désormais ses nuits, avec d'autres sans-abri ? Impossible, son bureau de Traneberg ne se trouvait qu'à quelques centaines de mètres du pont… Il s'y voyait encore, un moment auparavant, penché sur son ordinateur… Quelqu'un avait-il renversé la chronologie ? Placé la fin avant le début ? Ou le contraire…

Non, ça ne collait pas. Il savait qui il était : Danny Katz, quarante-quatre ans, fils unique de deux parents morts prématurément. Ancien interprète auprès du ministère des Affaires étrangères. Ancien traducteur dans le civil et analyste-programmeur auprès de la Défense. Ancien toxicomane et sans-abri. Reparti de zéro. Auto-entrepreneur. Rien de très original, une petite agence de traduction. Grâce à quelques clients réguliers, dont le ministère de la Défense, il gagnait juste assez pour faire tourner sa boîte et payer le loyer de son logement personnel, un deux pièces situé dans le même immeuble que son bureau – bref, pour subvenir à ses modestes besoins. Il avait adopté un mode de vie sans excès – le contraire l'aurait inexorablement conduit là où, justement, il se trouvait : à la rue.

En contrebas, là où il avait aperçu ses parents, se tenait un homme. Nu, lui semblait-il. Katz, qui avait l'impression d'avoir des lunettes télescopiques à la place des yeux, zooma sur lui : nu, en effet, les jambes ensanglantées. Blessé. Katz ne comprenait pas. Cette vision. Un signe ? Il cligna des yeux. Envolé.

Se concentrant sur son avant-bras, il le tapota du bout des doigts, serra un peu le garrot et trouva une veine. Il plaça l'aiguille à un angle de vingt degrés. En piquant trop verticalement, on risquait de traverser la veine. Il orienta la seringue vers le cœur. Le cœur, toujours le cœur.

Il n'y comprenait rien. Pourquoi ce shoot ? Dix ans après avoir décroché. Dix ans de réunions des narcotiques anonymes, dix ans de lutte au quotidien. Un court passage par la méthadone, un premier programme de désintoxication à Ytterjärna payé par son ancien collaborateur à la Défense, Rickard Julin. Usant de sa réputation et de son carnet d'adresses, ce dernier lui avait remis le pied à l'étrier. Trouvé des missions, présenté à des clients. Il avait remué son réseau. Il lui avait mâché le travail. Tous ces efforts pour rien ? Jetés par la fenêtre ?

Non, décidément, ça ne collait pas. Quelle avait été sa dernière mission ? Se renseigner sur une société de téléphonie biélorusse pour une agence web. Katz avait traduit quelques bilans comptables et des articles publiés dans un magazine d'affaires de Minsk.

L'aiguille était enfoncée d'un centimètre sous sa peau. Il hésita. Par réflexe, il tira sur le piston pour voir si son bras répondait. *Du sang rouge foncé. S'il est clair, tu as loupé la veine.* Il voulait éviter de rater son shoot en injectant la solution dans le muscle. Son bras enflerait, cela ferait affreusement mal et, pour couronner le tout, le flash mettrait une éternité à arriver.

Touché !

Le sang qui envahissait la seringue était carmin. Il ôta le garrot avec les dents et s'injecta la solution. Le rush fut immédiat. Il eut la sensation de s'effondrer sur son propre squelette, sa chair fondant sur la structure d'os et de cartilage, ses paupières tirées vers le bas comme un store qu'on déroule. Une sensation divine, indescriptible. Ça lui avait tellement manqué… Il en prenait toute la mesure. Il retira lentement l'aiguille, du sang gicla sur sa chemise, il s'en foutait, il sortit un mouchoir de sa poche et le pressa sur le point d'injection.

Lorsqu'il leva les yeux, un individu vêtu d'un costume noir et d'un chapeau à large bord avait remplacé l'homme nu. Katz cligna des yeux jusqu'à ce qu'il disparaisse, comme un rêve – ce qu'il était probablement. Un train gronda au-dessus de sa tête.

Il se tourna vers la femme, qui achevait la préparation de sa dose. Soulevant sa seringue à la lumière, elle vida les bulles d'air. Ses cheveux noirs encadraient joliment son visage symétrique aux traits vaguement orientaux. Des yeux bleu et vert, une bouche bien dessinée. Le teint clair. Comme Blanche-Neige.

— Je te reconnais, dit-il. On s'est rencontrés où ?

— On ne se connaît pas. Tu te fais des idées.

Bizarre, comme réponse, pensa-t-il. À la recherche d'une veine, elle baissa un peu le bord de son pantalon et de sa culotte lie-de-vin sur sa hanche. Puis, changeant d'avis, elle se tripota le cou de ses ongles cassés. Trop près de l'artère jugulaire…, songea-t-il. Pas là, je t'en supplie !

Au grand soulagement de Katz, la fille décida de s'injecter dans le haut du bras droit. L'air grave, elle tira plusieurs fois sur le piston, aspirant et réinjectant son propre sang pour ne pas laisser un seul microgramme de produit dans la seringue.

— Alors on vient de se rencontrer, ici même ? bafouilla-t-il en désignant le matelas.

— Je passais par hasard. Toi, tu habites ici.

— Sous le pont ?

— Ouais, et tu es mal barré, crois-moi. Il y a des gens qui en ont après toi. Ils veulent te coincer.

Katz accepta sans broncher ces informations. Il hocha la tête, déjà résigné à sa nouvelle réalité.

— Tu es qui, au fait ?

— Moi ? Je ne suis personne…

Ses pupilles étaient si petites qu'on les distinguait à peine. L'élastique de sa culotte dépassait de son pantalon. Elle s'effondra contre lui. Sans vie. Si elle faisait une overdose, il faudrait appeler le 112 et leur demander d'envoyer des secours, en leur précisant de lui faire une injection de Narcan en pleine poitrine dès leur arrivée pour la ranimer.

Soudain, il vit les morsures. Un chapelet de marques sanglantes autour du cou. La peau déchiquetée par des crocs. Comme Eva Dahlman, sa petite amie de jeunesse, dont on prétendait qu'il l'avait presque battue à mort, puis mordue comme une bête féroce. À l'âge de seize ans, il avait été condamné et envoyé dans un centre de rééducation – un de plus. Là, le vent avait enfin tourné. Il avait décidé de se sortir de la criminalité, de rompre avec le passé. Mais malgré les prélèvements qui l'incriminaient, il était innocent ! Comment aurait-il pu faire une chose pareille ?

I wear this crown of shit / upon my liar's chair / full of broken thoughts / I cannot repair…

D'où venait cette musique ? Il regarda autour de lui mais n'en trouva pas la source.

Et cette femme endormie sur ses genoux, qui était-elle ? Il écarta ses cheveux noirs et l'allongea doucement sur le matelas. Puis il se leva.

Des phrases de cinq notes au lieu de six, maintenant, le même glissement entre mineur et majeur, une mélodie sans paroles, il les avait ajoutées mentalement. Il connaissait la chanson. *Hurt* de Nine Inch Nails.

Cet air… lui parvenait du fin fond de son psychisme, de plus en plus fort, effaçant peu à peu ce qui l'entourait : le pont, les piliers, la femme, le matelas crasseux, les seringues, la came. Dans une ultime accélération, il s'éleva vers la surface, vers sa conscience et, triomphant, il comprit enfin : c'était la sonnerie de son portable – une version instrumentale, sans le timbre amer de Trent Reznor. Il saisit l'appareil posé par terre, à côté du lit.

En répondant, il aperçut le jour gris qui filtrait à travers les lattes du store. À l'autre bout du fil, une voix lui parlait.

Celle de la femme sous le pont. Celle d'Eva Dahlgren, mais pas tout à fait. Comme si quelqu'un se jouait de la chronologie.

Angela Klingberg était d'une beauté sidérante. Cela devait lui attirer des ennuis, songea Katz en s'asseyant à sa table dans un coin du Ritorno, un vieux café de l'Odengata où ils s'étaient fixé rendez-vous. Elle était très élégante – étant donné l'homme avec lequel elle était mariée, le contraire eût été surprenant. Katz remarqua son sac à main Hermès, posé à ses pieds, ses gants de marque sur la table, son pull en angora, son maquillage discret et le bracelet serti de diamants – à peine moins discret – qu'elle portait à son poignet gauche. Blonde et maigre, elle devait être âgée d'environ trente-cinq ans. Elle avait un charisme singulier, elle paraissait enveloppée d'un halo de tristesse. Et elle était prise… Katz en eut un pincement au cœur. Et ce sentiment aussi bas que sincère l'étonna de lui-même.

Jusqu'à leur conversation téléphonique ce matin-là, il ne connaissait pas son existence. À vrai dire, malgré l'alliance qu'elle portait à la main gauche, il avait du mal à l'imaginer mariée à Joel Klingberg – ou d'ailleurs à concevoir que Joel Klingberg soit marié avec qui que ce soit.

En accrochant sa veste au dossier de sa chaise, Katz se demanda pourquoi il avait accepté cette rencontre. Par curiosité, bien sûr. Entre autres. Vingt-cinq ans auparavant, alors qu'il venait de mettre un terme à sa vie de jeune délinquant, Joel Klingberg et lui avaient fait l'École d'interprètes de l'armée ensemble. Ils s'étaient retrouvés dans la même chambrée pendant l'instruction militaire à Karlsborg, et avaient ensuite partagé une piaule dans la ville universitaire d'Uppsala, où ils avaient suivi un cursus intensif de russe durant un an. Depuis cette époque, le peu que Katz savait sur le parcours ultérieur de Klingberg, il l'avait glané dans les journaux à sensation : reportages dans la haute société, photos de célébrités à des soirées où l'allure sinistre de Klingberg semblait toujours aussi déplacée, communiqués sur une société immobilière qu'il avait dirigée depuis la Côte d'Azur, en partenariat avec d'anciens camarades du pensionnat huppé de Sigtuna – une première expérience du monde des affaires et un petit séjour à l'étranger, rien de plus. Ensuite, il avait fait des études de droit et passé un an à la London School of Economics, avant de rejoindre l'entreprise familiale, Klingberg Aluminium, et d'être aspiré par le monde anonyme des affaires.

— Merci d'avoir pris le temps de venir, dit Angela Klingberg avec un sourire gêné.

— Pas de problème. Comment vous avez eu mon numéro ?

— Il était dans l'agenda numérique de Joel.

Étrange, ça aussi. Katz avait du mal à croire que Klingberg ait pu envisager de l'appeler.

— Vous prenez quelque chose, au fait ? Je peux aller commander.

— Merci, je me contenterai de vous écouter.

Et elle entreprit de lui raconter la raison de leur rencontre :

Trois semaines plus tôt, Joel Klingberg avait disparu, délibérément selon la police. Celle-ci doutait qu'il soit question d'un acte criminel, et n'envisageait même pas de lancer un avis de recherche. Klingberg avait quitté leur domicile d'Östermalm le dimanche 22 avril dans la matinée pour faire quelques commissions et n'était jamais revenu. Angela Klingberg l'avait appelé sur son portable tous les jours depuis, et tombait invariablement sur son répondeur.

Elle avait reçu une sorte de lettre d'adieu, qu'elle sortit de son sac : un e-mail envoyé du téléphone portable de Sou mani, imprimé sur une feuille A4. Katz parcourut rapidement les quelques lignes : Klingberg y expliquait qu'il partait en voyage, qu'il avait besoin de s'éloigner un peu et de réfléchir en paix. Il ne savait pas quand il reviendrait et s'excusait de ne pas avoir eu le courage de le lui annoncer de vive voix. Elle ne devait pas s'inquiéter, ni lancer de recherches.

— Je l'ai reçu quatre heures après sa disparition, expliqua-t-elle. Ça ne lui ressemble pas. Joel n'est pas du genre à esquiver l'affrontement.

— Selon vous, qu'est-il arrivé ?

— Honnêtement, je n'en sais rien.

Elle replia la feuille et la glissa dans son sac d'un geste qui rappela à Katz une autre femme, la petite amie de Klingberg à l'époque où ils étaient à l'École d'interprètes, une fille de leur âge dont les manières bourgeoises avaient le don d'agacer Katz. D'ailleurs, il avait oublié son nom, et jusqu'à son visage.

— La police croit qu'il est parti parce que nous nous sommes disputés ce matin-là. Vous voulez savoir le sujet de la dispute ? Avoir des enfants… Ou plutôt, ne pas en avoir. Joel préférait attendre. Un homme d'âge mûr marié depuis dix ans qui veut encore attendre ! Vous connaissez certainement son histoire. Ce qui est arrivé à son frère. Je lui ai fait remarquer qu'il fuyait ses responsabilités et que c'en était la conséquence, qu'il était terrifié à l'idée que ça puisse se reproduire. Voilà, en bref, ce qu'on s'est dit ce jour-là.

Ah oui, son frère…, songea Katz en suivant le regard de Angela Klingberg, qui sautait nerveusement d'un objet à un autre : sa tasse de café à moitié pleine, un journal oublié, ouvert à la page du tiercé, ses gants, de la même couleur que les ongles qui soulignaient ses mains gracieuses. Le frère disparu, l'œil du cyclone, l'absence que Klingberg traînait comme un boulet invisible.

— Je suis consciente que tout ce que je vous raconte semble mener à la seule plausible explication, poursuivit-elle. Un homme froissé quitte sa femme querelleuse pour trouver un peu de tranquillité. Mais j'insiste, ça ne lui ressemble pas. Les choses s'étaient déjà apaisées entre nous quand il est sorti. Il a dit qu'il allait faire quelques commissions et qu'il serait rentré pour le déjeuner. On avait même réservé une table dans un restaurant. Apparemment, je suis la dernière personne à l'avoir vu. Et la seule à refuser de croire qu'il serait parti de son plein gré. D'après la police, il a commencé par faire des tours en voiture pendant quelques heures, pour s'amuser…

Klingberg était parti en voiture. On avait étudié les données enregistrées par le GPS du véhicule. Il avait conduit, apparemment au hasard, de chez lui à la Skeppargata, puis il avait tourné en rond un moment au centre-ville avant de se rendre au quartier de Kungsholmen. Il avait fait une halte à la station service de la Thorildsplan, traversé le quartier de Stadshagen jusqu'au métro de Kristineberg et poursuivi sa route en direction d'Alvik et du parc de Traneberg, où il s'était arrêté pendant quelques minutes à la hauteur des courts de tennis.

— Vous n'habitez pas loin. J'ai vérifié dans l'annuaire. C'est tout de même étrange, vous ne trouvez pas ?

Katz frissonna. Pourquoi Klingberg s'était-il arrêté là ? En regardant par la vitre de sa voiture, il aurait quasiment pu entrevoir Katz de l'autre côté du parc, à travers le feuillage des arbres.

— Et ensuite, où est-il allé?

— À la zone industrielle au bord du lac d'Ulvsunda. Ensuite, il a fait demi-tour et il est revenu au centre-ville, d'où il aurait envoyé le prétendu mail d'adieu.

Joel Klingberg avait garé sa voiture dans le parking souterrain, devant la gare centrale de Stockholm. C'est là qu'on perdait sa trace. Il aurait éventuellement pris un train pour le sud du pays. On avait trouvé une réservation à son nom, un billet pour Copenhague qu'il avait lui-même acheté sur Internet, mais le système informatique des chemins de fer suédois ne permettait pas de vérifier si le billet avait été utilisé ou non.

Elle se tut. Katz n'arrivait pas à détacher les yeux de son visage. Cette inquiétude, intérieure, cette tristesse qui semblait innée. Plutôt son genre de femme que celui de Klingberg.

— Et pourquoi m'avez-vous appelé?

— Ça va vous sembler bizarre, mais c'est ce qu'aurait voulu Joel.

— Comment ça?

Un soir, plusieurs mois auparavant, au dîner, Joel avait mentionné Katz, de but en blanc : Danny Katz, son vieux copain du service militaire. C'était la première fois qu'Angela Klingberg avait entendu parler de lui.

— Il a dit que vous étiez la seule personne en qui il avait jamais eu confiance.

— Vraiment?

— Oui. «La seule personne en qui j'ai jamais eu confiance.» Après sa disparition, j'ai repensé à ces paroles.

Où Klingberg était-il allé chercher une idée pareille? Ils s'étaient fréquentés pendant leur service, certes, mais ils venaient de deux mondes différents : Katz, des bandes de jeunes banlieusards et Klingberg, de l'univers protégé de la haute société. Le week-end, après le contrôle des connaissances ingurgitées pendant la semaine, un chauffeur reconduisait Klingberg à sa vie de nanti, chez son grand-père, derrière les hautes murailles de leur villa de Djursholm. Katz et lui n'étaient jamais vraiment devenus amis.

— Un jour, je l'ai défendu. Une bagarre avait éclaté, dit Katz. C'est peut-être à ça qu'il pensait.

— Il ne m'en a pas parlé. Je crois que c'était autre chose.

Elle ramassa un paquet posé sur la chaise vide à côté d'elle.

— Une ou deux semaines avant sa disparition, il a reçu ça. Je l'ai trouvé il y a quelques jours, par hasard, au fond de sa penderie.

D'après le cachet de la poste, l'enveloppe à bulles avait été envoyée de Stockholm un mois plus tôt. Sans expéditeur. Angela Klingberg l'ouvrit et en sortit des objets qu'elle posa sur la table.

— Je ne sais pas ce que c'est. Mais Joel aurait dû m'en parler. C'est tout de même… un peu bizarre.

Une étoffe carrée d'environ quatre-vingts centimètres de côté, noir et ocre rouge. Au centre, un motif brodé de style plutôt naïf représentait deux flèches en croix. À la droite des flèches, à l'intérieur d'un cadre pailleté fait d'éclats de miroir aux bords arrondis, un homme agenouillé, cousu de points en croix grossiers. Sous le dessin, on avait collé deux lettres : « M K ».

— Des initiales ? demanda Katz.

— Aucune idée. Et puis ça…

Elle effleura l'autre objet, une étoffe similaire un peu plus petite, dont la broderie représentait un homme entouré de chiens qui lui léchaient les jambes.

— Je ne sais pas si c'est en rapport avec sa disparition, reprit-elle. Tout cela est si mystérieux…

— Vous les avez montrées à la police ?

— Non. Comme je vous le disais, ils ne soupçonnent aucun acte criminel. Je vous prie de m'excuser un instant…

Elle se leva et se dirigea vers les toilettes. Katz se remémora un lointain passé : l'École d'interprètes, en 1987. Leur slogan : *verba arma nostra.* On les armait de mots, plus précisément de mots russes, de listes de vocabulaire draconiennes dont on vérifiait l'acquisition lors d'un contrôle des connaissances hebdomadaire. En dix mois, ils avaient fait l'équivalent de trois ans d'études de russe à l'université. Katz repensa aux séances interminables de labo de phonétique, aux cours de sciences du comportement et de psychologie – dans un conflit armé, un interprète devait posséder un minimum de connaissances dans ces domaines – et à leur formation à l'interrogatoire – c'est-à-dire, en jargon militaire suédois, au « collectage interpersonnel de renseignements » ou CIR –, ainsi qu'à un entraînement à balles réelles sur l'île de Gotland, l'occasion de mettre en œuvre leurs compétences de force d'élite côtière. Il se souvenait avoir vu un film sur la simulation de noyade ou *waterboarding*, comme on l'appellerait plus tard.

Une formation à la torture. Incroyable, se disait-il a posteriori. Aucun d'entre eux n'avait réagi. Dans le film, un sous-lieutenant suédois nouait un tissu autour de la tête d'un sujet anonyme ligoté à un brancard, la tête penchée en arrière, recouvrant ainsi toutes ses voies respiratoires. Puis il versait de l'eau sur le tissu. La réaction était immédiate : convulsions, spasmes, s'apparentant à des vomissements. Le sujet, expliquait le sous-lieutenant face à la caméra en continuant à asperger le visage de l'homme, a l'impression de se noyer, il a des sensations d'étouffement, comme si ses poumons s'emplissaient d'eau : « La méthode ne laisse aucune séquelle physiologique, mais elle est vécue comme extrêmement pénible. En Suède, la simulation de noyade n'est pas explicitement délictuelle. Elle est éventuellement assimilable à un délit d'extorsion. »

À l'époque, le sentiment qu'éprouvait Katz était plus de l'étonnement que de l'indignation. Tous ses camarades appartenaient à la haute bourgeoisie, sans exception, et sa propre participation à la formation lui paraissait incongrue. Il ne comprenait pas pourquoi il avait été admis, voire trié sur le volet.

Il jeta un coup d'œil vers les toilettes. Angela Klingberg tardait.

Sans parler de Joel… Encore bouleversé par la tragédie qu'avait vécue sa famille, il détonnait, lui aussi. Ses parents, comme ceux de Katz, étaient morts quand il était encore jeune, victimes d'une intoxication au gaz dans le garage de la propriété familiale du Sörmland – un domaine digne de châtelains. À la suite de la tragédie, Joel avait été recueilli par son grand-père, Gustav Klingberg, fondateur de Klingberg Aluminium. À l'époque, le patriarche grisonnant dirigeait l'empire familial d'une main de fer. Un an après leur démobilisation, le vieil homme s'était éteint. Katz avait lu sa nécrologie dans le journal.

Mais la véritable tragédie fondatrice, dans l'existence de Joel Klingberg, était encore antérieure. Il s'agissait de la disparition de son frère au début des années 1970 – événement qui, une décennie plus tard, avait poussé ses parents au suicide. La souffrance et la culpabilité semblaient profondément enracinées dans la personnalité de Klingberg. Elles le définissaient, pour ainsi dire. D'un an l'aîné de Katz, il avait déjà l'allure d'un vieillard quand il était étudiant. Il passait son temps à fuir la douleur, à fuir la faute qu'il avait commise malgré lui : celle de survivre. Il se plongeait corps et âme dans les études théoriques et les listes de vocabulaire.

Klingberg n'avait fait allusion aux événements qu'une seule fois devant Katz : son frère emmené par une inconnue dans une station de métro de Stockholm n'avait jamais été retrouvé, et il ne se passait pas un jour sans que Joel se demande ce qui lui était arrivé. Qui avait fait le coup ? Soit il s'agissait d'un forcené solitaire, soit il y avait eu complicités. Un chantage qui avait mal tourné ? À la connaissance de Klingberg, personne n'avait jamais réclamé d'argent à sa famille. Un réseau de pédophiles ?

« C'est comme s'il était parti en laissant son ombre, avait dit Joel. Imagine, Katz. Le corps a disparu, mais l'ombre reste. »

Angela Klingberg revint des toilettes, les yeux rougis. Elle avait pleuré, c'était évident. Elle se rassit à sa place, évitant de croiser le regard de Katz.

— Je voudrais que vous essayiez de découvrir ce qui lui est arrivé, reprit-elle fermement. Vous serez généreusement rémunéré. Et s'il y a une chose dont nous ne manquons pas, Joel et moi, c'est bien d'argent.

Elle tripota un objet dans son sac. Un stylo, semblait-il. Katz se souvint de la lettre confuse qu'il avait écrite à Klingberg quinze ans auparavant, alors qu'il était au plus mal, pour lui demander de l'argent – un acte de mendicité auquel Klingberg n'avait jamais répondu.

— Ce n'est pas évident de retrouver la trace d'une personne disparue, répondit-il. Surtout si elle ne veut pas être retrouvée.

— J'aimerais seulement que vous tentiez le coup.

— Je ne sais pas par où commencer. Ce n'est pas mon domaine.

— Vous avez déjà travaillé pour les renseignements, non ?

— C'est Joel qui vous a raconté ça ?

— Il m'a dit qu'après votre service, vous aviez été attaché militaire dans des ambassades.

— C'est vieux. J'étais interprète, traducteur et programmeur auprès du ministère de la Défense. Rien de très palpitant. Je suis toujours traducteur, d'ailleurs. C'est mon activité professionnelle, je traduis des documents et des articles de presse pour ceux que ça intéresse, à des tarifs fixés à l'avance. Je ne suis pas agent secret. Ni détective privé.

Mais Angela Klingberg savait une chose de plus sur Katz : il était dans le besoin.

— Joel aurait voulu que ce soit vous. Il me faudrait vos coordonnées. Votre numéro de compte bancaire. Votre adresse mail. Votre numéro de fixe pour pouvoir communiquer plus facilement et plus efficacement.

Katz sortit une carte de visite de sa poche intérieure. En la tendant à Angela Klingberg, il découvrit un dessin qu'il avait gribouillé au dos : un cœur et une fleur. Bizarrement, il eut honte.

La principale ressource de Katz était une sensibilité instinctive aux langues. Son activité consistait à traduire ou à transcrire des documents afin de les transmettre dans un suédois compréhensible à des clients qui en utilisaient le contenu à des fins ultérieures : experts en défense et en relations internationales, entreprises curieuses de savoir où en étaient leurs concurrents pour se placer à la pointe de leur secteur… Certaines traductions purement techniques exigeaient une grande fidélité pour être utilisables. Le travail de Katz n'avait rien de glamour. Il passait de longues heures devant son ordinateur à lire, à écrire, à faire des recherches. Il prenait des notes, il consultait des dictionnaires.

Auparavant, Katz avait occupé un poste fixe au sein du groupe Capitol Security, à Solna. Le fondateur de l'entreprise, Rickard Julin, le lui avait proposé dix ans plus tôt, alors qu'il sortait tout juste la tête de l'eau. Ils se connaissaient depuis plus longtemps encore. Au début des années 1990, Katz et Julin s'étaient retrouvés dans le même consulat. Katz travaillait alors comme interprète et attaché militaire.

À la fin des années 1990, les coupes budgétaires atteignant leur apogée, Julin avait démissionné et, en partenariat avec un groupe d'investisseurs en capital risque, avait fondé son entreprise. Julin et Katz s'étaient perdus de vue pendant plusieurs années. Katz, à la rue, dans un piteux état, était occupé à se suicider à petit feu le jour où, par un hasard extraordinaire, Julin le croisa. Il lui trouva une place dans un centre de désintoxication et lui proposa un poste dans sa société. Mais Katz ne s'était jamais senti à l'aise à Capitol. Après quelques mois dans les préfabriqués de Solna, où il traduisait des articles de la presse militaire russe pour les clients de Capitol – c'est-à-dire principalement des industriels de la défense et de l'armement –, Katz, encore dérouté par la tournure étonnante qu'avait prise sa vie, démissionna et se mit à son compte. Julin ne lui en voulut pas. Au contraire, il se montra très généreux. Lorsqu'il devait refuser une mission – en général parce qu'elle était en dehors de son domaine de compétence –, il s'arrangeait toujours pour que Katz la récupère.

En Suède, Capitol était l'une des rares entreprises à bénéficier d'une autorisation spéciale d'exercice élargi de protection des personnes, et proposait entre autres des services d'accompagnement lors de voyages, des surveillances vidéo de propriétés, des enquêtes sur la situation financière ou les antécédents de personnes morales ou physiques – dans le cas d'une société, ces enquêtes étaient appelées *due diligence.* Enfin, Capitol effectuait des missions pour des clients tels qu'Angela Klingberg : des recherches de personnes disparues. Voilà pourquoi Katz se demandait s'il avait bien fait d'accepter la mission. Il aurait peut-être dû conseiller à Angela Klingberg de s'adresser directement à Julin, qui disposait de bien plus de ressources pour mener à bien ce genre de travail. D'un autre côté, il avait vraiment besoin de l'argent.

En revenant à son bureau, il y pensait encore. Il parcourut des yeux son petit univers : deux ordinateurs, un fauteuil pour des visiteurs qu'il ne recevait jamais, des étagères chargées de dossiers et de dictionnaires spécialisés, une armoire sécurisée dans laquelle il rangeait les documents sensibles. Au printemps, une entreprise pharmaceutique lui avait demandé d'enquêter sur la vente illégale de ses produits par des sites Internet basés en Europe de l'Est. Katz devait dénicher des documents à charge en vue d'un éventuel procès. En suivant un certain nombre de transactions entre des portefeuilles virtuels, il avait réuni suffisamment de preuves pour que des poursuites puissent être engagées. Mais aucun de ses domaines de compétences habituels – langues slaves, fonctionnement d'Internet de l'autre côté de la mer Baltique, sites pirates russes, collecte invisible d'informations, rootkits de dernière génération, cloud computing, tunnels VPN et autres moyens de franchir un pare-feu – ne l'aideraient à retrouver un homme d'affaires disparu.

Il poussa un soupir. Puis il attrapa l'enveloppe à bulles qu'Angela lui avait donnée, en sortit les étoffes et les étala devant lui, sur son bureau.

Des motifs énigmatiques : un homme à genoux devant des flèches en croix; un homme entouré de chiens qui semblaient lui lécher les jambes. Des symboles religieux? De simples décorations? De l'artisanat d'art? Peut-être même qu'ils n'avaient rien à voir avec la disparition.

Il approcha la première étoffe de sa lampe de bureau. Le tissu avait l'air ancien, élimé. Au dos, les points en croix commençaient à se détacher. Une antiquité? Klingberg avait les moyens de collectionner des objets précieux s'il en avait envie. Les deux personnages étaient brodés à la laine noire, leurs silhouettes stylisées rappelaient vaguement des motifs africains. Des esclaves, se dit Katz, sans bien comprendre d'où lui venait l'idée. Des hommes noirs en captivité.

Il rangea les morceaux de tissu dans le tiroir de son bureau, refoula le souvenir du regard infiniment triste d'Angela Klingberg et alluma son ordinateur. Puis il lança une recherche d'images sur son ancien camarade de chambrée.

Un instant plus tard, il contemplait une photo en plein écran, prise lors d'une assemblée générale environ un an plus tôt : Joel au côté de son grand-père, Pontus Klingberg, le P-DG de Klingberg Aluminium. Derrière eux, un groupe d'hommes en costume cravate, une flûte de champagne à la main. Coincée sous le bras du vieux Klingberg, une liasse de papiers. D'après la légende, il s'agissait du bilan comptable de l'entreprise. Et puis Joel, vêtu de l'uniforme sombre du monde des affaires, chaussures de confection, les cheveux plus clairsemés qu'autrefois. Il ne portait plus de lunettes, mais il avait le même air perdu.

Pourquoi s'était-il brusquement mis à parler de Katz? « La seule personne en laquelle il avait jamais eu confiance » ?

Pensait-il à l'incident que Katz avait mentionné au café? La bagarre durant laquelle Katz avait pris sa défense?

Un autre appelé, une recrue du commando de parachutistes, s'en était pris à Klingberg devant un kiosque. Dans le petit monde des combattants, les gens comme Klingberg, qui se cachaient derrière leurs fonds de bouteille, n'étaient rien que des bûcheurs, des fayots, des monsieur je-sais-tout, des petits saints, des anciens chefs de classe – ce qui, d'ailleurs, était souvent le cas. Katz avait d'abord hésité. Il avait rompu avec son passé de tête brûlée. Mais quelque chose, ce soir-là, l'avait convaincu d'ignorer provisoirement ses bonnes résolutions : il avait senti Klingberg immensément vulnérable. Pétrifié, il paraissait incapable de se défendre, incapable de prendre ses jambes à son cou.

La scène avait éveillé chez Katz un instinct protecteur primitif. Katz était intrépide. Non pas qu'il fût plus rapide ou mieux entraîné que le conscrit d'une unité d'élite qui avait provoqué son camarade, mais parce qu'il avait appris à ignorer toutes les règles. À l'instant où le gars s'était mis à bousculer Klingberg, manifestement terrorisé, Katz s'était avancé et lui avait mis un coup de boule au visage. Puis il lui avait assené un coup de pied au genou, lui broyant la rotule. Il l'avait ensuite renversé au sol et, lui arrachant sa bouteille de Coca, avait fêlé le gourdin de verre en frappant son propriétaire à l'arrière de la tête. Le tout n'avait pris qu'une dizaine de secondes.

Bizarrement, Katz n'avait pas été poursuivi. Même pas un dépôt de plainte. Sa victime était peut-être morte de honte.

Klingberg était resté fasciné. D'où lui venait ce sang-froid, cette férocité implacable ? Où avait-il appris à se battre ainsi ? Katz lui avait raconté ses années en maison de redressement et dans des gangs criminels, ses problèmes à l'école – lui, le « petit Juif » qui ne se laissait pas marcher sur les pieds –, une vie à l'exact opposé de celle de son camarade de la haute société.

L'incident avait eu lieu quelques semaines après leur incorporation. Après cela, Klingberg s'était réfugié auprès de Katz. Ils avaient donc commencé à se fréquenter.

Katz ferma la photo, attrapa son téléphone et composa le numéro personnel de Julin. Trois sonneries plus tard, il l'avait au bout du fil.

— Tu pourrais me dégoter quelques renseignements auprès de tes contacts à la police ?

Il lui fit un bref compte rendu de la mission que lui avait confiée Mme Klingberg. Julin rit chaleureusement, lui faisant remarquer qu'il marchait sur ses plates-bandes, et qu'il n'était qu'un petit prodige de l'informatique et des langues. S'ensuivirent les « hmm » caractéristiques de Julin, puis les reproches attendus : il ne fallait faire appel à ses contacts qu'en cas d'absolue nécessité, et ainsi de suite. Enfin, il verrait ce qu'il pouvait faire.

— Apparemment, ils ont eu accès au G.P.S. de Klingberg. Sa femme est peut-être à côté de la plaque. Mais j'aimerais savoir si d'autres éléments les ont poussés à clore le dossier. Si d'ici quelques jours mon enquête ne donne rien, je lui conseillerai de s'adresser à toi, promis. À toi ou à un autre spécialiste dans le domaine.

— Ne te sous-estime pas, Katz. Prends-le comme une occasion d'élargir tes horizons.

— Si tu me promets de m'aider.

— Je vais voir ce que je peux faire. Patience !

Tant mieux, se dit Katz. Julin avait le réseau.

Après seulement quelques heures, Julin s'était procuré le dossier sur la disparition de Klingberg. L'enquête avait été classée vingt-quatre heures après son ouverture, sans qu'aucun avis de recherche soit lancé. Rien ne laissait supposer un acte criminel. Aucun membre de la famille Klingberg n'avait été contacté par d'éventuels ravisseurs. Un enquêteur avait consciencieusement fait le tour des hôpitaux au cas où il s'agirait d'un accident, mais cela n'avait rien donné. Tout portait à croire que la disparition était délibérée, il n'y avait donc pas lieu de continuer. Joel avait envoyé un mail à son oncle, Pontus Klingberg, lui expliquant qu'il s'absentait pour une durée indéterminée. D'après le rapport de police, la nouvelle avait provoqué plus de courroux que d'inquiétude à la direction de l'entreprise familiale. On était sur le point de boucler plusieurs contrats importants et Joel, en tant que directeur juridique, se devait d'être présent lors des signatures.

Quant à son véhicule, Klingberg avait acheté un ticket de parking de longue durée. On avait retrouvé et fouillé la voiture, puis Angela Klingberg était venue la récupérer. Dans une pièce jointe à son mail, Julin avait envoyé à Katz le contenu du GPS de Klingberg, qui correspondait en tout point à ce que lui avait raconté Angela Klingberg, sauf pour une halte au court de tennis de Traneberg. Joel y avait stationné une deuxième fois sur le chemin du retour, avant de revenir au centre-ville – et de s'évaporer.

En étudiant soigneusement l'itinéraire, Katz se demanda si Klingberg n'avait pas eu l'intention de lui rendre visite. Cela aurait expliqué qu'il s'arrête à deux cents mètres de chez lui. Mais pour quelle raison ? Pour lui dire quoi ? Finalement, il avait aussi bien pu s'arrêter là par hasard.

Pourquoi décidait-on de disparaître ? En supposant que, comme le pensait Angela, ce n'était pas une conséquence de leur dispute… Des menaces ? Quelque chose avait-il effrayé Klingberg au point qu'il se volatilise délibérément ? Des activités criminelles ? Était-il mêlé à des affaires illicites ? Consommait-il de la drogue ? Avait-il arrêté, puis rechuté ?

Sauf s'il s'agissait d'une histoire d'infidélité… S'était-il enfui avec une maîtresse ? Sauf qu'un homme normalement constitué ne quittait pas une femme comme Angela Klingberg. Katz se souvint de la tristesse de la jeune femme qui, contre toute attente, l'avait excité, de ses longs doigts fins que la tension et l'inquiétude faisaient légèrement trembler. Il se mit à fantasmer malgré lui : elle déboutonnait la chemise de Katz, lentement, un bouton après l'autre, elle posait les mains sur son torse, glissait les ongles jusqu'à son nombril, couvrait de sa main le sexe de Katz, cette main pourvue d'unc alliance, et le massait à travers la toile de son pantalon jusqu'à ce qu'il durcisse. Mais, ressentant brusquement un certain mépris pour son propre désir, il finit par mollir – enfin, en apparence, car en fin de compte, ce qu'il éprouvait, c'était plutôt de la jalousie.

Il passa le reste de l'après-midi à faire des recherches peu fructueuses sur Google. L'entreprise familiale paraissait bien se porter. On venait de signer des contrats avec des acteurs des industries manufacturières russe et chinoise. Joel était cité dans des encarts de la presse économique. Il avait changé de fonction au sein du conseil d'administration, passant de simple membre à vice-président. Katz ne trouva aucune information d'ordre personnel, rien en dehors du domaine des affaires. Rien sur LinkedIn, Facebook ni aucun autre réseau social.

Vers 16 h 30, Katz appela Klingberg Aluminium pour tenter d'obtenir un rendez-vous téléphonique avec l'oncle de Joel. Il ne parvint pas à franchir le secrétariat, où on lui déclara d'une voix ferme qu'on le rappellerait après avoir consulté l'agenda du patron. Katz envisagea brièvement de mettre un terme à sa journée de travail, mais changea d'avis et composa le numéro d'Angela Klingberg.

— Je pourrais jeter un coup d'œil à la voiture de Joel ?

— Vous pensez que la police a pu rater quelque chose ? Quand voulez-vous passer ?

— Tout de suite, si possible.

Katz entendait sa respiration tout près de son oreille, comme s'ils étaient allongés côte à côte dans un lit et que, sur le point de s'endormir, elle avait posé la bouche contre sa joue.

— Plus tard dans la soirée, ça vous conviendrait ?

— Bien sûr. J'aimerais aussi avoir accès à son ordinateur.

— Pas de problème. Il est sur son bureau, dans l'état où il l'a laissé.

— Parfait. À quelle heure je peux venir ?

— 20 h 30, ça vous va ?

— Oui. Je n'en aurai pas pour longtemps.

L'appartement des époux Klingberg occupait les deux derniers étages d'un immeuble art nouveau de la Skeppargata, tout près de la Strandväg. Dans le hall d'entrée orné de moulures et d'imposants piliers en marbre, Katz prit l'ascenseur, qui s'ouvrit directement sur le logement des Klingberg. Angela vint à sa rencontre dans le couloir, déverrouilla une grille de sécurité noire et l'invita à entrer.

Elle était vêtue d'un jean et d'une chemise nouée à la taille, les cheveux coiffés en queue-de-cheval. Katz, douloureusement conscient de son parfum, remarqua du coin de l'œil que l'épaule de sa chemise avait légèrement glissé, laissant entrevoir la bretelle blanc crème de son soutien-gorge.

— Désolée de ne pas avoir pu me libérer plus tôt, dit-elle. Il fallait que je fasse quelques démarches pressantes. On peut commencer par la voiture, au garage, et remonter ensuite pour l'ordinateur.

Ils reprirent l'ascenseur jusqu'au premier sous-sol, puis descendirent un escalier jusqu'au garage, un étage plus bas. La Lexus rouge de Klingberg était garée tout au fond. Un modèle hybride, nota Katz.

— La conscience écologique dans cette maison, c'est mon boulot, précisa Angela Klingberg, comme si elle avait lu dans ses pensées. Si ça ne tenait qu'à Joel, on aurait eu un 4 × 4 de ville, comme tous ses amis. Ou peut-être même deux. Mais il se trouve que je préside une fondation pour l'écologie. Il faut donner l'exemple.

— C'est votre travail ? Les questions écologiques ?

— Bénévole. Dans le temps, je donnais des conférences sur le développement durable dans des entreprises où le souci de l'environnement était, disons, négligeable. Je suis biologiste marin au départ. Cela étonne parfois.

Elle lui lança un regard de défi. Voilà le prix qu'elle payait pour son physique, se dit Katz. On ne la prenait pas au sérieux.

Il ouvrit la portière du côté conducteur, parcourut l'habitacle des yeux et la pria de lui raconter comment elle avait rencontré Joel.

— Nous avions des amis communs. J'ai grandi à Djursholm, à quelques centaines de mètres de chez lui, mais, bizarrement, on ne s'était jamais rencontrés avant la soirée en question. J'ai passé quelques années à l'étranger, à Paris, et je suis revenue faire mes études à Stockholm. C'était il y a douze ans. Bien sûr, on s'est découvert un tas de points communs. Mon grand-père et celui de Joel faisaient partie des mêmes conseils d'administration. À une époque, l'oncle de Joel, Pontus, a fréquenté le même milieu que mes parents. Ils ont même fondé un club de golf ensemble à Marbella, dans les années 1970. Nous avons tous les deux été internes, Joel à Sigtuna et moi à Lundsberg.

Tout en l'écoutant, Katz inspectait l'intérieur de la voiture. Il y régnait un ordre impeccable, le propriétaire ne laissait rien traîner, pas même un papier de chewing-gum. Il alluma le GPS et consulta les itinéraires les plus récents. Angela Klingberg avait fait un aller et retour à Djursholm et de courts trajets dans le quartier, entre autres aux halles d'Östermalm. Il remonta jusqu'à la date de la disparition de Klingberg et constata que les informations enregistrées concordaient avec le document envoyé par Julin.

— C'est déjà arrivé que Joel disparaisse comme ça ?

— Pas depuis qu'on est ensemble.

— Il a des ennemis ?

— Quelle question bizarre... Non, pas à ma connaissance.

— Une maîtresse ?

Manifestement blessée, elle répondit toutefois avec conviction :

— Non. Joel est extrêmement loyal. D'ailleurs, je ne crois pas que ses nerfs supporteraient une double vie. Il manque de sang-froid pour ce genre de chose.

Ou bien il ne manquait ni de sang-froid, ni d'habileté à tromper son entourage. Katz le connaissait mal. Pendant leur service, ils n'avaient jamais été vraiment proches. L'existence qu'ils menaient, lui et Angela, dans l'univers des grandes fortunes, lui était complètement étrangère.

— Et l'entreprise ? Joel ne vous a jamais parlé de quelconques menaces proférées contre Klingberg Aluminium ?

— Joel ne parle jamais de son travail à la maison. C'est un accord tacite entre nous. Avoir un mari qui passe soixante heures par semaine au service de la société familiale, avec tout ce que ça implique de sens du sacrifice et de respect des traditions, c'est déjà beaucoup. On essaye de parler d'autre chose. De livres... De films... De théâtre... Quand Joel arrive à se libérer.

Un bourreau de travail, pensa Katz. Voilà peut-être la cause, tout simplement. Un burn-out. Un homme qui se retrouve la tête dans le mur et s'enfuit, pris de panique.

Il sortit de l'habitacle et se pencha en avant pour regarder sous le siège. Un mouchoir chiffonné, taché de sang, gisait à côté d'un vieux disque de stationnement.

— Il lui arrive de saigner du nez, expliqua Angela Klingberg en prenant le mouchoir des mains de Katz. Sans raison. C'est courant chez les Klingberg. Une maladie de famille.

Cocaïne, se dit Katz en refermant la portière. Mais cela ne collait pas avec l'image qu'il se faisait de Joel.

Il fit le tour du véhicule et ouvrit le coffre. Rien d'intéressant : un triangle de signalisation et un sac en papier vide du grand magasin Nordiska Kompaniet. Du coin de l'œil, Katz vit que les manches de sa veste et de sa chemise étaient légèrement remontées, sans doute lorsqu'il s'était baissé pour fouiller sous le siège. À la lueur des plafonniers, les cicatrices laissées par l'usage des stupéfiants ressortaient clairement, tel un paysage lunaire jaunâtre : des milliers de piqûres de seringues. Angela détourna les yeux.

— J'ai pensé à un truc, reprit Katz en continuant son inspection. Est-ce que la police a regardé les enregistrements des caméras de surveillance ? La voiture a dû être filmée dans le parking.

— Pas à ma connaissance. Enfin, comme je vous le disais, ils ne m'ont pas prise au sérieux.

— Je vois.

Il examina le siège arrière : toujours rien. Il ouvrit la portière du côté passager, jeta un coup d'œil et referma.

— Bon, ici, on a fini. J'aimerais bien avoir accès à son ordinateur avant qu'il ne se fasse trop tard.

Angela Klingberg le précéda dans ce qui ressemblait à un ancien couloir de service. À travers la fente d'une porte coulissante entrouverte, Katz aperçut une chambre à coucher de la taille de son propre appartement. Ils passèrent devant une luxueuse cuisine récemment rénovée et une salle à manger équipée de poêles en faïence et de bay-windows en vitraux, traversèrent un salon gigantesque puis montèrent un escalier jusqu'à l'étage, où se trouvait le bureau de Klingberg.

L'ordinateur était posé devant une baie vitrée qui donnait sur un toit en terrasse.

— On n'y a pas touché depuis la disparition de Joel. Enfin, si, moi. J'ai lu ses mails pour voir si j'y trouvais quelque chose d'inhabituel. Joel n'est pas quelqu'un de très secret. Il n'y a pas de mot de passe pour accéder à ses fichiers. Il n'y a qu'à mettre la machine en marche.

Pendant que le disque dur commençait à ronronner, Katz observa la pièce. Une bibliothèque sur mesure. Classeurs et dossiers couvraient un mur entier. Au-dessus de la porte, un unique tableau : un genre de nature morte un peu maladroite, représentant deux plumes d'oiseau en croix, un bouchon de champagne et un flacon de parfum, sans nul doute peinte par un amateur. Sur le rebord de la fenêtre qui donnait sur la terrasse, une photo de mariage. Klingberg en habit. Angela en robe de mariée blanc cassé. Tous deux paraissaient vraiment heureux.

Katz ouvrit le navigateur. L'historique avait été effacé à la mi-avril, environ une semaine avant la disparition de Klingberg. Il le récupéra à l'aide d'un logiciel de restauration de données mais n'y trouva rien de notable.

Klingberg avait lu la presse économique et financière étrangère : le *Wall Street Journal*, *The Economist*, *Finanzwelt*. Il avait fait des recherches dans Wikipédia sur les vins de Bordeaux et utilisé Google pour trouver des adresses de restaurants.

Dans la boîte mail, rien de très probant non plus. La lettre d'adieu à Angela avait été envoyée depuis son téléphone portable et ne s'y trouvait donc pas. Dans la corbeille, des spam. Les mails conservés ne concernaient apparemment que l'entreprise.

— J'aimerais installer un programme, ça ne vous dérange pas ? Il se pourrait que je découvre des choses que vous préféreriez ignorer.

— Des penchants inavouables ? Je prends le risque, répliqua-t-elle avec un sourire en coin.

Katz brancha une clé USB sur la machine, cliqua sur l'icône qui apparut à l'écran et la glissa sur l'icône du disque dur. Il était assez satisfait de ce logiciel, qu'il avait créé lui-même – il ne ratait en principe aucune donnée importante, et ne perdait pas de temps à analyser un tas d'informations insignifiantes : la montagne de déchets binaires que contenait tout ordinateur.

Dix secondes plus tard, l'analyse était achevée. Klingberg n'avait manifestement rien à cacher. Les seules données cryptées détectées par le logiciel se trouvaient dans un fichier zippé, enregistré consciemment ou par erreur dans le dossier système. Katz tenta de l'ouvrir, mais la pièce semblait endommagée. Il la fit glisser sur sa clé USB pour en vérifier ultérieurement le contenu. À part ça, tout semblait parfaitement limpide.

— L'ordinateur n'a pas bougé depuis que Joel a disparu, c'est bien ça ? Est-ce que quelqu'un est entré dans le bureau ? Personne n'a pu l'utiliser ?

— Non… Pourquoi ?

— Il est presque trop bien rangé.

— Vous n'avez rien trouvé de bizarre ?

— Non.

— Vous en êtes sûr ?

— Tout à fait sûr.

Angela Klingberg secoua la tête d'un air perplexe et regarda la photo de mariage.

— Ça fait dix ans, pratiquement jour pour jour. J'avais vingt-cinq ans. Le lendemain matin, on est parti en voyage de noces. En République dominicaine, là où la société Klingberg Aluminium a été fondée. Le grand-père de Joel, Gustav, faisait le commerce du sucre et de la bauxite avec Saint-Domingue dans les années 1940. Il était le fils d'une famille de missionnaires suédois en poste dans l'île. Ses parents portaient assistance aux pauvres et aux nécessiteux à la campagne. On a même baptisé une rue en leur honneur à Comendador, à la frontière haïtienne. Ils ont sauvé de nombreuses vies au moment du massacre des réfugiés haïtiens par l'armée dominicaine. Je crois qu'on appelle ça le massacre du Persil.

— C'est la raison pour laquelle Joel voulait y aller ? Pour retrouver les traces de sa famille ?

— En partie. Il y a passé beaucoup de temps dans son enfance, avec son grand-père. Quasiment tous les étés. On a visité leur première mine de bauxite et le caveau familial au cimetière luthérien de Saint-Domingue.

Un sourire rêveur se dessina sur les lèvres d'Angela Klingberg.

— Quel voyage merveilleux… Je lui ai appris à plonger. Il a passé son certificat PADI dans un village de la côte nord. Je venais de commencer mes études de biologie marine. Aux Caraïbes, la vie sous-marine est d'une richesse incroyable. On a vu des barracudas et des requins-tigres. J'y serais bien retournée cette année, pour fêter notre anniversaire de mariage. On en avait même parlé…

Elle se tut et regarda la nature morte sur le mur.

— Joel a fait ce tableau quand on y était. Il est atroce, vous ne trouvez pas ?

— Je ne savais pas qu'il peignait.

— Il ne peint pas. À ma connaissance, c'est le seul tableau qu'il ait jamais réalisé. C'est une sorte de compte rendu visuel du jour où son frère a disparu. Joel était tout petit quand c'est arrivé, mais il dit se souvenir de certains détails. Une femme avait promis d'attendre avec Kristoffer sur un quai de métro pendant que Joel et son père montaient en ascenseur avec la poussette. Quand ils sont arrivés, ils n'ont trouvé personne. Kristoffer et la femme auraient dû les attendre sur un banc.

— Quel rapport avec le tableau ?

— D'après Joel, il y avait deux plumes posées en croix par terre, sous le banc, et un bouchon de champagne sur les plumes. Ça lui est revenu quand on était à Saint-Domingue.

— Étrange.

— Oui, n'est-ce pas ?

— Et le flacon de parfum ?

— Je ne me souviens pas bien. Je crois que la femme qui a emmené Kristoffer sentait très fort le parfum. Bref... Que ces souvenirs soient exacts ou non, pour Joel, ils sont bien réels.

Katz éteignit l'ordinateur. Angela Klingberg écarta une mèche blonde qui était tombée sur son visage. Exactement comme le faisait Eva Dahlman. Elles se ressemblaient. Pourquoi ne l'avait-il pas encore remarqué ?

— On a fini pour aujourd'hui ? demanda-t-elle.

— Oui.

— Je peux faire autre chose pour vous ?

— J'aurais besoin de parler à l'oncle de Joel, mais il n'a pas l'air facile à atteindre.

— Pontus ? Ne vous en faites pas. Je vais l'appeler pour vous obtenir un rendez-vous.

Il était déjà 10 heures quand Katz gara sa voiture près de la gare centrale et prit la direction du parking souterrain. Dans une guérite en plexiglas, à l'entrée, un vigile blafard, la trentaine, déjà chauve, faisait des sudokus.

Katz se présenta. L'homme le fit entrer dans la guérite.

— C'est vous qui avez demandé à visionner les enregistrements de surveillance ? Je les ai préparés pour vous. Il n'y a pas grand-chose à faire ici, vous savez. On profite de toutes les occasions. C'est le 22 avril qui vous intéresse, c'est bien ça ? À l'heure du déjeuner. Une Lexus rouge.

Katz acquiesça.

— C'est payant, bien sûr, sauf si vous êtes flic. Disons... Mille couronnes. À ce prix-là, vous pouvez considérer ce lieu comme une cabine de visionnage non-stop... Sauf si mon chef se pointe.

Katz sortit deux billets de cinq cents couronnes et les posa sur la table.

— La voiture a été garée au deuxième sous-sol, précisa le vigile. Près d'un poteau. À 11 h 54.

Il ouvrit un dossier contenant des fichiers vidéo triés par date et cliqua sur l'un d'entre eux. Huit fenêtres apparurent à l'écran.

— Il y a deux caméras à chaque étage, plus une à l'entrée, mais elle fait partie d'un système différent. Le mec qui vous intéresse, vous allez le voir dans les deux fenêtres en bas à gauche, d'abord quand il arrive en voiture, après quand il se gare, et encore après quand il descend de voiture et marche jusqu'à l'escalier. Enfin, si vous voulez mon avis, ça n'a pas grand intérêt.

Le vigile cliqua sur la fonction plein écran de la fenêtre en bas à gauche. La Lexus de Klingberg descendait la rampe depuis la rue, on ne distinguait pas le visage du conducteur. Il semblait seul, en tout cas.

— Vous pouvez l'agrandir ?

— *Niet.* Ça augmentera le grain, rien de plus. Le voilà en train de sortir de la caisse.

Les images avaient été prises par une autre caméra. La voiture de Klingberg entrait dans un emplacement délimité. Un poteau bouchait la vue.

— Attendez un peu… Là, il apparaît en entier. On ne voit pas bien son visage mais je parie mille euros que c'est un immigré. Il n'y a qu'eux qui peuvent se payer des voitures de luxe.

Un homme entrait dans le cadre depuis l'angle mort, vêtu d'un anorak gris à capuche. Un anorak de la marque Fjällräven, nota Katz. Il avait acheté quasiment le même l'automne précédent et on le lui avait volé lors d'un cambriolage chez lui.

— On ne peut pas voir son visage ?

— Non. Mais en tout cas, ce soir-là, il ne pleuvait pas. Je l'ai vérifié sur l'enregistrement de la caméra à l'entrée. Il faisait un froid de canard. Il gelait même. Pourtant, on était déjà en avril. Mais il ne pleuvait pas. Au contraire, il y avait un soleil éclatant.

L'homme se savait filmé. Il tirait sur sa capuche afin de dissimuler son visage. Puis, baissant la tête, il se dirigea vers la sortie en pressant le pas. Il ouvrit la porte de l'escalier et disparut.

— Niveau action, ça laisse à désirer, hein ? ironisa le garde avec un signe de tête vers l'écran.

La caméra tournait toujours, enregistrant un paysage souterrain désormais immobile.

— Même pas un pigeon ou un rat, reprit le vigile. Pourtant, on n'en manque pas. Ni de jeunes de banlieue. Ni de camés. La nuit, c'est un vrai zoo, ici. De quoi il s'agit, au fait ? Qu'est-ce qu'il a, ce mec ? C'est la deuxième fois que je sors ces enregistrements.

Katz le regarda, étonné.

— À qui vous l'avez montré avant ?

— Aux flics.

Katz n'y comprenait plus rien. Selon Angela Klingberg et le contact de Julin, la police n'avait visionné aucune vidéo de surveillance.

— Quand ça ?

— Il y a quelques jours. Une nana. Pas mal, à vrai dire. Une sportive. La quarantaine. Sûrement gouine. Elle m'a montré sa carte, mais je ne me rappelle plus son nom. Elle était peut-être procureur, d'ailleurs.

Le vigile attrapa une canette de Coca sur une étagère et avala une gorgée avec une grimace de dégoût.

— Regardez-moi ça, à propos de zoo !

Il cliqua sur une nouvelle fenêtre : une bande de jeunes arrivait par l'escalier et s'arrêtait juste en dessous de la caméra. Comme sur un ordre inaudible, à l'unisson, ils sortirent des bombes aérosols et se mirent à tagguer les murs. En moins d'une minute, c'était fini. Quatre murs couverts de gribouillis. L'un d'eux, un jeune portant des dreads, se tourna vers la caméra en souriant, puis il extirpa une bouteille de bière, la lança sur l'objectif et le manqua. Ils disparurent dans l'escalier. À l'image, il n'y avait plus que des murs maculés de peinture noire et les éclats de verre de la bouteille brisée.

— Sale racaille ! Vous avez vu le singe qui a jeté la bouteille ? Vous savez ce que je pense, ces derniers temps ? Que le Norvégien, là, Breivik, il n'avait pas tort, au fond. Toutes ces conneries sur le multiculturalisme, c'est n'importe quoi. Mais les gens n'osent rien dire. Même Åkesson et les démocrates de Suède sont devenus politiquement corrects. Comment vous réagissez si je vous dis que Breivik a raison ? Il faut s'attaquer aux racines du problème, les éradiquer avant qu'il ne soit trop tard.

Le vigile se tut et se gratta le cuir chevelu.

— Il y a encore une caméra, reprit tranquillement Katz.

— Quoi ?

— Dans l'escalier. C'est vous qui l'avez installée ? Vous n'avez pas l'autorisation de filmer ailleurs que dans les aires de parking proprement dites.

— Comme je vous le disais, il ne se passe pas grand-chose, ici. Huit heures par jour dans une cage en plexi. Il faut bien que je me distraie. De toute façon, je l'ai enlevée. Le chef s'est plaint.

— Elle était encore en place le 22 avril ?

— Possible...

— Et vous ne l'avez pas signalé à la police ?

— Comme je vous le disais... Elle était gouine.

— Vous allez me sortir les enregistrements du conducteur de la Lexus. Il est passé par l'escalier. Ce qui signifie que vous l'avez quelque part, dans un fichier. En gros plan.

Le vigile soupira.

— Je crois, mais ça vous coûtera cinq cents de plus.

Katz posa un billet sur la table et, deux minutes plus tard, l'homme réapparaissait à l'écran. Il descendait le même escalier que les jeunes vandales, dos à la caméra, la tête toujours cachée par sa capuche. Il était de taille moyenne, comme

Klingberg – et un million de Suédois. Rien de particulier dans sa démarche ni dans son maintien. Il ressortit du cadre sans avoir montré son visage.

— Il ne prend aucun risque, celui-là. Il ne veut pas être reconnu. Je peux éteindre, maintenant ? Il faut que je me remette au boulot.

— Attendez !

La caméra tournait toujours. Katz remarqua un changement de luminosité dans l'image. Une porte s'était ouverte à l'étage inférieur. Deux ombres se dessinaient sur le mur, deux personnes se croisaient, s'arrêtaient et échangeaient quelques mots, puis l'une d'entre elles – l'homme à l'anorak – sortit par la porte alors que l'autre reprenait son ascension.

Lorsque la silhouette entra dans le champ, Katz le reconnut immédiatement : un jeune d'environ dix-sept ans. L'adolescent s'arrêta sur le palier, juste en dessous de la caméra. Ses habits étaient sales, il portait un sac à dos. Sans-abri, se dit Katz. Toxico. Mais sobre au moment de l'enregistrement. Il semblait terrorisé.

— Un drogué, intervint le vigile. Ça en grouille, ici. J'en ai trouvé un mort la semaine dernière, dans une voiture. D'abord, j'ai cru qu'il dormait. Il était allongé à l'arrière d'une vieille Toyota Corolla. Regardez-moi ce type… Putain ! On dirait qu'il a le sida !

L'hiver précédent, Katz avait ouvert une réunion des narcotiques anonymes au centre-ville, en « partageant », comme on disait. Puis il avait écouté les histoires des autres et remarqué à quel point ils étaient en retard sur lui dans leur évolution personnelle. Ils ne faisaient encore que gratter à la surface. Katz avait remarqué le jeune homme assis dans un coin, tout au fond de la salle. Absent, comme s'il ne comprenait pas bien ce qui se passait autour de lui. Sale. Le jean maculé de taches de sang. Son sac à dos posé à ses pieds.

— Vous pouvez imprimer des photos ?

— Des arrêts sur image ? Bien sûr.

— Il m'en faut une de l'homme en anorak et une de ce jeune.

Le vigile s'exécuta.

— Vous avez de la chance, les impressions sont comprises dans le prix.

Katz contempla l'image du jeune toxico. Il était mort de trouille, mais pourquoi ? À cause de l'homme qu'il avait croisé dans l'escalier ? Et beaucoup trop jeune pour se droguer. Tout comme lui-même, à une époque.

Pendant les dix premières années de la vie de Katz, ses parents, Anne et Benjamin, tous deux enseignants, l'avaient inscrit à six écoles différentes. Benjamin était sujet à de terribles sautes d'humeur, et leurs contrats de travail s'en trouvaient souvent raccourcis. Dans la dernière école où il avait été en poste, lors d'une dispute avec un gardien à propos de la ventilation dans la salle des professeurs, Benjamin avait brisé la clavicule de son interlocuteur. Ces mêmes crises de fureur incontrôlables coulaient dans le sang de Katz. Il avait hérité de cette disposition et passé une vie entière à tenter de la maîtriser, sans toujours y parvenir.

Il avait tout juste quatorze ans lorsque Benjamin était mort d'un cancer du poumon. Incapable de surmonter cette perte, sa mère dépérit, refusant de se nourrir, et s'éteignit peu après dans une maison de repos, à Sollentuna. Katz n'avait pas d'autre famille. Il fut placé en maison de redressement pour la première fois. La vraie question, c'était pourquoi il n'avait pas atterri plus tôt dans ce type d'établissement. Il avait commencé à dérailler bien avant le décès de ses parents – à onze ans, on l'avait déjà arrêté pour vol à l'étalage. L'année suivante, les services sociaux ouvraient un dossier sur lui.

Ses parents disparus, il ne lui resta plus une once de surmoi. Le garçon devint incontrôlable. À la maison de redressement de Hässelby, il rencontra d'autres gamins à problèmes de la banlieue Ouest : des jeunes délinquants de Blackeberg ou Rissne qui, quoi qu'ils entreprennent, se retrouvaient toujours face à ce même horizon bouché. Pas la moindre perspective d'avenir. Katz s'intégra rapidement. Des criminels plus âgés lui passaient des commandes de cambriolages. Ses camarades et lui pataugeaient dans l'eau du Mälare, à proximité des clubs de plaisance et de voile, munis de pinces coupe-boulons pour sectionner les cadenas des moteurs. Ils faisaient du recel, volaient à la tire, tabassaient les gens dont la tête ne leur revenait pas. Engagés comme garçons de course, ils parcouraient la moitié du grand Stockholm entre dealers détaillants et grossistes. Il y avait de l'héroïne partout. Pourtant aux premières loges pour observer les effets de la drogue, la décomposition, Katz, aveuglé par l'adolescence, ne vit aucune raison d'y résister. Sa première histoire d'amour avec la came ne dura que quelques mois et ne lui laissa pas le temps de développer une dépendance complète. Bizarrement, il fut sauvé par le cataclysme qui survint pendant sa relation avec Eva Dahlman.

Il rencontra Eva l'été de ses seize ans, par l'intermédiaire de son meilleur ami à la maison de redressement, Jorma Hedlund. Grande, timide, elle bégayait légèrement et en avait honte. Elle préférait donc se taire. Katz prit d'abord son silence pour de l'arrogance, puis pour du mystère. De deux ans sa cadette, elle était également issue d'une famille à problèmes. Il lui arrivait de se retrouver à la rue. Parfois, quand Katz réussissait à la faire entrer à la maison de redressement à l'insu du personnel, elle passait la nuit dans sa chambre. C'est avec elle qu'il avait fait son premier shoot, dans la cave d'une tour de l'Astrakangata. Les mains de Katz tremblaient tellement qu'elle avait fini par le piquer à sa place.

Cette année-là, ils avaient passé l'été ensemble, se défonçant, faisant l'amour en plein air, volant dans les supermarchés, traînant avec les mêmes bandes. En août, ils cambriolèrent un yacht ancré au large du port de plaisance de Hässelby Strand. Katz et Jorma Hedlund avaient attendu que l'équipage débarque et parte en taxi. Et, quelques heures plus tard, une fois la nuit tombée, ils rejoignirent le navire à la nage. Eva montait la garde sur la grève. Ils ne trouvèrent rien d'intéressant à bord, tout juste mille couronnes en liquide. Avant de repartir, ils vandalisèrent le bateau : ils cassèrent les meubles, vidèrent le contenu du réfrigérateur par terre et aspergèrent la garde-robe de peinture.

Plus tard, le même soir, Eva et Katz se défoncèrent dans un garage à vélos, à proximité. La came était à peine délayée. Aussitôt qu'il se l'injecta, Katz sentit sa puissance inquiétante. Ses membres s'engourdirent, puis il perdit conscience.

À son réveil, il se trouvait dans une forêt, sur l'île inhabitée de Grubbholmen, en face de Hässelby Strand – il l'apprit plus tard. Aveuglé par le faisceau d'une lampe de poche, il entendit des aboiements. Soudain, il fut entouré de policiers. Son pantalon était baissé jusqu'aux genoux. Dans sa main, il tenait le slip d'une fille. On lui agrippa les cheveux et on le retourna sur le ventre. Il vit Eva Dahlman qu'on emportait sur un brancard, nue, le corps couvert de sang, on lui criait des choses, il se sentit hissé vers le haut et se retrouva en position assise, menotté.

On le plaça dans une maison de redressement, où un psychologue tenta de l'aider à retrouver la mémoire de cette soirée. D'après les conclusions de l'enquête, il avait frappé Eva jusqu'à ce qu'elle perde connaissance, puis l'avait gravement mordue à la gorge. Mais Katz ne se souvenait de rien. Eva non plus. Elle refusait de croire à sa culpabilité. Elle fut envoyée en centre de désintoxication pour mineurs dans le Norrland.

L'événement le poursuivit pendant de longues années. L'incertitude. Les affres du doute. Était-il capable de commettre de tels actes ? À la longue, l'idée de sa propre culpabilité se révéla insupportable. Il choisit de rompre avec son ancienne vie et décida de passer à autre chose.

Il fut sauvé par sa tête bien faite et son aptitude aux études. À la maison de redressement, une dispense lui permit de s'absenter en journée pour reprendre sa scolarité au lycée de Huddinge, en section scientifique. Ses notes étaient excellentes, surtout en langues et en mathématiques. Dans cette matière, son professeur le laissa progressivement travailler à son propre rythme, sans se soucier du programme. En dernière année, il suivit un cours de programmation informatique. Il se révéla tellement doué qu'on lui demanda de remplacer le professeur lorsque celui-ci tomba malade.

À dix-huit ans, il accomplit l'évaluation préparatoire au service militaire. Le psychologue de l'armée lui suggéra de passer les tests d'admission aux formations spécialisées. Katz avait obtenu des résultats extraordinaires au test de Stanford-Binet. Un mois plus tard, il reçut l'appel téléphonique d'un major du comité d'inscription, qui lui proposa de faire son service militaire à l'École d'interprètes de l'armée. On lui avait déjà réservé une place, au cas où il accepterait.

Katz fut l'un des trois élèves-interprètes à obtenir un poste en ambassade dès sa sortie de l'école. En 1988, il devint adjoint de l'attaché militaire auprès de l'ambassade de Suède à Helsinki, où il consacra deux ans à traduire des documents russes : journaux, bulletins officiels, renseignements d'origine électromagnétique recueillis par les services finlandais à la frontière. Manifestement, il fit du bon travail, car ensuite on l'envoya au consulat général de Suède à Leningrad – ou Saint-Pétersbourg, comme la ville allait bientôt être rebaptisée.

Il y fit la connaissance de Rickard Julin, officiellement consul affecté au service des visas. En réalité, Julin travaillait pour la Défense. Dans l'empire soviétique sur le point de s'effondrer, le consulat était encore chargé des contacts officiels avec la Russie du nord-ouest : les oblasts d'Arkhangelsk, de Mourmansk, de Novgorod et de Pskov, les républiques de Carélie et des Komis, le district autonome de Nénétsie et la région de Kaliningrad. La mission de Julin consistait à recueillir des renseignements sur le matériel militaire égaré, sur l'évolution de l'industrie de l'armement et les personnes nommées à la tête des dépôts de munitions et des bases de missiles.

Julin étant le plus souvent en déplacement, Katz ne le voyait qu'une fois par semaine. Mais il l'aimait bien, il appréciait son calme, ses manières chaleureuses – enfin, pour un militaire de carrière. Julin était de seize ans son aîné. À une époque, il semblait avoir exercé une fonction secrète désignée par un chiffre et un alias pour éviter toute tentative de recrutement par une puissance étrangère. Cela impressionnait Katz. Un an plus tard, lorsque Julin fut nommé observateur de la paix et partit pour les Balkans, Katz mesura brusquement l'importance que celui-ci avait eue pour lui. Il l'avait admiré comme on admire un grand frère.

Le contrat d'interprète militaire de Katz s'acheva aussi brusquement qu'il avait commencé, au printemps 1992. Katz retourna à Stockholm et s'inscrivit à l'agence pour l'emploi alors que le pays entrait justement dans une période de crise économique. En atterrissant à Arlanda, il se rendit compte qu'il n'avait nulle part où aller. Sans nouvelles de Julin depuis plus d'un an, il tenta néanmoins sa chance en appelant l'un de ses vieux numéros professionnels. Aussi incroyable que cela pût paraître, Julin décrocha et, plus encore, se conduisit en véritable ange gardien. En moins d'une semaine, il lui avait déniché un poste de traducteur civil attaché à l'Institut national de défense radio.

Seul dans son bureau, sur l'île de Lovö, Katz faisait des recherches de données pour les experts en relations internationales de la Défense. Les infimes fragments d'information qu'il manipulait étaient rassemblés par d'autres pour former un tout compréhensible. De temps en temps, il voyait Julin, qui avait poursuivi sa carrière à la Défense. Devenu attaché militaire itinérant auprès de l'OTAN, il était parfois de passage en Suède. Katz et lui en profitaient alors pour se retrouver dans un café du centre-ville et parler russe, ou échanger des potins sur leurs anciens collègues des Affaires étrangères.

Après un an à Stockholm, Katz se remit à l'héroïne. Pourquoi ? Il n'en savait trop rien. Peut-être par solitude, tout simplement. Car la solitude lui serrait le cœur comme un étau, elle l'éloignait du monde environnant, l'isolait, encapsulait ses émotions : le chagrin d'avoir perdu prématurément ses parents, la frustration d'avoir perdu sa jeunesse, l'impuissance devant les violences commises contre Eva, le regret de ne jamais l'avoir revue, la colère diffuse qu'il portait en lui aussi loin qu'il se souvenait.

Il achetait sa drogue à une vague connaissance de son temps à Hässelby, un Sud-Américain prénommé Jorge qui avait l'épiderme poreux et plâtreux d'un vieil héroïnomane. Mais Katz ne négligeait pas son travail pour autant. Il ne se défonçait jamais pendant les heures de bureau, cachait soigneusement les traces de piqûres sous des manches longues qu'il ne retroussait jamais, et rendait toujours ses traductions à temps.

L'été 1993, il fut brusquement envoyé au consulat général de Suède à Berlin pour le compte de l'Institut national de défense radio. La réunification avait mis fin au vieil accord entre les quatre grandes puissances alliées concernant Berlin. Les Russes vidaient leurs derniers dépôts et expédiaient leurs armes à Moscou en train depuis la commune d'Erkner, dans la banlieue de Berlin. Katz rassembla des données sur l'organisation et la durée des transferts, les armes concernées et, enfin, la couverture médiatique de l'événement en Russie et en Allemagne. Il se rendit à Berlin muni d'un passeport diplomatique et d'un sachet de dix grammes d'héroïne hollandaise dans la poche intérieure de sa veste. À ce stade, ses doses étaient trois fois supérieures à sa consommation de départ.

Le consulat lui avait trouvé un appartement dans la Wiener Strasse, à Kreuzberg, c'est-à-dire à quelques pas de la Kottbusser Tor. Il n'avait donc pas de problèmes d'approvisionnement. La Kottbusser Tor était un véritable supermarché de l'héroïne et fournissait tout le sud de la ville. Des camés édentés y vendaient de l'héro turque dans des enveloppes de trois grammes pour une somme infiniment inférieure aux prix pratiqués à Stockholm. On pouvait acheter des seringues par paquet de dix à la sortie des pharmacies.

Après quelques mois, Katz ne fonctionnait plus sans poison. Il commençait à commettre des imprudences, s'injectant de petites doses pendant ses heures de travail. Il prenait des congés à répétition. Il se mit également à fréquenter d'autres toxicos. Suivirent les arrêts maladie : des semaines entières pendant lesquelles il sombrait dans le brouillard et dont il ne se souvenait quasiment pas.

Il fut rappelé à Stockholm pour suivre une formation en informatique à l'École polytechnique – un événement qui le sauva provisoirement. Au ministère de la Défense, on était bien conscient de ses talents de programmeur, de son don pour les langues et de ses aptitudes au renseignement. De plus, on pressentait l'avènement d'une ère nouvelle : celle d'Internet et des petits ordinateurs personnels hyper performants. Le ministère allait avoir besoin de gens comme Katz.

Il parvint à se désintoxiquer par ses propres moyens, puis à se tenir par le collet tout le long de la formation, mais, dès l'instant où elle prit fin, il se retrouva sur la pente raide.

Le processus fut rapide. En moins d'un an, il perdit travail et domicile.

Il faisait des cambriolages et vendait de la came pour se procurer de l'argent. Il s'était éloigné de tous ses vieux amis, sauf de Jorma Hedlund, qui évoluait encore dans le monde du crime. Jorma fut d'ailleurs le seul à essayer d'aider Katz à s'en sortir. L'ennui, c'est que Katz ne voulait pas être aidé.

Il dormait dans des foyers – une solution éphémère, un lit pour la nuit. On l'en chassait dès le lever du soleil. Il s'installa peu à peu dans des repaires de drogués et, finalement, se souciant de moins en moins de sa personne, dormit dehors, sous des porches, dans des parcs. Il s'enfonçait dans un puits sans fond. Sa santé se détériorait à vue d'œil.

Jusqu'au jour où son sauveur réapparut : Rickard Julin.

Katz s'en souvenait encore comme si c'était la veille. Julin l'avait aperçu à la station de métro de Gullmarsplan. Katz devait se rendre quelque part, mais il avait oublié où. Debout sur le quai, il remarquait à peine les gens qui le contournaient, dégoûtés par ses habits sales, ses marques d'injections sur les mains, ses plaies. Il parlait tout seul. Julin, en tout cas, prétendait avoir reconnu sa voix avant de le reconnaître visuellement.

Ce fut le début du rétablissement. Julin lui donna sa carte de visite et insista pour qu'il l'appelle, ne serait-ce que pour bavarder un moment. Il était comme ça, Julin. Il rendait volontiers service. Un mois plus tard, Katz était admis dans un centre de désintoxication anthroposophique à Ytterjärna, dans les environs de Stockholm.

Peu après minuit, Katz rentra chez lui. Dès qu'il ouvrit la porte, il eut le sentiment que quelqu'un avait pénétré dans son domicile pendant son absence. Il tâta la serrure : pas de trace de graisse. Si la porte avait été forcée, on avait en tout cas pris soin de nettoyer.

Des lampadaires éclairaient faiblement l'appartement à travers les fenêtres. Katz traversa le vestibule et s'immobilisa, tendant l'oreille pour percevoir le moindre murmure : une respiration, un léger frottement de vêtements contre un corps, mais rien.

Il entra dans la chambre, où les murs réfléchissaient l'écran lumineux du radio-réveil. Le lit était intact, mais la porte de la penderie bâillait. Il l'ouvrit doucement. Tout semblait en ordre. Pourtant, il avait la nette impression que quelqu'un avait remis ses habits en place après les avoir bougés.

Dans la cuisine, la ventilation réglée au minimum ronronnait discrètement. Dans l'égouttoir, la vaisselle luisait. Un carré éponge pendait sagement sur le robinet. Le carrelage étincelait de propreté. Exactement comme il l'avait laissé.

Dans le salon, le canapé semblait somnoler contre le mur comme un gros animal. Le modem clignotait sous le téléviseur. Sur la table basse, un journal était plié. Les objets posés sur les étagères et sur le rebord de la fenêtre... dans la position exacte où il les avait laissés.

Il parcourut une fois de plus l'appartement, passant chaque pièce au peigne fin, mais sans en découvrir davantage. Aucune trace d'effraction. Il savait d'expérience où chercher les objets de valeur chez les gens – il l'avait fait si souvent lui-même durant ses années sombres... Mais rien n'avait été volé. Ni déplacé.

Dans la cuisine, alors qu'il se préparait une tartine, le sentiment qu'un inconnu était venu par là se dissipa lentement.

Il jeta un coup d'œil sur l'écran de son téléphone portable. Angela Klingberg lui avait envoyé un message : il avait rendez-vous avec Pontus Klingberg au siège de l'entreprise le lendemain matin à 10 heures.

Katz repensa au jeune drogué du parking. Il lui semblait urgent de le retrouver. Il faudrait d'abord se renseigner dans les foyers d'accueil et au groupe des Narcotiques anonymes du centre-ville. Le jeune homme avait paru réellement épouvanté après son échange avec le conducteur de la voiture de Klingberg.

Quant à la femme policier qui avait demandé à voir les vidéos de surveillance, elle aurait agi une fois le dossier clos. Car, selon les sources de Julin, les recherches avaient été abandonnées vingt-quatre heures après le signalement de la disparition. Manifestement, l'enquête avait été rouverte.

Il y a quelque chose de pas net dans cette disparition, soupira Katz.

Il alluma l'ordinateur du salon, qu'il n'utilisait que quand il avait la flemme de descendre deux étages jusqu'à son bureau, et brancha la clé USB sur l'unité centrale.

Il téléchargea un logiciel de réparation de zips. Quelques minutes plus tard, le fichier corrompu qu'il avait copié sur l'ordinateur de Klingberg était lisible. Il contenait un dossier protégé nommé MK – les mêmes initiales que sur le carré d'étoffe.

Katz y trouva de vieilles photos de famille du siècle dernier en noir et blanc : un homme et une femme posant avec deux garçons sur fond de paysage tropical ; les mêmes personnages ailleurs, dans une ville, des panneaux en espagnol en arrière-plan. Il s'agissait de Gustav, le patriarche, accompagné de sa femme et de ses enfants, dont le plus jeune était sans doute le père de Joel.

À la fin du document, quelques notes, des mots-clés. D'après la dernière date de modification du fichier, ils avaient été ajoutés la veille de la disparition de Klingberg :

Kristoffer emmené en juin 1970.

Maman et papa retrouvés en septembre 1979. Pourquoi à la campagne ?

Marie Bennoit morte en 1978. Comment ?

Klingberg semblait penser que ces événements étaient liés : la disparition de son frère et les trois décès. Sur les photos très anciennes, probablement en République dominicaine, apparaissaient son père, son oncle et ses grands-parents. Mais qui était Marie Bennoit ? Une parente ? Sinon, pourquoi Klingberg la mentionnait-elle ?

À 10 heures pile le lendemain matin, Katz entra au siège de Klingberg Aluminium dans le quartier de Vasastan. Une secrétaire le pria d'attendre dans un coin salon. La décoration était sobre, presque aseptisée. Murs gris, moquette noire. Bourdonnement sourd de la climatisation. Sur une table basse, quelques magazines. La vue, en revanche, était splendide : en premier plan, le parc de Vanadis, puis le gratte-ciel Wenner-Gren et, enfin, le lac de Brunnsviken.

Katz se servit un café à un distributeur et tenta de joindre Angela Klingberg, qui ne répondit ni sur son portable, ni sur son fixe. Il appela ensuite Julin et lui fit un bref compte rendu de sa rencontre avec le surveillant du parking. Julin lui promit de se renseigner rapidement au sujet du visionnage des vidéos.

Parmi les magazines, Katz trouva une brochure sur l'entreprise, qu'il feuilleta sans conviction. Il tomba sur une photo du fondateur Gustav Klingberg, complétée d'un petit historique de l'entreprise.

Né en 1914, fils aîné des missionnaires Einar et Astrid Klingberg, Gustav avait passé son diplôme de fin d'études au lycée de Saint-Domingue, puis obtenu une bourse qui lui avait permis de suivre des études dans une école polytechnique de La Havane et de passer son diplôme d'ingénieur des Mines. Après trois ans à Cuba, il retourna en République dominicaine, où il fonda sa première entreprise.

Ses activités dans le secteur de la canne à sucre et de la bauxite se révélèrent lucratives, il s'enrichit rapidement. Il raffinait la bauxite en collaboration avec une entreprise américaine et la revendait à des producteurs d'aluminium et d'objets en terre cuite résistant à de très hautes températures.

Toujours selon l'article, au début des années 1940, il épousa la fille d'un missionnaire suédois, Lisbet. Les deux familles se fréquentaient depuis longtemps. Lisbet et Gustav eurent deux fils en 1941 et 1942, Pontus et Jan.

Au début des années 1950, un changement de stratégie industrielle incita Gustav à revenir en Suède avec sa famille. Il s'installa à Stockholm, où il fonda Klingberg Aluminium. L'entreprise importait de la bauxite d'Afrique et des Caraïbes, et produisait de l'aluminium employé dans la fabrication de jantes de voitures, de roulements à billes, de composants aéronautiques et d'éléments de façades ou de toitures. Après quelques années d'existence, le groupe Klingberg contrôlait déjà de nombreuses entreprises du secteur métallurgique.

La brochure se terminait sur une photo de famille datant de la fin des années 1960, sans doute censée symboliser la continuité au sein de l'entreprise : sous la véranda de la propriété familiale de Djursholm, Gustav Klingberg entouré de sa femme Lisbet, ses deux enfants et ses quatre petits-enfants. D'après la légende, Joel se trouvait à gauche, à côté de son grand frère Kristoffer.

Katz découvrit avec étonnement que Kristoffer, le garçon au sourire triste, était noir.

Joel ne lui avait pourtant jamais parlé d'une quelconque adoption. Cela dit, les deux frères se ressemblaient, comme si, malgré tout, le milieu influençait la physionomie et que les enfants pouvaient se transformer comme des caméléons.

Katz reposa la brochure. À la réception, une standardiste souriante lui faisait signe. Peu après, on le conduisit dans le bureau du patron.

Cela ne semblait pas déranger Pontus Klingberg de recevoir un inconnu qui voulait lui poser des questions sur la disparition de son neveu. Il attendait Katz dans la salle du conseil d'administration, assis dans le grand canapé en cuir. Katz contempla un instant la vue, aussi splendide qu'au rez-de-chaussée.

— Mon père était un grand admirateur du vieil Axel Wennergren, expliqua Pontus Klingberg. Il s'est même débrouillé pour avoir vue sur son trophée architectural depuis les bureaux de son entreprise. Axel adorait les Caraïbes, lui aussi. Il possédait une maison à la Barbade, où il a passé toute la guerre. C'est-à-dire jusqu'en 1942, quand il s'est retrouvé sur la liste noire des Britanniques pour avoir vendu des canons Bofors aux Allemands. Je me souviens très bien de lui. Quand j'étais enfant, il nous accompagnait souvent dîner au Stallmästaregård. Gustav et lui adoraient tous les deux la cuisine traditionnelle suédoise. Ils prenaient toujours de la salade d'anchois en entrée et du hareng frit en plat principal. Les discussions tournaient autour du prix des matières premières, de l'avenir d'Electrolux ou de l'essor de la famille Wallenberg dans l'industrie lourde.

Il attrapa une bouteille d'eau minérale sur une desserte, la décapsula et servit un verre à Katz.

— Qu'avez-vous sur le cœur, jeune homme ? Angela s'inquiète pour mon neveu ?

Katz prit le verre que lui tendait Pontus Klingberg et s'assit dans un fauteuil.

— D'après elle, Joel ne serait pas parti de son plein gré.

— Quand quelqu'un disparaît comme ça, sans crier gare, l'entourage s'inquiète, c'est bien normal. Je ne sais pas ce qui se passe entre Joel et Angela. À vrai dire, je ne tiens pas à le savoir. Des histoires d'argent, peut-être. Ça peut arriver quand une jeune fille fait un mariage avantageux... Ou du moins qu'elle devient plus riche qu'elle ne l'a jamais été. Ça peut créer un déséquilibre. Mais la loyauté de Joel envers l'entreprise est sans faille. Il sera bientôt de retour.

— Où pensez-vous qu'il soit ?

— Qu'est-ce que j'en sais... Au Danemark, peut-être, comme le pense la police. Ou quelque part à Stockholm. Il faudrait commencer par appeler les hôtels. Cela dit, ce n'est pas mon travail. Je respecte l'intégrité des gens. Mon neveu a certainement une bonne raison de vouloir rester un peu seul.

Pontus Klingberg croisa les mains derrière la nuque et regarda le plafond. Katz l'observa : cheveux argentés, boutonnière double, ongles manucurés. Voilà un homme qui n'a pas l'habitude qu'on le contredise..., se dit-il.

— Vous n'avez rien remarqué d'étrange dans son comportement avant sa disparition ?

— Non, tout était parfaitement normal. *Business as usual.* Nous étions en pleine négociation avec l'Angleterre. Nous nous intéressons depuis longtemps à une entreprise anglaise qui fabrique des profilés aluminium pour l'industrie de l'ameublement. L'actionnaire majoritaire est prêt à nous céder ses parts à un prix raisonnable. D'ailleurs, je dois aller à Londres ce soir pour régler les derniers détails. Joel aurait dû venir avec moi, c'est la seule chose qui m'agace dans cette disparition.

Une jeune femme d'environ vingt-cinq ans entra dans la pièce et informa Klingberg que sa fille cadette venait de l'appeler. Klingberg lui répondit par un sourire paternel et elle ressortit.

— Joel faisait souvent ce genre de chose quand il était plus jeune, reprit-il. À l'époque où il habitait encore chez son grand-père. Il disparaissait pendant plusieurs semaines d'affilée. Il s'isolait quelque part pour bouquiner, dans un appartement emprunté, par exemple. Puis il réapparaissait comme si de rien n'était. Vous savez sans doute qu'il n'a pas eu la vie facile. Beaucoup de choses à digérer. D'abord l'enlèvement de son grand frère, puis, neuf ans plus tard, quand mon frère et sa femme… Joel s'est retrouvé orphelin.

Une lueur de tristesse traversa le regard de Pontus. Il baissa les yeux et poursuivit :

— Il a laissé un message à Angela, non ?

— Ils se sont disputés ce matin-là.

— Au sujet d'éventuels enfants, je suppose. Leur éternelle pierre d'achoppement. Ça fait dix ans que ça dure. Du point de vue financier, ça représenterait un filet de sécurité pour elle, au cas où leur mariage capoterait. J'ai moi-même deux filles. Et quatre petits-enfants. Les enfants sont le sel de la vie, c'est bien ce qu'on dit ?

Tourné vers la baie vitrée, Pontus Klingberg parcourut du regard les berges du lac où les arbres bourgeonnaient. Des haut-parleurs discrets diffusaient à un faible volume une musique d'opéra, et Klingberg se balançait légèrement à son rythme. On ne le remarquait pas au premier coup d'œil, mais il émanait de lui une certaine fragilité. Comme s'il n'était pas tout à fait à sa place, ou s'accommodait mal de son propre corps, de sa présence physique en ce lieu.

— La police a pris contact avec vous après la disparition de Joel, n'est-ce pas ?

— Je leur ai parlé très brièvement au téléphone, rien de plus. Je leur ai dit tout ce que je savais. Qui êtes-vous, au fait ? Angela m'a précisé que vous aviez fait votre service militaire avec Joel.

Katz lui expliqua comment il avait connu son neveu. Il lui raconta ses souvenirs du chauffeur qui venait le chercher le vendredi soir, à l'École d'interprètes de l'armée.

— Katz? reprit Klingberg. D'origine juive. Ne vous en faites pas, je n'ai pas de préjugés. Il y a plusieurs Juifs parmi mes relations d'affaires. Des gens intelligents, qui savent comment gagner de l'argent.

Pontus Klingberg se leva et se dirigea vers la bibliothèque. Un préjugé caractéristique, se dit Katz, dont le père était enseignant et le grand-père, d'après ce qu'il en savait, cordonnier à Vienne avant son émigration en Suède. Cet aïeul juif autrichien avait donc tout quitté peu avant le début de la guerre, emmenant sa femme et son fils de quinze ans en terre inconnue. Plus tard, il avait encore tout quitté pour Israël. Une famille juive sans grande fortune. Cela dit, Katz avait l'habitude. Il en avait entendu des vertes et des pas mûres, depuis le présumé sens des affaires juif – une idée préconçue plus ou moins inoffensive – jusqu'à l'opinion selon laquelle les Juifs dirigeaient le monde en coulisses. C'était peut-être justement ça, être juif : il y avait toujours quelqu'un pour vous faire un commentaire sur le fait que vous l'étiez.

Pontus Klingberg prit une photo encadrée sur un buffet : deux jeunes filles souriantes à bord d'un yacht. Sur une autre, on le voyait lui-même en compagnie des deux jeunes filles devenues adultes, à bord d'un bateau à voile plus petit.

— Mes filles, Ebba et Julia, quand elles étaient petites. On faisait une croisière dans les Caraïbes. Cette photo-là a été prise à Sandhamn l'année dernière. On participe au Gotland Runt tous les étés. Bientôt, leurs enfants auront eux aussi l'âge de faire des courses au large. Mes petits-enfants… Je les ai en photo, vous voulez les voir ? Les Klingberg réussissent toujours dans la vie.

Son expression de fierté se transforma en grimace.

— Parfois, j'imaginais qu'Ebba ou Julia avait été enlevée à la place de Kristoffer. La simple idée que cela puisse arriver me faisait atrocement souffrir. Vous ne pouvez pas vous représenter le cauchemar que ma famille a vécu. Un garçon de sept ans qui disparaît. On ne sait toujours rien de ce qui lui est arrivé. Ça a détruit ses parents. Jan ne s'en est jamais remis. J'ai souffert avec lui, c'était horrible. Notre seule consolation, c'est que ça nous a réconciliés. Depuis qu'il était jeune, Jan gardait ses distances avec Gustav… et avec moi, mais le chagrin l'a incité à revenir dans le giron familial. Enfin, on n'a pas pu faire grand-chose pour soulager sa peine. Il ne s'est jamais pardonné. Il avait bu quelques verres avant de prendre le métro avec les enfants. Ils arrivaient d'une fête d'anniversaire à Stadshagen. Le sentiment de culpabilité l'a rongé de l'intérieur. Et il a continué à boire. Le jour de l'enlèvement, il a pris une mauvaise décision sous l'emprise de l'alcool et, ensuite, l'alcool est devenu sa seule consolation. L'ironie du sort… C'est ce qui les a tués tous les deux. Lui et Joanna, sa femme. Le suicide n'était qu'un prolongement de leur alcoolisme.

Pontus Klingberg poussa un soupir.

— Aucun d'entre nous ne s'en est jamais remis. Gustav était un homme brisé. D'abord perdre un petit-fils, puis un fils.

Klingberg se tut. Dans le couloir, des rires fusaient.

— Rien ne permettait de croire que l'enlèvement avait été orchestré ?

— Non. C'était un hasard, les agissements d'une forcenée solitaire. Elle a emmené Kristoffer sur une impulsion, c'est évident. Dieu sait où… Ça fait plus de quarante ans, maintenant. Kristoffer aurait eu quarante-neuf ans cette année. Il se passe rarement une semaine sans que je pense à lui. Et quand on lit certains articles dans les journaux… Sur ce qui est arrivé à la jeune Kampusch en Autriche, par exemple, ou sur les agissements de ce Belge, Dutroux – le diable en personne, celui-là… Ça ravive les souvenirs. Ou la haine. Ça me donne la nausée.

Klingberg secoua doucement la tête.

— Kristoffer était adopté ? demanda Katz.

— Comment ça ?

— Il était noir, non ?

— Joel ne vous a jamais raconté l'histoire de son frère ?

— Non, pas en détail.

— Sa grand-mère était créole, mais le sang, enfin, si l'on peut parler de sang, a sauté une génération. Ça ne se voyait quasiment pas sur Jan, à part pour ses cheveux crépus… et l'été. Il bronzait beaucoup plus que nous. C'est très étrange. Joel n'en a pas hérité non plus. Le sang, l'héritage… Et tout à coup, ça s'est manifesté chez Kristoffer. Enfin, c'est une longue histoire.

Le regard perdu, Klingberg semblait s'être retiré au fond de lui-même pour laisser l'histoire familiale s'exprimer à travers lui. Pendant le massacre du Persil en 1937, son grand-père Einar, le missionnaire, avait sauvé la vie d'une jeune fille haïtienne de quinze ans, Marie Bennoit, puis il l'avait adoptée et élevée comme sa propre fille. Gustav était tombé amoureux d'elle. Le sentiment était-il réciproque ? Possible. Pourtant, Gustav avait épousé une fille de missionnaire, Lisbet, la mère de Pontus Klingberg. Mais peu après leur mariage, la maîtresse avait donné naissance à un enfant illégitime : Jan Klingberg.

— Mon père était businessman jusqu'au bout des ongles. Il faisait des affaires avec Ramfis Trujillo. Savez-vous qui était Ramfis Trujillo ? Le fils de Rafael Trujillo, le dictateur au pouvoir à l'époque en République dominicaine. Aussi érotomane et cinglé que son père. Gustav aurait marché sur des cadavres pour arriver à ses fins. C'était un homme impitoyable, mais il n'a jamais été question que Jan ne soit pas considéré comme un membre de la famille à part entière. On l'a séparé de sa mère peu après l'accouchement. Il ne pouvait la voir que de temps en temps. Lisbet a très mal vécu la relation amoureuse de Gustav avec Marie, mais elle n'a jamais fait sentir à Jan qu'il n'était pas de la famille. Au moment de s'installer en Suède, on ne s'est même pas posé la question, il devait venir avec nous. Marie en a énormément souffert. Elle aurait voulu le garder. Mais Gustav est parvenu à ses fins, comme d'habitude. D'ailleurs, Marie n'était pas vraiment perdante dans l'affaire. Elle a reçu une pension qui, au final, est d'un montant considérable. Et elle avait d'autres enfants à élever. Mon père n'était pas son seul amant. Elle était d'une beauté éblouissante. Intemporelle, en quelque sorte.

Katz sortit les carrés d'étoffe que lui avait confiés Angela Klingberg.

— Ceci peut-il avoir un lien avec l'histoire familiale ?

— Qu'est-ce que c'est ?

— Joel les a reçus par la poste peu de temps avant sa disparition. Sans expéditeur. Ça vous dit quelque chose ?

Pontus Klingberg secoua la tête.

— Non, répondit-il tristement. Je suis désolé, mais je ne peux pas vous aider.

Il se dirigea lentement vers la porte.

— Veuillez m'excuser. J'ai promis à ma fille que je déjeunerais avec elle de bonne heure.

Entourant de son bras les épaules de Katz, Klingberg le raccompagna dans le hall. Avec une certaine tendresse, comme s'il l'identifiait à son neveu.

Une heure plus tard, Katz entrait dans la salle des microfilms de la Bibliothèque nationale de Suède, à Humlegården. Le calme régnait. Il n'y avait que deux autres visiteurs et le bibliothécaire, qui travaillait sur son ordinateur.

Katz se dirigea vers les armoires Compactus, fit glisser deux rayons pour atteindre les journaux du soir et sortit les cartons de microfilms d'*Expressen* et d'*Aftonbladet* datant de juin 1970. D'après le catalogue, les deux quotidiens du soir avaient publié de nombreux articles sur l'enlèvement de Kristoffer Klingberg.

Il sortit un premier microfilm, plaça la bobine dans le lecteur Gideon, releva le verre et avança jusqu'au 8 juin, le lendemain des événements.

Six gros titres ; aucun sur Kristoffer. Un tremblement de terre au Pérou avait fait trente mille victimes. Olof Palme, le Premier ministre de l'époque, était en visite officieuse aux États-Unis et s'était exprimé au National Press Club, à Washington.

Katz continua les jours suivants. Du sport : la Coupe du monde de football à Mexico. Lee Hazelwood en visite à Stockholm. Des publicités pour des cigarettes : « Moi aussi, je suis passé aux *Prince.* » Il n'en avait plus vu depuis son enfance. Un programme de cinéma annonçait *Une histoire d'amour suédoise* et *La Planète des singes*. Et, toujours en dernière page, la météo.

Enfin, dans l'*Expressen* du 15 juin, il trouva quelque chose : « Un garçon enlevé dans une station de métro. »

L'article, ou plutôt l'entrefilet, tout en bas de la section « national », laissait entendre que l'événement s'était produit la semaine précédente à la station de Kristineberg. Aucun nom n'était cité.

Au bout de quelques jours, la nouvelle faisait les gros titres. Résultat : une double page centrale dans chacun des deux journaux du soir. La famille Klingberg se retrouvait étalée au grand jour. Une femme avait gagné la confiance du malheureux père et emmené le garçon, disait-on. On émettait des hypothèses sur un éventuel chantage, démenti par la police et la famille. Pour la première fois, on voyait Kristoffer en photo.

L'image était extraite de sa première photo de classe : un petit garçon édenté souriant à l'objectif. Sa couleur de peau n'était pas mentionnée, bien sûr, mais la comparaison avec les photos de ses parents et de son petit frère laissait perplexe.

Couvert par la presse pendant deux semaines avant d'être remplacé par d'autres sujets d'actualité sans qu'aucun élément nouveau soit apparu, l'épisode était monté en épingle et décrit comme une tragédie grecque : la colère des dieux s'abattant sur les puissants. On avait lancé un avis de recherche national et international, diffusé principalement dans les pays voisins. La police avait reçu des appels, anonymes pour certains, mais aucun n'avait été pris en compte comme étant une piste solide.

Pontus était le dauphin incontesté des industries Klingberg, songea Katz en remettant les microfilms à leur place. Jan ne semblait entretenir aucun lien avec Klingberg

Aluminium – autre que symbolique et involontaire, par son nom de famille. Dans l'un des articles, on expliquait qu'il avait choisi de devenir enseignant au lieu de faire carrière dans l'entreprise. Digne enfant de son temps, il brûlait pour d'autres causes que l'industrie et le commerce. Sa femme, Joanna, de deux ans son aînée, était anthropologue et s'habillait conformément à la mode post-hippie de l'époque. Elle prenait les transports en commun par principe – une future héritière de grande fortune déguisée en bohémienne. Mais Gustav les avait mis à l'abri du besoin en leur achetant un grand terrain à Lindingö, les pieds dans l'eau. Ils allaient y faire construire une villa de luxe à ses frais. Hors de question que ses petits-fils vivent dans des conditions indignes malgré son bon à rien de fils. Puis la catastrophe était survenue.

Katz prit son déjeuner au restaurant de la Bibliothèque : lard et crêpes de pommes de terre, deux tasses de café. La cantine était pleine de chercheurs et d'étudiants. À la table d'à côté, on parlait russe ; trois hommes échangeaient des potins sur une collègue chercheuse. Katz ignora leurs bavardages. Au milieu du brouhaha, il se sentait absent.

Il termina son café. Et comme Angela Klingberg ne répondait toujours pas, il s'installa devant l'un des ordinateurs du hall d'entrée et ouvrit sa boîte mail. Elle lui avait écrit un court message une heure plus tôt pour lui demander de passer chez elle à 20 heures. Elle avait besoin de le voir. Pouvait-il lui confirmer qu'il viendrait ?

Un bref instant, Katz l'imagina en train d'arpenter son grand appartement silencieux, effleurant les objets du bout des doigts, nue, une beauté parfaite. Il refoula la vision et lui confirma sa venue.

Il retourna en salle des microfilms, où il fit une recherche sur Jan et Kristoffer Klingberg dans le catalogue informatisé. Un titre du magazine de reportage photo *Voir* éveilla sa curiosité. Un instant plus tard, un bibliothécaire lui apportait l'article.

Dans une interview réalisée presque jour pour jour neuf ans après l'événement, Jan Klingberg parlait à cœur ouvert de la tragédie. Il avait accepté l'entretien dans l'espoir d'aider d'autres personnes victimes d'actes similaires. On l'avait photographié sur le quai où avait disparu son fils.

Il disait rêver de lui plusieurs fois par semaine. Dans ses visions, Kristoffer avait toujours sept ans, comme la dernière fois qu'il l'avait vu s'en aller main dans la main avec l'inconnue. Le garçon s'était arrêté dans le temps, expliquait son père, « figé dans sa mémoire, comme sous verre ».

Les années passaient très lentement pour Jan, écrivait le journaliste, et les journées, paradoxalement, beaucoup trop vite. Elles l'éloignaient toujours plus de Kristoffer, dont l'image pâlissait, bien que Jan fît tout son possible pour entretenir son souvenir. Il n'arrivait plus à se remémorer sa voix, et il s'en voulait.

Le 7 juin 1970, sa vie s'était arrêtée. Maintenant, écrivait le journaliste, la date anniversaire approchait. À cette époque de l'année, on se réjouissait de l'arrivée du printemps ou de la fin de l'année scolaire. C'était la saison des étudiants à casquette blanche. Pour Jan, en revanche, cette date était marquée par un point noir dans le calendrier. Son fils aurait eu seize ans.

Sur le quai du métro, Jan Klingberg s'étonnait que la vie continue avec autant d'insouciance dans ce lieu pour lui éternellement maudit. Les gens prenaient leur train, l'arrêt de bus où il était descendu avec Kristoffer après la fête d'anniversaire était toujours le même. Tout cela lui paraissait inconcevable. Il avait vu des enfants jouer dans la fontaine de Fredhäll, des garçons du même âge que Kristoffer – celui qu'il avait au moment de son enlèvement.

L'énigme demeurait entière, poursuivait le journaliste. Kristoffer avait disparu sans laisser de trace. La famille n'avait jamais reçu de lettre de chantage et les avis de recherche n'avaient rien donné. S'il était parvenu à échapper à ses ravisseurs, le garçon aurait certainement donné de ses nouvelles. Et Jan s'était résigné à l'idée de sa mort.

Comment la ravisseuse s'était-elle débrouillée pour le faire monter dans le train avec elle ? demandait le journaliste à Klingberg.

C'était justement la question que se posait tous les jours l'interviewé depuis qu'il avait vu disparaître le métro en direction d'Alvik. Son fils avait dû protester. Les autres passagers avaient sans doute pensé qu'il s'agissait d'une grand-mère accompagnée d'un petit-fils capricieux. Peut-être avait-elle dit à un voisin perplexe : « Excusez-le, ça lui arrive de temps en temps. » Où était-elle descendue ? À la station d'Alvik, juste après ? Jan Klingberg s'y était rendu immédiatement, paniqué, avec son fils cadet dans sa poussette, le sang glacé, comme envahi par la mort. Il s'était dit qu'elle n'oserait pas aller plus loin. Mais à Alvik, il n'avait trouvé personne. Dans sa guérite, le vendeur de tickets n'avait rien vu, rien entendu.

Jan parlait également de la période qui avait suivi l'enlèvement. Il s'en souvenait comme à travers un épais brouillard. Les articles de presse. Les interrogatoires de police. L'avis de recherche. Les témoignages qui, pendant quelques jours ou quelques semaines, avaient entretenu leurs espoirs, avant de se tarir. La couverture médiatique diminuant de jour en jour – car au bout du compte, le destin d'un individu, même celui d'un enfant, même celui d'un fils de riches, ne signifie pas grand-chose au regard du temps qui passe. L'une après l'autre, les lueurs d'espoir s'étaient éteintes, laissant place à une obscurité grandissante.

Cet été-là, on avait trouvé le corps d'un garçon au Danemark. Jan espérait que ce soit Kristoffer. Cela leur aurait permis de mettre un point final à l'affaire. Mais il s'agissait d'un autre enfant. Un an plus tard, un forcené s'était accusé de l'enlèvement. L'homme, qui prétendait avoir tué Kristoffer, avait éveillé en eux le vague espoir d'obtenir des réponses, mais, se montrant incapable d'indiquer où il avait enterré le corps, il leur avait très vite coupé l'herbe sous le pied. Jan l'avait haï.

Une décennie s'était écoulée. Jan s'était résigné. On ne retrouverait jamais le corps de Kristoffer. Cependant, pas un jour ne passait sans que Jan se demande ce qu'ils lui avaient fait – « ils », les malfaiteurs. Il pensait toujours à eux au pluriel, ils avaient été plusieurs forcément. Un tel enlèvement ne pouvait pas être exécuté par une femme seule.

Le journaliste l'interrogeait sur les rumeurs de chantage. La famille Klingberg était malgré tout très riche.

Jan les démentait. Dans ses pires moments de désarroi, il se disait que l'acte avait peut-être été commis par des délinquants sexuels. On avait entendu parler de ce genre de crimes. Des adultes qui s'attaquaient à des enfants. Des pédophiles, ou quelque chose comme ça.

Désormais, Jan vivait, pour son fils cadet, concluait le journaliste, et se consacrait à son bien-être et à son avenir.

La tragédie lui avait appris à profiter pleinement de chaque instant et à se concentrer sur l'essentiel.

Katz étudia la photo de Jan Klingberg en tête d'article. Impossible, bien sûr, de déceler une tendance suicidaire dans un simple portrait. Il lui semblait pourtant improbable que, quelques mois plus tard, cet homme ait été trouvé mort avec sa femme dans le garage de la maison de campagne familiale, intoxiqué au monoxyde de carbone.

Il y a forcément un lien, se dit Katz dans l'après-midi, au volant de sa voiture. Peu avant sa disparition, Joel Klingberg avait reçu deux étoffes énigmatiques, vraisemblablement en rapport avec l'enlèvement de Kristoffer.

Quelqu'un l'avait appelé au téléphone, une personne possédant soi-disant des renseignements sur son frère – la même qui avait expédié le colis ? Joel avait probablement appris quelque chose de nouveau alors qu'il était en voiture. Sinon, pourquoi aurait-il interrompu ses activités dans son quartier et mis le cap sur Kungsholmen ?

Où avait-il retrouvé l'individu ? À Thorildsplan ? À Stadshagen, là où s'était déroulée la fête d'anniversaire qui avait précédé l'enlèvement ?

Katz jeta un coup d'œil à l'itinéraire de Joel Klingberg. C'était évident : il avait refait le parcours de Kristoffer juste avant sa disparition. Sur les traces du ravisseur, il avait traversé le quartier de Stadshagen jusqu'à la station de métro de Kristineberg. Car l'enlèvement était préparé, cela ne faisait aucun doute. L'individu ou les individus… La femme, avec ou sans complice… avait dû suivre le père et les deux fils en attendant l'occasion propice. Une occasion en or.

Joel s'était arrêté devant la station où avait eu lieu l'enlèvement, puis avait passé le pont jusqu'à la station suivante – celle où, quarante-deux ans auparavant, son père paniqué était descendu et avait interrogé le vendeur de tickets.

Il avait ensuite poursuivi son chemin. L'individu qui l'accompagnait, ou qui lui avait parlé au téléphone, lui avait demandé de s'arrêter au tennis. Certes, Katz habitait, à proximité, mais cette halte n'avait aucun rapport avec lui. Car le trajet parcouru par Joel ce dimanche-là, trois semaines auparavant, était en fait intimement lié à la disparition de Kristoffer.

Il faisait froid ce jour-là, se souvint Katz en se dirigeant vers la zone industrielle. Tout le mois d'avril avait été exceptionnellement froid. Les records de température avaient été battus les uns après les autres. Katz tenta de se représenter l'agréable chaleur à l'intérieur de l'habitacle de la Lexus, l'odeur des sièges en cuir, les pensées confuses qui se bousculaient dans la tête de l'homme d'affaires ... et le fameux interlocuteur. De qui pouvait-il bien s'agir ?

Katz prit la Margretelundsväg, traversa les voies du tramway de Solna et s'enfonça plus profondément entre les petites industries qui bordaient la Missionsväg, les vieilles tôleries, les carrosseries. Des bâtiments en briques des années 1930, vétustes, des extensions en amiante et-ciment datant de la fin des années 1960, juste avant le déclin économique de la zone. Il s'arrêta au même endroit que Klingberg, sur une aire de manœuvre. À proximité des jardins ouvriers. Il éteignit le moteur et retira la clef.

D'abord une halte au tennis, puis ici.

Son intuition le trompait-elle ? Pouvait-il s'agir d'un chantage ? Klingberg était-il allé remettre une somme d'argent à quelqu'un ou acheter des renseignements ?

À gauche, une colline boisée. À droite, une langue de terre qui échouait dans l'eau saumâtre. Plus loin, le chantier naval et le port de plaisance.

Ou n'était-ce qu'un bon endroit pour méditer sur sa dispute avec sa jolie femme et calmer ses tourments…

Katz remit la clé dans le démarreur et repartit en sens inverse.

Si Klingberg ne réapparaissait pas, la branche de la famille dont il était le dernier représentant disparaîtrait. Il n'avait pas d'enfants. Ses parents étaient morts. Son frère avait disparu.

Joel Klingberg flairait un lien entre l'enlèvement de Kristoffer et la mort de ses parents. Avait-il rendez-vous avec quelqu'un qui prétendait détenir des renseignements à ce sujet, une personne qui l'aurait accompagné dans sa voiture ? Le même individu qui avait ensuite garé la Lexus au parking de la gare centrale ? Car l'homme que Katz avait vu sur les vidéos de surveillance n'était pas Joel, ça, il en était absolument certain. Donc, il était arrivé quelque chose à Joel avant cela.

À 17 h 30, Katz sortait à peine de la douche lorsqu'il reçut un appel de Rickard Julin.

— Avant que tu me poses la question… Je me suis permis de mener ma petite enquête sur ta commanditaire. Par pure curiosité. Angela Klingberg semble être une adepte de l'escroquerie au mariage. Ou du moins, elle l'a été par le passé.

Katz enfila son peignoir et se dirigea vers la cuisine.

— C'est ce que Pontus Klingberg a insinué aussi. Il a l'air d'avoir une dent contre elle.

— Elle est issue d'une famille déchue de la bourgeoisie de Djursholm. Son père dirigeait un cabinet d'expert-comptable, mais il a fait faillite. Leur villa de luxe de Stocksund a été saisie et ils ont emménagé dans un trois pièces de location à Täby Centrum. Une vraie descente aux enfers.

— Qu'est-ce que tu veux dire par là ?

— À toi d'en tirer tes propres conclusions. Elle a un casier. Condamnée à une amende pour avoir soutiré de l'argent à un ex-petit ami.

Katz jeta un coup d'œil à l'horloge. Il avait encore deux heures avant son rendez-vous. Le téléphone coincé entre l'oreille et l'épaule, il attrapa une pomme dans la coupe de fruits, chercha en vain un couteau d'office, prit un couteau de table ordinaire et découpa le fruit en quartiers.

— Quand ça ?

— Quand elle avait dix-huit ans. Ils étaient tous les deux à l'internat de Lundsberg. Elle a été obligée de quitter l'établissement quand ses parents n'ont plus eu les moyens de payer les droits d'inscription. Elle a avoué les faits en interrogatoire. Elle avait besoin d'argent pour s'acheter des vêtements… Apparemment, elle voulait conserver un certain train de vie.

— Ce n'était encore qu'une enfant. Ça ne fait pas d'elle un ravisseur vingt ans plus tard.

— Elle a été mariée à un multimillionnaire français. Ça n'a duré qu'un an, mais elle a quand même essayé d'obtenir une pension alimentaire astronomique après le divorce. Ça n'a pas marché. Son ex-mari avait prévu le coup. Il avait mis un tas de clauses en petits caractères dans leur contrat de mariage.

Manifestement, il y avait du remue-ménage chez Julin. Katz entendit des aboiements. Julin cria quelque chose à ses enfants.

— Désolé pour le boucan. On a un chien, maintenant. Les enfants sont surexcités. C'est un *ovtcharka*, un berger du Caucase. On envisage d'en importer. A priori, ce n'est pas une race qui aime faire des câlins aux enfants. Je vais être obligé de l'enfermer au garage. Les enfants veulent que je le lâche pour pouvoir le caresser, mais ce ne serait vraiment pas une bonne idée. Bon, excuse-moi, il faut que j'y aille. Surtout, Katz, je te conseille de ne pas faire d'enfants dans tes vieux jours.

— Tu t'es renseigné sur le visionnage des vidéos de surveillance ?

— Oui, c'est bizarre. Mes contacts ne sont pas au courant. Ils ont eu l'air sincèrement étonnés.

— Un autre département enquête peut-être en parallèle… ?

— Si c'était le cas, à ce stade, on le saurait. Sauf s'il s'agit de démarches à caractère privé effectuées en dehors des heures de travail. D'ailleurs, on ne sait même pas vraiment si c'était quelqu'un de la police.

— Pourquoi ça ne le serait pas ?

— Aucune idée. Une dernière chose, Katz.

— Oui ?

— Klingberg et sa femme n'ont pas d'enfants, c'est bien ça ?

— Exact.

— Dans ce cas, elle est l'unique héritière. Et son mec pèse autour de deux cent mille millions, voire plus.

— Angela n'est pas du genre à organiser une disparition.

— Comment tu le sais ?

— Si elle l'avait fait, pourquoi m'aurait-elle demandé d'enquêter ? Pourquoi ne pas attendre tranquillement que l'histoire soit oubliée puisque tout le monde, y compris la police, est convaincu qu'il est parti de son plein gré ?

— Elle voulait peut-être avoir un train d'avance. S'il ne revient pas, ou s'il est retrouvé mort, ça lui permettra de paraître au-dessus de tout soupçon.

Julin soupira. Les aboiements avaient repris, plus forts.

— Il faut vraiment que j'y aille, reprit-il. J'ai peur que les enfants fassent une bêtise. Le clébard est ici à l'essai. Ce soir, on va tester ses aptitudes de chien de garde avec un maître-chien.

— Tu peux me rendre un dernier service ?

— Quoi ?

— Fais une recherche dans les archives de la criminelle sur l'enlèvement du frère de Joel Klingberg en 1970. Je voudrais savoir si, dans le dossier, il est fait mention d'objets insolites trouvés sur la scène de crime. Je veux dire sur le lieu de l'enlèvement. Entre autres un bouchon de champagne.

— Ça paraît bizarre, en effet…

— Tu peux vérifier, s'il te plaît ?

— D'accord, je vais voir.

— Merci. À bientôt.

— *Poka, Danja !*

— *Poka !*

Plus tard, en méditant sur leur conversation, Katz allait se rendre compte que Julin avait tenté de faire germer dans son esprit la graine du soupçon. Seulement, ça n'avait pas pris. Car ce qui l'attendait dans le luxueux appartement de la Skeppargata ce soir-là allait profondément bouleverser les règles du jeu.

Pour se changer les idées, il rappela Angela, qui ne répondit pas.

Qu'à cela ne tienne… Il décida d'arriver une heure à l'avance au rendez-vous et, au besoin, de l'attendre devant chez elle. Il ressentait un besoin pressant de lui parler, de démentir les soupçons de Julin.

Katz se souvint sans peine du code d'entrée de l'immeuble.

Dans l'ascenseur, il songea à Jan Klingberg. Lorsque celui-ci avait pris conscience d'avoir laissé son fils entre les mains d'une parfaite inconnue, il avait sans doute senti que quelque chose ne collait pas. La panique avait dû l'envahir progressivement, le soupçon, commencer à le ronger. Tandis que les câbles de la cabine grinçaient, Katz éprouva une légère nausée. Quelque chose ne collait pas, en effet. Mais il n'arrivait pas à mettre le doigt dessus.

Il trouva la grille de sécurité entrebâillée et la porte de l'appartement, grande ouverte.

— Madame Klingberg ?

Il suivit le couloir de service qu'ils avaient emprunté quelques jours plus tôt. Et lorsqu'il découvrit les meubles renversés dans la salle à manger, le goût amer de la peur lui brûla la gorge. Des draps arrachés gisaient sur le sol de la chambre à coucher, dont la porte béait comme pour l'inviter à contempler le spectacle contre son gré.

Dans l'escalier, des traces de sang conduisaient à l'étage. Des traînées rouges laissées par des doigts sur le mur.

Seule la respiration de Katz troublait le silence de mort jusqu'à ce qu'un feulement retentisse, semblable à celui d'un chat. Il en eut des sueurs froides, puis il se rendit compte que l'étrange son était sorti de son propre gosier.

Il lui fallut une éternité pour arriver à l'étage. Le jour illuminait le bureau depuis la terrasse. Sur l'écran de l'ordinateur, un diaporama défilait sur fond de musique classique : des photos d'Angela et Joel en vacances, dans leur vie quotidienne, mangeant des écrevisses avec des amis lors d'un traditionnel banquet estival. Katz crut reconnaître du Wagner.

Sur le parquet en chêne, encore du sang. Une large trace vermillon, comme si l'on avait passé une serpillière pleine de peinture. Une porte ouverte donnait sur une autre pièce.

En y entrant, Katz faillit tourner de l'œil.

Le corps gisait dans une position anormale, jeté sur le tapis, un portable à la main, comme sur le point de passer un coup de fil d'adieu.

En découvrant les marques de morsure autour de son cou, Katz fut pris d'une nausée si violente qu'il plaqua sa main sur sa bouche pour ne pas vomir. La réplique exacte des blessures infligées à Eva Dahlman. Un chapelet sanglant allant du larynx à la nuque. La peau déchiquetée par un fou furieux animé d'une haine inouïe.

Sous le choc, il fut incapable d'analyser plus d'un détail à la fois. Ses propres habits qui parsemaient le sol. Le bas-ventre dénudé. L'épi qui tourbillonnait dans ses poils pubiens grisâtres. Il reconnut le manche du couteau enfoncé dans sa poitrine. Le sien. Angela avait été tuée comme un vulgaire animal d'abattoir, en lui plantant un couteau en plein cœur.

Je n'ai pas vérifié s'il manquait quelque chose dans le panier à linge sale. Je n'ai pas vérifié s'il manquait quelque chose dans les tiroirs de la cuisine.

Abasourdi, il tomba à genoux à côté du corps. L'écran du téléphone affichait le menu des appels manqués. Le numéro de Katz était le premier de la liste… Six appels depuis son portable ; le dernier, seulement une demi-heure auparavant.

Il parcourut les étagères chargées de livres. Il se trouvait dans la bibliothèque des époux Klingberg, et était certain que d'autres objets lui appartenant avaient été laissés çà et là dans l'appartement, disposés par celui qui avait commis le crime. Il y avait certainement des habits à lui dans la chambre à coucher, à l'étage en dessous.

L'anorak de la vidéo de surveillance devait être le sien.

Il sortit de la pièce à reculons et revint dans le bureau de Klingberg. Cette fois, il ne put retenir un puissant haut-le-cœur. La vomissure atterrit sur le sol.

Quelle importance, au fond ? De toute façon, on trouverait ses empreintes partout dans la pièce : sur l'ordinateur, le bureau, la poignée de porte, la rambarde de l'escalier, la grille de sécurité et dans la voiture sans nul doute encore au garage.

Il déplaça la souris. Sur l'un des onglets du navigateur, la page hotmail d'Angela était ouverte. Il y trouva le message dans lequel elle lui demandait de venir et sa réponse, qui pouvait aisément être interprétée comme un sous-entendu amoureux.

Au loin, Katz entendit des sirènes de police. Il parcourut des yeux ce qui allait bientôt devenir le périmètre de sécurité entourant une scène de crime. Le mieux eût été d'attendre les patrouilles, de s'expliquer, de s'en tenir à la vérité, mais cela ne marcherait pas, Katz le savait. L'exécution était trop parfaite. Le décor, la mise en scène, tout l'accusait.

Les sirènes se rapprochaient ; il y avait plusieurs véhicules. Ils étaient déjà dans le quartier.

Katz sortit précipitamment de la pièce, dévala l'escalier et courut jusqu'à l'entrée. Lorsqu'il ferma la grille de sécurité, ses mains tremblaient. Elle comportait trois serrures, la clef se trouvait dans le verrou supérieur. Avait-elle laissé entrer son agresseur ?

Les sirènes s'étaient tues. La première patrouille devait se trouver dans la cage d'escalier.

Il verrouilla la porte, puis jeta la clé au hasard en remontant dans le bureau. Combien de temps lui restait-il ? Peut-être un quart d'heure, le temps que la police force l'entrée…

Katz ouvrit la porte-fenêtre et sortit sur le toit, en plein air, loin de l'odeur du sang, du parfum douceâtre de la coagulation, de la membrane qui se solidifiait lentement à la surface de la flaque, loin de l'angoisse macabre.

La terrasse, un peu en retrait par rapport au toit de l'immeuble, permettait de se tenir à l'abri du vent. Plus loin, au niveau de la balustrade, Katz vit qu'il était possible de se hisser sur le toit. Il attrapa la grille pare-neige et se hissa sur les tuiles couvertes de plusieurs générations de fientes lâchées par les mouettes du Nybrovik. À six étages du sol, la pente de la toiture était plus raide qu'il ne l'aurait cru. Mais Katz avait le vertige, et cela ne faisait qu'empirer avec les années.

Littéralement paralysé par la peur, il se rendit compte qu'il n'irait nulle part. Il ferma les yeux.

Puis il se força à les rouvrir.

Cinq mètres plus loin, à sa droite, une échelle menait à une cheminée. Katz posa un pied sur le bord supérieur d'une tuile, au niveau du linteau. Cela devait mieux tenir que sur le plat.

Il s'étira aussi loin que possible, tâtonna jusqu'à des tuiles qu'il pouvait saisir, souleva le pied droit et glissa tout son corps sur le côté.

Lentement mais sûrement, il continua d'avancer. Il approchait du but. Plus que trois mètres. Deux. Trop tard pour faire demi-tour. Le ventre appuyé sur la toiture, il franchit le dernier mètre et atteignit l'échelle.

Puis il grimpa.

Arrivé au sommet, Katz jeta un coup d'œil en bas. Deux véhicules de police étaient garés en face de l'immeuble, un fourgon et une voiture. Un groupe de curieux s'était formé sur le trottoir. À cheval sur le faîte, Katz rampa jusqu'à l'immeuble voisin, où il parcourut encore une quinzaine de mètres.

Il finit par trouver ce qu'il cherchait : un velux. Il parvint à l'ouvrir et se glissa à l'intérieur, les pieds devant.

Cinq minutes plus tard, il sortait dans la rue par l'entrée de l'immeuble voisin. Il évita du regard les véhicules de police et le groupe de curieux, se dirigeant d'un pas ferme jusqu'à sa voiture.

De combien de temps disposait-il avant que les soupçons ne convergent sur lui ? D'une heure, tout au plus. C'est un mauvais rêve, se dit-il. Mais, malheureusement, tout était bien réel.

Une douleur se diffusait à l'arrière de sa tête, produisant des nuances moirées féeriques ponctuées de touches orangées et de traînées bleu ciel. Un étrange picotement envahissait sa poitrine. Sa gorge était sèche à craquer. Se dirigeant vers la Jakobsgata, il chercha vainement une bouteille d'eau dans la boîte à gants. Puis il se pinça le bras pour penser à autre chose qu'à ses douleurs corporelles. Soudain, il remarqua l'intensité du soir. La pluie tombait autrement. Un avis de contravention accroché à son pare-brise se mit à claquer avant d'être emporté par la vitesse. Dans son rétroviseur, Katz le vit disparaître au-dessus de la circulation clairsemée.

Il fut pris de soudaines crampes d'estomac, Puis, les larmes commencèrent à lui picoter les yeux. Et, brusquement, après une série de hoquets inhumains, il fut secoué par une crise de sanglots qui dura un bon moment.

Il tourna dans la Vasagata, enregistrant le décor en style télégraphique. Annonces d'happy hours. Taxis clandestins. Prostituées russes et africaines. Un camé adossé à la vitrine d'un 7-eleven, genoux fléchis, comme sur le point de s'endormir debout – en réalité, c'était tout le contraire, Katz le savait bien, l'héroïne le rendait infiniment présent et, en même temps, le propulsait à des milliers de kilomètres au fond de son propre corps. Soudain, Katz se mit à ressentir le manque, le besoin hurlant, il en eut des suées, ça ne lui était pas arrivé depuis plusieurs années.

Alors qu'il rejoignait la place de Norra Bantorget, le feu vira au rouge. Il s'efforça de respirer calmement pour éviter l'hyperventilation. Dans son rétro, un homme avec un Caddie contenant toutes ses possessions terrestres traversait la rue en chancelant, agitant son bras libre à la manière d'un torero devant les voitures qui klaxonnaient furieusement. Le junkie continuait de glisser le long de la vitrine du 7-eleven, comme s'il était en train de fondre.

Katz ne parvenait pas à se défaire de l'image du corps gisant sur le sol. Une femme sans vie. À l'abandon.

C'était incompréhensible.

Tout, dans le moindre détail, à commencer par les morsures autour du cou, l'accusait.

Il traversa le pont de Barnhus et, arrivé à Kungsholmen, prit la Flemminggata en direction du Fridhemsplan.

S'il s'en tenait à la stricte vérité et faisait un compte rendu exact de ses allées et venues, pourquoi ne le croirait-on pas ?

Instinctivement, il savait que non. On l'accuserait.

Sa tête se remit à fonctionner. Petit à petit, ses pensées s'ordonnaient, obéissant à une grammaire pertinente. Le long de la Drottningholmsväg, il établit un plan d'action ou, du moins, il décida par où commencer.

Il gara sa voiture à deux cents mètres de chez lui et parcourut le reste du chemin à pied. La lumière était éteinte dans l'escalier. Pas de véhicule de police dans la rue. Par mesure de précaution, il entra par-derrière. Aucun mouvement notable. Le voisin du rez-de-chaussée lisait un prospectus devant la fenêtre de sa cuisine.

Katz grimpa en hâte jusqu'au deuxième étage.

Ses jambes tremblaient encore, les battements de son cœur étaient irréguliers, il avait à nouveau la nausée.

Il ne lui fallut que quelques minutes pour rassembler les affaires dont il avait besoin. Il fourra quelques habits dans un sac, ainsi qu'une lampe de poche et un vieux téléphone portable avec son chargeur.

Il referma la porte à clé et descendit à son bureau. Dans la boîte à outils, il trouva un marteau, une pince et un tournevis. Il jeta un coup d'œil par la fenêtre. Toujours personne dans la rue. Ni voitures ni piétons. Il se mit à transpirer à grosses gouttes, la sueur coulait le long de ses aisselles et de son dos.

Il ouvrit l'armoire sécurisée, en sortit un disque dur externe, un ordinateur portable et un passeport. Il enfouit le tout dans son sac. Il prit cinq mille couronnes en liquide dans une enveloppe et les rangea dans la poche intérieure de sa veste. Puis il parcourut des yeux la pièce obscure. Il avait tout ce qu'il lui fallait.

Il descendit, traversa la rue et se rendit dans un parking à proximité.

Les doigts tremblants, il enfonça le tournevis entre le joint en caoutchouc et la vitre d'une Ford Sierra gris métallisé. En faisant levier, il parvint à baisser la vitre d'un demi-centimètre. Comme dans le temps, avec Jorma Hedlund. Les deux mains dans la fente, il tira de toutes ses forces vers le bas. Lorsque l'ouverture fut assez large, il glissa le bras dans l'habitacle et ouvrit la portière de l'intérieur.

Sur le trottoir d'en face, un homme passa, tenant un chien en laisse. Immobile, Katz attendit qu'il s'éloigne. Il s'assit ensuite au volant, inséra la pointe du tournevis dans le démarreur et donna un coup de marteau.

Ce modèle n'a pas d'antidémarrage, on peut facilement le faire partir à l'arrache. Il n'y a que la Saab 900 qui soit encore plus simple à tirer. Le verrou est nul, s'il est un peu usé, tu peux l'ouvrir avec un bâton de glace. La voix de Jorma, vingt-cinq ans plus tôt. Lorsque ce genre de raisonnement constituait leur pain quotidien.

Katz attrapa le volant et le tira vers lui le plus brutalement possible. Un craquement lui indiqua que le verrou de la colonne de direction était fracturé.

À l'aide de la pince, il fit faire un quart de tour au tournevis dans le démarreur. Le moteur cracha, puis ronfla docilement.

À deux cents mètres de chez lui, il croisa un premier véhicule de police. Le conducteur ralentit et l'agent assis à côté de lui lut les plaques d'immatriculation de la Ford, puis s'éloigna vers le domicile de Katz, sans sirène, mais avec le gyrophare allumé. Katz conduisait tranquillement, en respectant scrupuleusement la limitation de vitesse. Il croisa encore deux véhicules de police. La Sierra ronronnait comme un chat.

La villa de Julin se trouvait dans la banlieue chic de Bromma, à quelques kilomètres à peine de chez Katz, et pourtant, il eut l'impression de débarquer dans un autre monde. Capitol Security marchait bien, à tel point que Julin avait pu quitter son vieil appartement de fonction à Solna et s'acheter une villa de luxe de trois cents mètres carrés avec vue sur le lac Mälare. Le terrain était entouré d'un mur de trois mètres de haut, et une grille automatique s'ouvrait sur le jardin. Impossible de ne pas remarquer que le propriétaire travaillait dans la sécurité.

Katz se gara du côté ombragé. Lorsqu'il appuya sur l'interphone, des aboiements retentirent. Ils semblaient provenir d'une dépendance. Julin répondit au bout de une ou deux minutes.

— C'est Katz. J'ai besoin de ton aide.

Il fallut une heure à Katz pour raconter les événements à son ancien chef. Lorsqu'il décrivit la scène dont il avait été témoin à la Skeppargata, ses mains se mirent à trembler. Puis il se tut et regarda par la fenêtre.

— Qu'est-ce que tu vas faire ? demanda Julin, impassible.

— Je n'en sais rien.

— Tu devrais appeler la police immédiatement et leur dire que tu es chez moi. Ils te conduiront en ville pour t'interroger. Tu n'auras qu'à dire la vérité. Je peux t'accompagner. Tu veux que j'appelle l'avocat de Capitol ?

— Peut-être plus tard. D'abord, il me faut des réponses.

— Quelles réponses ?

— Il y a un témoin… au parking souterrain. Un jeune homme. Il a vu le type qui a garé la voiture de Klingberg. Il faut que je lui parle.

Julin soupira.

— C'est de la folie. Appelle la police.

— Et si c'est ce que je crois ?

— Un complot ? Arrête, tu te fais des idées. Tu es sous le choc. Je me souviens dans les Balkans, quand on voyait des cadavres… Ça ne laisse pas indemne, ça vous joue des tours.

— Il y avait mes affaires un peu partout.

— Tous les couteaux de cuisine se ressemblent.

— Crois-moi, ça a été parfaitement exécuté. Des cheveux. De l'ADN. Mes habits. L'arme du crime.

— Écoute… Ils vont établir l'heure de la mort, et tu leur diras que tu n'étais pas dans l'appartement à ce moment-là.

— Je n'y étais pas ? Qu'est-ce que tu en sais ? Ils trouveront mes empreintes partout… Sur l'ordinateur de Klingberg, la grille de sécurité, la rambarde… Dans sa voiture.

Julin poussa un soupir et se leva. Soudain, Katz remarqua le silence qui régnait dans la maison.

— Tu veux que je m'en aille ? demanda-t-il. Je risque de réveiller les enfants…

— Ils ne sont pas là. Ils sont partis en Scanie avec ma femme il y a deux heures, juste après ton coup de fil. Ils vont y passer la semaine. On a une vieille maison à colombages là-bas. Tu devrais venir nous voir, un de ces quatre.

— Et le chien, ça a été ?

— L'*ovtcharka* ? Tu ne l'as pas entendu ? Il est au garage. Complètement ingérable. On va le renvoyer à Moscou.

Julin ouvrit une armoire vitrée, versa du cognac dans deux larges verres et en tendit un à Katz.

— Je ne comprends pas, reprit Katz. Quelle que soit la personne qui a fait le coup… Pourquoi se donner tant de mal ? Pourquoi ne pas simplement masquer le meurtre en accident de voiture ?

— Appelle la police, Katz. Suis mon conseil.

— Tu as trouvé quelque chose, au fait ? Je t'avais demandé de faire des recherches. sur la disparition de Kristoffer Klingberg.

— Désolé, pas eu le temps. Tu crois qu'il y a un rapport ?

— Klingberg était sur une piste. Il avait trouvé des indices qui reliaient la disparition de son frère à la mort de ses parents, neuf ans plus tard. Ça a été classé suicide, mais Klingberg avait des doutes. Quelqu'un a pris contact avec lui, quelqu'un qui possédait des renseignements sur les deux affaires. Et puis ça a mal tourné. Ou alors on l'a attiré dans un piège.

— Mais enfin, Katz… Ce ne sont que de pures spéculations.

— Je sais quand j'ai raison.

Katz se leva et s'arrêta devant la fenêtre. Il contempla le lac sombre et les lumières de l'autre côté du pertuis, dans la banlieue de Mälarhöjden. Son pouls s'accélérait, l'angoisse lui étreignait la gorge, il était au bord de la panique.

— Tu peux me rendre un dernier service, Julin ? Imprime-moi une photo de Klingberg que tu trouveras sur Internet.

Julin acquiesça et se rendit dans une pièce voisine. Katz entendit les crachotements d'une imprimante, puis Julin revint, une photo à la main – celle de l'assemblée générale de Klingberg Aluminium.

— Ton vieux copain de chambrée… Incroyable.

Katz hocha la tête. Une idée, encore confuse, était en train de germer dans son esprit.

— Je vais disparaître un moment, expliqua-t-il. Ne dis à personne que je suis venu ici.

— Et si j'ai besoin de te joindre ?

— Tu n'y arriveras pas. Sauf si je le veux.

Deuxième partie

Le transfert des enfants le lundi soir fonctionnait mal. Ils étaient à côté de la plaque, fatigués après la première journée d'école de la semaine et déstabilisés par leur week-end chez Ola et Erika, dont le bébé canalisait toute l'affection. Le demi-frère et la demi-sœur plus âgés, en grande partie privés d'attention, avaient de quoi se sentir exclus de la nouvelle constellation familiale. Elle n'aimait pas ça. Elle l'avait dit clairement à Ola, il lui avait rétorqué de se mêler de ses affaires.

Comment avaient-ils pu en arriver là ? Tous les parents séparés qu'elle connaissait changeaient de tour de garde le vendredi soir. En fait, leur transfert du lundi était une conséquence de son ancien emploi du temps, lorsqu'elle faisait encore des permanences le week-end au parquet. Depuis l'obtention de son poste de procureur à l'Office de lutte contre la criminalité économique, elle avait des horaires normaux mais, par inertie sans doute, ils avaient continué. Elle avait proposé à Ola de décaler leurs gardes, mais il trouvait que ça fonctionnait bien comme ça.

Elle entendait les enfants à travers la porte fermée de l'appartement d'Ola. Arvid criait, il s'agissait d'un Bakugan disparu – ces figurines en plastique remarquables qui se replient en boule et sont essentiels dans la vie d'un garçonnet de cinq ans. Lisa, pour sa part, semblait hantée par une comptine qu'elle chantait à tue-tête.

Ola beugla quelque chose. Il essayait sans doute de les habiller à l'avance pour ne pas perdre de temps lorsqu'elle arriverait. Il aurait fait n'importe quoi pour éviter son ex-femme. Il lui remettait les enfants à la va-vite et claquait la porte brusquement.

Sale con, pensa-t-elle. Mais les enfants l'adoraient. Ils avaient besoin de leur papa, elle ne pouvait pas les en priver.

Une odeur de graillon se répandait dans la cage d'escalier. L'immeuble était une construction bâclée du début des années 1980, coincée entre deux bâtiments 1900 typiques de la Ringväg. Lorsqu'il avait décidé d'emménager avec Erika, deux mois après le divorce, Ola avait évidemment élu domicile à l'autre bout de la ville, aussi loin que possible de leur ancienne adresse du Sankt Eriksplan. La faire tourner en bourrique, c'était sa spécialité. Même dans son sommeil. Même en rêve.

Son regard s'arrêta sur le nom inscrit sur la porte : « Westin. » Elle le portait encore, elle aussi – son nom de jeune fille la dérangeait infiniment plus. Comment avaient-ils pu se supporter pendant si longtemps ? Sans nul doute grâce à elle. Elle avait tant désiré faire partie de son existence bourgeoise qu'elle était parvenue à occulter son véritable moi. Puis, un jour, la façade avait commencé à se fissurer. Il avait entrevu sa noirceur et ses faiblesses injustifiables.

La main sur la sonnette, elle hésita. À l'intérieur, la voix stridente d'Erika hurlait à Lisa d'arrêter de chanter. Le bébé avait besoin de dormir. Elle ne pouvait pas elle-même la fermer, cette conne d'Erika ? Avocate, comme Ola. Ils s'étaient rencontrés au travail et sans doute fréquentés en cachette pendant un bon moment avant la séparation.

En tournant la tête, elle vit son reflet dans le miroir du palier : une femme vêtue avec simplicité. Ou plutôt, avec négligence. Des tennis, un jean, un sweat à capuche gris. Malgré ses quarante-deux ans, il arrivait encore qu'un jeune homme se retourne sur son passage, ce qu'elle avait du mal à comprendre. Elle ne se considérait pas comme belle. Ni laide, d'ailleurs. Ce genre de raisonnement ne faisait pas partie de son univers mental, voilà tout.

Le plafonnier clignota. Elle passa la main à l'intérieur de son foulard – vestige d'un ancien tribut à la vanité, à l'époque où la chirurgie plastique n'avait pas encore estompé les cicatrices autour de son cou. Souvenir de jeunesse, du milieu qui l'avait engendrée. Elle n'avait jamais raconté à personne ce qui lui était arrivé, pas même à Ola.

Elle respira profondément et appuya sur la sonnette. Les enfants crièrent son nom et, dès que la porte s'ouvrit, ils se précipitèrent vers elle comme deux petits veaux cabriolant. D'abord Lisa, vêtue du blouson en cuir rouge qu'on lui avait offert pour son anniversaire deux ans auparavant et désormais trop petit – elle refusait de s'en séparer. Puis Arvid. Le petit comédien faisait semblant de bouder, mais elle savait combien il était heureux de la voir.

— Bonjour, mes chéris.

— Maman, tu es super en retard ! Il est huit heures passées !

— Je sais. Je suis désolée. Il est arrivé plein de choses au bureau.

— Tu aurais quand même pu prévenir, merde !

L'agressivité d'Ola s'enfonça comme une lame de poignard entre sa peau et celle de ses enfants pendus à son cou, s'insinua froidement entre leurs bisous mouillés, au milieu de leur amour réciproque, l'empêchant de se réchauffer à la chaleur de leurs petits corps. Elle décida de prendre sur elle.

— Je suis désolée, j'ai essayé. Chaque fois, ça sonnait occupé. Tu n'as pas reçu mes SMS ?

Il lui tendit les sacs à dos.

— Ils ont changé le jour de l'entraînement de foot de Lisa. Maintenant, c'est le jeudi.

— C'est difficile pour moi, le jeudi, tu le sais bien. Il n'y avait pas moyen de l'éviter ? Elle aurait peut-être pu changer de groupe.

— Ce n'est pas à moi de m'occuper de ton emploi du temps. En plus, Lisa veut rester avec ses copains. Alors soit tu changes tes horaires, soit tu frustres ta fille.

Ne pas tomber dans le piège, ne pas entrer dans ses raisonnements pervers.

— Très bien, je vais me débrouiller. Vous êtes prêts, les enfants ? On y va ? La voiture est juste en bas.

— Tu es encore mal garée, maman ? La dernière fois, on a eu une contravention, tu ne te rappelles pas ?

— On n'en aura pas si on se dépêche.

— Mais, maman, si un policier te met une contravention, tu n'as qu'à lui dire que tu travailles pour la police, comme ça, il ne t'en mettra pas.

— Ça ne marche pas comme ça, mon chéri.

— Non, parce que ça ne s'appelle pas comme ça, Arvid… Ce ne sont pas des vrais policiers, ce sont des… contactuels.

À l'autre bout de l'entrée, Erika tenait le bébé dans ses bras. Elle n'adressa même pas un regard à l'ex-femme de son compagnon. Dix ans de moins. Venue du fin fond de la province, du Värmland, peut-être. Ola et elle faisaient carrière dans le même cabinet.

— Maman, il y a une collecte de jouets au jardin d'enfants demain et je veux y apporter mon Bakugan vert, mais papa ne le trouve pas.

— Il est à la maison, sur ton lit. Où tu l'as laissé.

Le regard du garçon exprima un profond soulagement, une joie pure et sans ombre de savoir que le jouet existait toujours. Elle en eut les larmes aux yeux.

— Rien d'autre, Ola ? Quelque chose à l'école ? Des devoirs ?

— Tu trouveras un mot dans le sac à dos de Lisa. Mardi, ils ont plein air.

— C'est-à-dire demain. Tu aurais pu me le dire avant.

— Et si tu prenais un peu tes responsabilités ? Tu as entendu parler du site Internet de l'école ? Il n'y a qu'à y jeter un coup d'œil.

Il lui lança un regard résolument malveillant et se retourna, souriant, vers Lisa et Arvid :

— Allez, les enfants ! Un câlin avant de partir avec maman.

Ne pas le frapper, ne pas lui mettre un coup de poing en pleine gueule, ne pas lui éclater sa belle lèvre inférieure, ne pas broyer son ignoble nez de merde. Le plus important, c'est les enfants. Les faire rentrer au calme et commencer la semaine dans une bonne ambiance.

Pendant qu'il les serrait exagérément longtemps dans ses bras, elle s'efforça de penser à autre chose.

Joel Klingberg.

Sachant qu'elle était sur un dossier qui concernait Klingberg Aluminium, un ancien collègue de l'Office passé à la police criminelle l'avait renseignée sur la disparition de l'homme d'affaires. Quelques mois plus tôt, le groupe avait été dénoncé par un employé licencié, qui l'accusait d'avoir transféré cinquante millions de couronnes sur un compte anonyme aux îles Vierges à travers une filiale, sans les déclarer. Elle avait survolé l'affaire, puis d'autres dossiers l'en avaient détournée. Mais en apprenant que la femme de Klingberg avait signalé la disparition de son mari, elle s'y était à nouveau intéressée.

Un vague pressentiment l'avait incitée à entreprendre des recherches personnelles malgré les conclusions de la police, selon lesquelles Klingberg était vraisemblablement parti de son plein gré.

Pendant la semaine de garde d'Ola, elle avait fait des heures supplémentaires. Elle s'était plongée dans les accusations de l'employé licencié, avait recoupé certains fichiers et s'était étonnée des tragédies qui avaient frappé la famille Klingberg tout au long de son histoire. Puis elle s'était rendue au parking où Klingberg avait garé sa voiture et avait demandé à voir les vidéos de surveillance.

Cela n'avait pas donné grand-chose. Quelle importance ? De toute façon, elle n'avait rien de mieux à faire de ses soirées en solitaire.

Alors qu'Ola faisait un dernier signe aux enfants, son téléphone professionnel sonna. Lisa arriva en premier à l'ascenseur, Arvid hurla que c'était son tour d'appuyer sur le bouton. Elle consulta l'écran du téléphone.

Drôle de coïncidence : c'était Danielsson, son ancien collègue désormais à la criminelle, plus précisément à la brigade des agressions. Il avait l'air de craquer pour elle. Toutefois, ce n'était pas son genre de l'appeler inutilement.

— Désolé, mais je dois répondre, bredouilla-t-elle sous le regard sévère d'Ola.

Le téléphone collé à l'oreille, elle hochait la tête de temps en temps, les yeux rivés sur les enfants qui patientaient, attentifs à chacun de ses gestes. Ils avaient hâte de rentrer chez eux, de retrouver leur chambre, leurs jouets, l'appartement dans lequel ils n'étaient pas en concurrence avec un bébé et la nouvelle compagne de leur père qui, au mieux, les ignorait.

— D'accord, dit-elle. La femme de Klingberg. Tu peux reprendre, s'il te plaît ? L'avis de recherche a été lancé, il y a un suspect. Un proche ?

— Non.

— Tu as un nom ?

— Oui…

— Eh bien, vas-y !

— Danny Katz.

— Tu peux répéter ?

— Danny Katz. Traducteur. Domicilié à Traneberg.

Les enfants entraient déjà dans l'ascenseur. Ils se disputaient pour savoir qui appuierait sur le bouton du rez-de-chaussée. Ola avait refermé la porte de l'appartement sans même lui dire au revoir. Elle raccrocha et s'accroupit devant Lisa et Arvid.

— Il est arrivé quelque chose, dit-elle. Je suis désolée, mais vous allez devoir dormir chez papa ce soir aussi.

— Pourquoi ? Je veux rentrer voir mon Bakugan !

— Ça ne va pas être possible. Je dois... faire quelque chose. Je viendrai vous chercher tôt demain matin. Vous pourrez rester à la maison toute la journée, vous n'aurez pas besoin d'aller à l'école.

L'odeur de graillon avait disparu, remplacée par des effluves de café fraîchement moulu.

Immeuble bas de gamme, songea-t-elle. Propriétaire louche. Elle aurait parié mille couronnes qu'Ola et Erika avaient acheté leur appartement en partie au noir.

Et elle aurait donné n'importe quoi pour une tasse de café, quelque chose de brûlant qui réchaufferait son sang glacé.

Déçus, les enfants retournèrent chez leur père en traînant des pieds. Ils faisaient peine à voir. Elle les aimait désespérément, elle s'était juré de les protéger, de leur éviter l'enfance qu' elle-même avait vécue. Lisa, sa petite chérie, ne ressentirait jamais la peur ni l'angoisse de la mort. Voilà la promesse qu'elle s'était faite. Elle ne supporterait pas d'y manquer.

Katz. Jorma Hedlund. Étrange. Une époque révolue, vécue dans les bas-fonds alors qu'elle n'était encore qu'une enfant. Elle avait trimé dur pour s'en sortir. Et après avoir définitivement tourné la page, son passé lui revenait en plein visage, sans crier gare.

À la station de métro de T-centralen – l'œil du cyclone –, on se bousculait. Les employés de bureau rentraient chez eux après des heures sup' ou des horaires décalés, les noctambules étaient en route pour les bars du quartier de City. Des bandes de jeunes se servaient du hall, côté Sergels torg, comme lieu de réunion. Ici, il pouvait se déplacer incognito. La foule agissait sur lui comme un tranquillisant.

Il avait garé la voiture volée dans un parking industriel du côté d'Alvik. Trop dangereux de l'utiliser pour le moment. Elle lui resservirait peut-être plus tard.

Il avait encore un peu d'avance, mais l'heure tournait.

Cela faisait si longtemps qu'il n'avait pas mis les pieds à T-centralen… On avait rénové la station. Désormais, les toilettes étaient équipées de portes en verre dépoli décorées de motifs guillerets, et les murs revêtus de lambris couleur chêne – on se serait cru dans un lobby d'hôtel. Dans l'immense hall, les colonnes en forme de champignon portaient des panneaux d'affichage numérique.

Il resta immobile au milieu du flot de passagers, attentif au moindre mouvement suspect. Les gens allaient et venaient par vagues, s'écoulaient le long des escaliers et des escalators alimentés, semblait-il, par des réservoirs intarissables d'êtres humains. Pas le moindre flic en civil.

Il franchit les portillons et scruta les alentours. Un groupe de touristes essayait d'élucider le fonctionnement des distributeurs automatiques de billets. Deux junkies âgés d'environ vingt-cinq ans attendaient Godot devant la vitrine du grand magasin Åhléns – une gestuelle universelle indiquait leur état : maintien, regards. Des drogués en descente. Et, comme lui-même autrefois, dans l'attente d'un retardataire chronique : leur dealer.

La boutique Kicks existait toujours. C'était le magasin où les prostituées de la Malmskillnadsgata achetaient leur rouge à lèvres bon marché avant les passes du soir.

Katz aperçut quelques toxicomanes, des Albanais du Kosovo aux visages émaciés et une femme boutonneuse qui extirpa un miroir de poche de son sac à main pour corriger son maquillage.

Katz sortit la photo du jeune homme du parking–, il devait certainement traîner dans les environs.

Les camés devant la vitrine d'Åhléns le regardèrent approcher, amorphes. L'un tourna légèrement la tête vers la gauche et, ayant apparemment remarqué quelque chose, fit un signe de tête imperceptible à Katz, qui s'arrêta. Une bande de jeunes dégringolait l'escalier de la Drottninggata. Derrière eux, deux flics en civil.

Katz recula de quelques mètres et s'abrita dans le flux qui s'acheminait vers les quais du métro. La foule s'était épaissie, les escalators vomissaient des usagers à un débit continu. Dans son dos, Katz sentit la pression de la masse humaine qui se déplaçait vers la sortie.

L'avis de recherche était-il déjà lancé ? Sa photo avait-elle été diffusée ?

Devant la vitrine, les toxicos avaient disparu, pressentant sans doute une descente. Katz surveilla de près l'escalator le plus proche. Sur les marches, plusieurs agents en civil : deux hommes et une femme en survêtement. La police, aucun doute.

Il recula. Dans son dos, quelqu'un jura, on le bouscula, il faillit perdre l'équilibre. En levant les yeux, il vit l'un des agents sortir sur le parvis. Les deux autres étaient déjà loin. Ils n'étaient pas à sa recherche. Du moins, pas encore.

Cinq minutes plus tard, dans le couloir qui longeait les urinoirs, il trouva enfin ce qu'il cherchait. T-centralen était une fourmilière. La police pouvait toujours essayer de l'enfumer, de la piétiner, de la broyer, cela n'aurait jamais qu'un effet provisoire. Dès que les agents s'en allaient, la vie reprenait son cours.

La femme au miroir de poche était de retour. Prostituée, se dit Katz en approchant. Elle devait faire le trottoir quelques pâtés de maisons de là et sa toilette à T-centralen.

Elle reconnut tout de suite le garçon de la photo. Elle ne l'avait pas vu depuis environ un mois. Il avait passé l'hiver dans le même foyer qu'elle, KarismaCare à Fridhemsplan, mais comme il avait été pris avec de la came dans sa chambre, on l'avait mis à la porte. Il était un peu asocial, plutôt du genre renfermé.

Elle regarda encore la photo.

— Jonas, dit-elle d'une voix traînante. Mais je ne sais pas si c'est son vrai nom. Il a des troubles psychiatriques et, en plus, il est plus ou moins sourd. Les services sociaux ne savent plus quoi en faire. Il a tendance à devenir violent. Et, à ce qu'il paraît, il a le VIH.

— Où est-ce qu'il achète sa came ?

— Je ne sais pas.

— Et il traîne où, en général, quand il n'est pas dans un foyer ?

Elle haussa les épaules.

— Dans le coin. Et dans une maison abandonnée en dehors de la ville. Il dort dans des tunnels aussi. Je vous le dis, il est plutôt asocial.

— Quels tunnels ?

— Celui de Klara. Avec les putains de rats.

Elle ressortit son miroir de poche et appliqua encore un peu de rouge sur ses joues livides. Katz vit ses pores comme à travers une loupe, ils ressemblaient à des cratères laissés par une rafale de plombs. Les rides autour de sa bouche et de ses yeux lui donnaient vingt ans de plus que son âge.

À minuit passé, Katz pénétra dans le tunnel au niveau de la Vattugata. Peu de véhicules en circulation. Il avait traversé le cimetière de Klara, contourné la petite église où le diocèse distribuait des repas aux sans-abri et franchi la grille en fer forgé. Puis il s'était engagé sur la bretelle d'accès au pont Central.

Les néons projetaient une lueur froide sur les murs. Katz emprunta un genre de trottoir, sans doute utilisé par les services de maintenance, et marcha dans le sens opposé à la circulation.

Une voiture apparut dans le tournant. En apercevant la silhouette de Katz, le conducteur mit ses codes et changea de file.

Cinquante mètres plus loin, Katz trouva le premier panneau signalant un téléphone de secours. Dix mètres au-dessus de sa tête, des ventilateurs bourdonnaient. Il accéléra le pas.

Il se mit à penser à Angela. Bien vivante, tout près de lui, et morte, l'instant d'après. C'était inconcevable. L'absence de frontière claire entre les deux états, et les circonstances mystérieuses qui entouraient l'événement le rendaient d'autant plus irréel.

Il découvrit une alcôve – une surface d'environ deux mètres carrés. Vide. Éclairée par une ampoule, au plafond. Les sans-abri les dévissaient pour dormir. Un tampon ensanglanté et une canette de bière froissée gisaient au pied du téléphone.

Katz reprit son chemin. La circulation était devenue un peu plus dense. Trente mètres plus loin, il trouva une deuxième alcôve plongée dans le noir.

Il alluma sa torche électrique. Un vieillard dormait dans un sac de couchage, sur un matelas de carton ondulé posé à même le sol. Ses possessions étaient rassemblées dans un sac en plastique, à ses pieds. Un peu plus haut, sur les marches d'un escalier, un réchaud à alcool et une boîte contenant quelques conserves, des gobelets en plastique et des couverts – un garde-manger, en somme.

L'homme se redressa brusquement et posa sur Katz un regard surpris.

— Qu'est-ce que tu veux ? grogna-t-il d'une voix lasse.

Katz lui montra la photo.

— C'est le mec sourd, dit le vieux. Qu'est-ce que tu lui veux ?

— Il faut que je le trouve, c'est tout.

— Tu es flic ?

— Non.

— Dans ce cas, va chier.

L'homme se recoucha, tâtonna sur le sol au-dessus de sa tête et attrapa une écharpe dont il se couvrit la tête. Katz la lui ôta d'un coup sec.

— Éteins ta putain de lampe ! Merde !

Le vieux se rassit. L'air maussade, il dévisagea Katz. Sur les marches, il y avait également un carton paré d'un sac poubelle noir.

— Tu l'as vu quand pour la dernière fois ?

— Il y a deux semaines. D'habitude, il dort à l'entrée du tunnel, mais l'ampoule y est depuis longtemps. Je suppose qu'il a trouvé ailleurs.

— Où ça, par exemple ?

— De temps en temps, il squatte dans le métro. Entre Hötorget et Rådmansgatan, c'est un copain qui me l'a raconté. Il y a des petites alcôves, là-bas. T'aurais dû le voir pendant son sevrage… Putain ! Il a passé plusieurs jours à gémir là-bas, dans son coin, enroulé dans des vieilles couvertures. Il s'est tellement chié dessus que ça puait jusqu'ici. Et pas un chat pour l'aider. Et dire que c'est encore qu'un enfant… Maintenant, il est clean, en tout cas. Je l'ai vu à la gare centrale il y a quelques jours. Il avait l'air carrément en forme. Quelqu'un a dû lui filer un coup de main.

L'homme se recoucha et reprit :

— Mais il est complètement taré. Il s'est fait tellement tabasser dans son enfance qu'il en a perdu l'ouïe. Enfin, c'est ce que dit la rumeur, en tout cas. Maintenant, fous-moi la paix.

Soudain, Katz sentit la puanteur. Devinant d'où elle venait, il comprit la fonction que remplissait le carton au sac poubelle. Il éteignit sa torche et fit demi-tour.

Il ne fallait pas perdre de temps. Bientôt, le piège se refermerait sur lui. Au niveau du garage du Sheraton, il prit à gauche dans la Herkulesgata. Mis à part une petite épicerie polonaise et hongroise, ce quartier de bureaux était complètement mort. Katz avait faim, mais cela attendrait.

Il arriva à la Drottninggata, puis à la place de Brunkeberg. Longeant l'immeuble en granit noir de la Riksbank, il continua vers le nord, dans la Malmskillnadsgata. Deux putes patrouillaient chacune sur son trottoir – signe qu'il n'y avait pas de flic aux environs.

Il longea des pâtés de maisons entièrement plongés dans le noir, passa des rues transversales dans lesquelles on pouvait se faufiler quand on voulait éviter d'être vu, des escaliers qui descendaient jusqu'au pied de la butte. Le coin regorgeait de cachettes.

Il traversa la place Oxtorget et le pont de la Kungsgata, pataugeant dans un marécage de souvenirs. Tout ici lui rappelait son ancienne vie. Les planques où il gardait sa came. À l'époque, il dévissait les grilles de dépannage des lampadaires pour déposer des sachets de poudre à l'intérieur, entre les fils électriques. Un jour, il s'était retrouvé mêlé à une bagarre devant le cabaret Nalen. Une autre fois, on l'avait arrêté pour possession sous le pont de la Kungsgata. Sans parler de ce trajet en ambulance jusqu'à l'hôpital Karolinska, quelqu'un s'étant mis en tête qu'il faisait une overdose dans les toilettes d'US Video.

Plus bas, autour de la Birger Jarlsgata, il avait détroussé des passants. Cela remontait à encore plus loin – Jorma Hedlund et lui n'avaient que seize ans. Ils venaient de banlieue en métro dans le seul but de voler de l'argent et des montres à des gosses de riches complètement soûls qui faisaient la tournée des bars. Des gens comme Klingberg. Jorma tirait son couteau de Mora et le tenait à deux centimètres de leur gorge. La peur qu'ils lisaient alors sur le visage de leurs victimes les remplissait de mépris. Un jour, à leur plus grande joie, un fils à papa s'était même chié dessus. Mais au fond, ils les enviaient.

Katz prit à gauche après le restaurant KGB, descendit les marches jusqu'à la Olof Palmes gata et s'engagea dans la Luntmakargata, parallèle au Sveaväg, jusqu'à la station de métro de Rådmansgatan.

Il regarda l'heure : 1 h 55. Le dernier train allait bientôt entrer en gare. Un agent à motié endormi tamponna son ticket, il descendit l'escalier jusqu'au quai. Personne, à part un jeune couple enlacé sur un banc.

Il appuya sur le bouton d'appel de l'ascenseur. Quand ce dernier arriva, il retint la porte en attendant l'entrée du train dans la station.

Un seul passager en descendit, il se dirigea vers la sortie opposée. Le jeune couple monta dans la voiture du milieu. Katz ouvrit plus grand les portes de l'ascenseur et s'accroupit à l'intérieur pendant que le chauffeur vérifiait qu'il n'y avait plus personne sur le quai. Les portes des wagons se refermèrent avec leur bruit de ventouse caractéristique, les roues grincèrent et le train disparut en direction d'Odenplan.

Katz patienta quelques minutes. Il entendit l'agent fermer sa guérite au-dessus, dans le hall. Lorsque les lumières du quai s'éteignirent, il ressortit.

Silence.

Il demeura immobile, le temps de s'habituer à l'obscurité. Puis, d'un bond, il descendit sur la voie.

Le gravier crissait sous ses pieds, le faisceau de la torche électrique valsait devant lui. Un peu plus loin, il aperçut un renfoncement éclairé par des appliques murales : il s'agissait d'un passage entre les voies, étroit, d'une hauteur d'environ un mètre. Katz jeta un coup d'œil à l'intérieur. Aucune trace de présence humaine.

Du coin de l'œil, il perçut un mouvement, tourna instinctivement la tête et vit un rat filer entre les rails. Le calme revint, l'étrange silence d'un souterrain désert, des entrailles d'une ville au repos. Le plafond luisait de condensation. De petites gouttes d'eau tombaient sans bruit sur les voies.

Il s'enfonça dans la cavité. Sa nuque toucha quelque chose de mou.

Un sac à dos, qui avait dû tomber d'une niche au-dessus. Il lui avait échappé au premier coup d'œil.

Katz se redressa légèrement et se retrouva face à un conduit juste assez grand pour qu'un adulte puisse s'y glisser. Il alluma sa lampe et dirigea le faisceau à l'intérieur. Dans le flot de lumière brutal, le garçon cligna des yeux, effrayé.

Petit pour son âge. Des mèches grasses lui barraient les yeux. Ses habits sales exhalaient une odeur de sueur. De quelque chose d'acide aussi.

— C'est toi, Jonas ?

Le regard du garçon accroupi devant Katz vacilla, puis se fixa sur ses lèvres.

— N'aie pas peur, je ne te ferai pas de mal. Tu comprends ce que je dis ? Tu veux que j'articule mieux ?

Le vide au fond de ses yeux n'était pas dû à la drogue car, de toute évidence, il était clean.

— Tu entends ce que je dis ?

Derrière l'oreille du garçon, un appareil auditif couleur chair était collé à sa peau comme un insecte. Un pansement taché de sang coagulé pendait au bout de son index. Katz se demanda si la femme de T-centralen avait raison, s'il était atteint du VIH.

— J'ai besoin de ton aide… pour reconnaître un homme.

Le garçon suivait les mouvements de ses lèvres. Son regard s'aiguisa. Il lui répondit enfin, d'une voix atone – celle d'un sourd qui ne s'entend pas parler :

— Comment tu m'as trouvé ?

— Ça n'a pas d'importance. Je veux simplement identifier quelqu'un. Après, je te laisserai tranquille.

Katz sortit les photos du parking. Celles du garçon et de l'homme en anorak, de dos.

— Tu te souviens de lui ? Tu lui as parlé dans l'escalier d'un parking, il y a trois semaines. Il t'a fait peur.

Le garçon marmonnait en regardant les images.

— Je suis clean, finit-il par articuler. J'ai arrêté l'héro.

— Je sais.

— J'en pouvais plus. Je veux rentrer. Chez moi.

Katz crut reconnaître de lointaines traces dialectales du sud, sans doute de Scanie. Le garçon s'interrompit et posa sur Katz un regard éteint.

— C'est lui, l'homme avec qui tu as parlé ? insista Katz.

Il lui montra le portrait de Klingberg. Le garçon sursauta, comme s'il comprenait ce qu'on lui disait avec quelques secondes de décalage.

— Non.

— Tu en es sûr ?

— Oui.

— De quoi est-ce qu'il avait l'air, l'homme à qui tu as parlé?

Le garçon cilla des yeux.

— Tu le connaissais?

— Non.

— De quoi vous avez parlé?

— Je ne sais plus.

— À mon avis, tu l'as croisé par hasard en entrant, tu lui es rentré dedans. Et puis tu t'es excusé... C'est bien ça? Il s'est énervé? Il t'a fait peur?

— Possible.

— Tu as vu son visage?

Le garçon tripotait la fermeture Éclair de son sac à dos. Ses mains étaient couvertes de marques d'injection. Pas récentes, nota Katz. Soudain, le jeune homme sembla reprendre ses esprits.

— Je dois partir, murmura-t-il.

— Réfléchis un peu. L'homme avait quelque chose de spécial?

— Non!

— Il faut que tu m'en dises un peu plus. Sur son apparence... Il était jeune ou vieux?

Un bruit métallique retentit dans le tunnel. Un train de maintenance approchait, phares allumés : mouvements de panique au bord des rails, grouillement des rats dans le tonnerre du train. Il devait y avoir un nid à proximité.

Lorsque Katz reposa les yeux sur le garçon, celui-ci brandissait une seringue.

— Reste... Reste là. Je dois partir.

L'aiguille se trouvait à un centimètre de la carotide de Katz, qui regardait fixement le garçon.

Celui-ci s'accroupit et attrapa son sac à dos. Puis, menaçant toujours Katz de sa seringue, il sortit à reculons et disparut dans le noir.

Pendant deux jours, Katz resta planqué dans un cabanon de jardin ouvrier. Le Tantolund en était plein. Celui-ci, à l'écart, paraissait abandonné depuis longtemps. Katz n'eut aucun mal à fracturer la serrure. Personne ne devait remarquer sa présence. Il se montrait prudent, ne sortait que le soir, après la tombée de la nuit, traversait le parc jusqu'à Hornstull et faisait ses courses au 7-eleven sans croiser les regards, une capuche lui couvrant partiellement le visage. Il y acheta une carte sim qu'il plaça dans son vieux téléphone portable de réserve.

Impossible d'éviter les gros titres. Son portrait était partout. Il s'agissait bien de lui et, pourtant, il avait l'étrange impression de voir quelqu'un d'autre, un double qui lui aurait volé son identité.

Il parvint à connecter son ordinateur portable à Internet à travers le réseau mobile. Sa photo avait également envahi la toile : Danny Katz, quarante-quatre ans, domicilié à Bromma. Recherché pour meurtre et pour enlèvement. L'enlèvement de Joel Klingberg et le meurtre de sa femme.

Il s'étonna de la quantité d'informations que les journalistes avaient dégotées. Tout y était : délinquant, interprète militaire, sans-abri, toxicomane.

Un journal du soir avait photographié la carte de visite qu'il avait donnée à Angela, recto verso, avec le cœur et la fleur dessinés au dos. « La déclaration d'amour du tueur », disait la légende.

Un autre journal avait déniché sa lettre de mendicité à Klingberg, écrite quinze ans plus tôt. Manifestement, la famille l'avait conservée. Selon le journaliste, elle avait tellement effrayé Klingberg qu'il avait signalé l'incident à la police.

Pourtant, ni Angela ni Pontus Klingberg n'avaient jamais mentionné l'affaire. Étonnant.

Il lut par ailleurs que Klingberg et lui avaient été meilleurs amis pendant leur service militaire, mais qu'à la suite d'une dispute leurs chemins s'étaient séparés. Dès lors, Katz aurait suivi la carrière de Klingberg à distance afin de le persécuter : coups de fil, lettres de menace et d'extorsion. Il aurait fini par l'enlever et, comble de la perfidie, par contacter sa femme pour lui proposer de l'aider à retrouver son mari disparu, avant d'achever sa funeste entreprise en les tuant tous les deux. C'était en tout cas l'hypothèse de la police.

Selon une source anonyme, lors d'une conversation d'ordre privé avec une amie, Angela aurait déclaré soupçonner Katz d'avoir enlevé son mari.

Impossible. Quoique… quelque chose l'avait-elle incitée à douter de lui ?

On n'avait publié aucune photo du corps, mais le meurtre était décrit dans ses moindres détails : le couteau de cuisine en plein cœur, consécutif à un étranglement si brutal que l'os lingual s'était détaché. Les morsures. Ces morsures autour du cou infligées après la mort. Insensées, démentes.

On avait exhumé les macabres événements qui avaient eu lieu vingt-huit ans plus tôt. Katz avait désormais tout d'un agresseur en série.

Ses empreintes digitales dans l'appartement et dans la voiture de Klingberg. Le couteau lui appartenant. Ses cheveux prélevés dans la chambre à coucher, dans la cuisine, dans les flaques de sang sur le sol. Placés par l'individu qui l'avait cambriolé.

Un témoin anonyme avait permis de retrouver l'anorak porté par l'inconnu du parking dans un container de chantier à proximité de la gare centrale. Un enquêteur de la criminelle le tenait devant l'objectif d'un journal du soir : il s'agissait bien de celui de Katz.

Il éteignit son ordinateur, s'approcha de la fenêtre et jeta un coup d'œil furtif à travers les rideaux : les cabanons environnants, plongés dans le noir, puis, sur la rive opposée du canal, les lumières de la banlieue sud. Il pleuvait. Il se sentit soudain terrassé par la fatigue. Revoyant le corps gisant d'Angela, il cligna des yeux pour évacuer des larmes naissantes.

Et si c'était lui ?

Était-ce possible ? Avait-il pu perdre les pédales ? Comme avec Eva Dahlman ? Sombrer dans la folie et ne se souvenir de rien a posteriori ?

Angela connaissait le coupable, elle lui avait ouvert sa porte. De plus, elle attendait Katz, ils avaient rendez-vous.

Mais ça ne collait pas. Katz se fiait à ses souvenirs. Il n'était pas coupable.

Il entendit les sirènes d'une intervention d'urgence au loin. Son pouls s'accéléra. Pourtant, il ne s'agissait que d'une ambulance en route vers l'hôpital de Söder.

Des chats miaulaient dans la nuit, une bande de jeunes ivres morts traversait les jardins. Leurs beuglements résonnaient dans le silence.

Intuitivement, Katz sentit qu'il était temps de quitter le cabanon. Tôt ou tard, sa planque serait découverte.

Jorma, songea-t-il. Cela faisait plusieurs années qu'il était sans nouvelles de lui. Le temps des retrouvailles était venu.

Katz n'avait pas vu Jorma Hedlund depuis la fin des années 2000. Ils s'étaient alors donné rendez-vous dans un café de la galerie commerçante, au centre de Stockholm. Jorma sortait tout juste de taule après une condamnation pour vol à main armée. Ils avaient éprouvé une joie enfantine à se revoir. Les années avaient beau passer, à chaque rencontre, ils avaient toujours l'impression de s'être quittés la veille. Comme des frères, s'était dit Katz en contemplant les cheveux en brosse de son ami, noirs comme le plumage d'un corbeau, ses poings calleux capables de retaper des maisons, de répliquer aux injures ou – à l'étonnement général – de jouer du piano. Ils ressentaient l'un pour l'autre une amitié profonde. Ils s'aimaient comme des frères.

Quand, après la mort de ses parents, Katz avait atterri à la maison de redressement de Hässelby Gård, Jorma s'y trouvait déjà, au motif du paragraphe 3 de la Loi sur la prise en charge des mineurs, qui prévoyait un placement de force en cas de mise en danger du jeune par lui-même au moyen de consommation de stupéfiants, d'activités criminelles ou autre comportement social nocif. Aux yeux des autorités, Jorma était une cause perdue. Mais le petit Juif s'était reconnu en lui. Leurs peaux mates et leurs tignasses noires les avaient rapprochés. De plus, en contradiction totale avec un mystérieux ordre établi, Jorma jouait du piano – comme si de magnifiques fleurs pouvaient pousser sur une décharge.

Au café, Jorma lui avait raconté son projet de s'installer en Thaïlande. Une vieille connaissance dans le secteur du bâtiment s'était mis à son compte dans la province de Rayong, à deux heures de Bangkok, et lui avait proposé de devenir son associé. Ils avaient déjà une commande : construire un hôtel résidentiel en propriété indivise pour les riches Thaïlandais. Jorma devait surveiller la main-d'œuvre locale, jouer du piano dans le bar et se charger de tous les petits problèmes qui pouvaient survenir. Il avait fait des économies. Les fruits de nombreux cambriolages, supposa Katz.

Il fut donc étonné de trouver Jorma dans l'annuaire, avec une nouvelle adresse dans la banlieue de Midsommarkransen. Pas de numéro de téléphone. De toute façon, Katz n'avait pas l'intention de l'appeler.

Lorsqu'il entra dans l'immeuble de la Tellusborgsväg, il faisait déjà nuit. Il avait exploré la zone. Calme. Il avait fait le guet en bas pendant une demi-heure. Personne ne semblait avoir découvert les liens qui unissaient les deux hommes.

Devant la porte, au premier étage, Katz entendit un air de piano : *Georgia on my mind.* Jorma adorait les vieilles mélodies de Hoagy Carmichael. Lorsque Katz sonna, la musique s'interrompit au beau milieu d'un accord.

Un instant plus tard, Jorma ouvrait la porte : baraqué, les bras couverts de tatouages de prison, une liasse de papiers dans la main. Il le laissa entrer sans un mot.

Il fallut plusieurs heures à Katz pour raconter tout ce qui s'était passé depuis le premier coup de fil d'Angela Klingberg : le garçon retrouvé dans le métro, l'homme en anorak qui conduisait la voiture de Klingberg, le document dans lequel celui-ci reliait la disparition de son frère à la mort de ses parents, la rencontre avec Pontus Klingberg et le cambriolage chez lui, son anorak volé à la laverie quelques mois plus tôt, les étoffes que Klingberg avait reçues peu de temps avant de s'évaporer et l'étrange trajet en voiture qu'il avait accompli le jour de sa disparition. Pendant qu'il faisait le compte rendu des événements, Katz remarqua qu'il lui manquait au moins la moitié des pièces du puzzle. L'enquête ne faisait que commencer.

— Des pros, conclut Jorma, assis sur son tabouret de piano. Ils savent ce qu'ils font.

— Qu'est-ce que tu veux dire ?

— Pour monter un coup pareil, il faut des ressources. Enfin, tu l'avais déjà compris, je pense.

Katz regarda autour de lui, laissant errer ses réflexions, espérant trouver un fil conducteur. Sur les murs, des peintures à l'huile de Jorma, réalisées pendant ses séjours en prison : des combinaisons abstraites de couleurs fantastiques. Le piano, les meubles… Décidément, non. Katz n'était pas plus avancé.

— En tout cas, quelqu'un sait que j'ai déjà été condamné pour un crime similaire.

— Et il en profite. En te piégeant.

Jorma l'observa.

— Quelqu'un veut ta peau, on est bien d'accord ? Et il a fallu plusieurs personnes pour monter le coup.

— Mais… pourquoi ?

— Pour détourner les soupçons des vrais coupables. Il y a peut-être d'autres raisons aussi, et tu dois les trouver.

Katz ne posait jamais de questions à Jorma sur ses activités, il régnait entre eux un accord tacite à ce sujet. Pendant les pires années de Katz, des années de déchéance profonde, Jorma avait tenté de l'aider, mais Katz avait refusé, il ne voulait pas être aidé. Ils avaient cessé de se fréquenter tout en gardant un œil l'un sur l'autre, de loin en loin. Katz avait suivi le parcours de Jorma dans les diverses organisations criminelles dont il avait fait partie – bandes de motards, vieille pègre finlandaise de la banlieue ouest. Jorma avait fait du recouvrement de dettes, du recel d'argent, des cambriolages de fourgons blindés. Dans son univers, la concurrence était rude, l'hostilité devenait une deuxième nature. Et dans celui de Katz ?...

— Je n'aurais pas dû venir. Si la police se met à fouiner... Il vaudrait peut-être mieux que je m'éloigne un peu de Stockholm...

— Pour aller où ? Ça fait vingt-cinq ans qu'on n'apparaît pas dans le même dossier. Les flics n'ont pas encore fait le rapprochement.

Katz s'avança vers la porte entrouverte du balcon. Il contempla les voitures qui filaient dans la rue, les lumières qui se reflétaient dans les flaques d'eau, comme jaillissant d'un monde souterrain.

— Il faut que je passe un coup de fil. Je n'arriverai jamais à élucider cette affaire tout seul.

Dans la cuisine, il entendit l'intro d'un autre air de Hoagy Carmichael, *Stardust*. Il ferma la porte et composa le numéro de Julin, qui répondit après une demi-douzaine de sonneries.

— Katz, tout va bien ?

— J'ai la situation en main. Dis-moi, la police avait trouvé des objets sur le lieu de l'enlèvement de Kristoffer Klingberg ?

— Non. Rien. Mais ça fait quarante ans. Dans le registre de la criminelle, il n'y a plus que les comptes rendus d'interrogatoires du père. Aucune trace d'indices trouvés sur les lieux. Écoute, Katz, la police est venue m'interroger à ton sujet. Je leur ai dit qu'on ne s'était pas parlé depuis six mois, et que tu ne pouvais pas être à l'origine d'un meurtre et d'un enlèvement.

— Tu en es sûr ?

— Je sais que ce n'est pas toi. Le problème, c'est que tu n'affrontes pas la situation. Ça ne plaide pas en ta faveur. Ils te trouveront. Ils ont mis de gros moyens sur l'affaire. Tu es en très mauvaise posture. La presse, les nouveaux éléments qui sont apparus…

— Qu'est-ce que tu me conseilles de faire ?

— Abandonne. Tu es traqué, ta marge de manœuvre diminue de jour en jour. Tu as un endroit où dormir, au moins ?

— Quelques nuits. Chez un vieil ami.

— Où ça ?

— À Midsommarkransen.

Katz regretta immédiatement cette révélation. Cela dit, pourquoi le téléphone de Julin serait-il sur écoute ?

— Je peux faire autre chose pour toi ?

— Oui, vérifier ce que faisait Pontus Klingberg le soir du meurtre.

À l'autre bout du fil, Julin respirait bruyamment.

— Tu crois que c'est lui ?

— Non, mais il faut bien que je commence quelque part. Angela connaissait forcément le coupable, elle lui a ouvert sa porte.

— D'accord, je vais voir ce que je peux faire. Où est-ce que je peux te joindre ?

— Inutile d'essayer, je changerai de carte sim dès qu'on aura raccroché. Je te rappelle d'ici vingt-quatre heures.

Jorma avait déposé le sac de Katz au salon.

— Tu savais que j'allais venir ? lui demanda Katz.

— Tu n'avais nulle part ailleurs où te réfugier. Si tu étais resté encore un jour dans la même planque, ils t'auraient trouvé.

— La Thaïlande, ça n'a pas marché ?

— Non, j'ai été obligé de gagner ma vie autrement. Les temps changent. Avant, on pouvait travailler seul.

Maintenant... Il faut faire partie d'une organisation et prêter allégeance aux chefs. Mais je crois que je vais arrêter. Me remettre à travailler de mes mains. Je suis assez doué pour la maçonnerie.

Dehors, sur le palier, l'ascenseur se mit brusquement en marche. Katz sursauta. Jorma le regarda calmement.

— Les voisins, dit-il. Un ancien chef de police, entre autres. Tu ne crains rien ici. Au fait, qu'est-ce que tu penses de l'appartement ? On m'en a fait cadeau, avec le piano. Pendant mes trois ans à Norrtälje, j'ai protégé un mec de quelques autres détenus. Après, il s'est montré très généreux. Viens, je vais te montrer ta chambre.

Katz attrapa son sac. Jorma le conduisit dans la cuisine, puis dans une grande pièce complètement vide. Ils s'arrêtèrent devant un mur nu.

— Tu comptes aller jusqu'au bout de l'affaire ? demanda Jorma.

Katz acquiesça.

— Comment ?

— Je ne sais pas encore.

— D'abord, il faut que tu dormes. Tu t'es regardé dans une glace, dernièrement ? Un vrai zombie.

D'un pied, Jorma appuya sur une plinthe et le mur glissa sans un bruit. De l'autre côté, une pièce secrète meublée d'une lampe de lecture et d'un matelas. La couche de Katz était déjà faite.

— C'est la première chose que j'ai construite quand j'ai retapé l'appartement, expliqua Jorma. Je me disais que ça pourrait servir. À cacher de la marchandise volée, par exemple. Ou un copain en cavale.

Son bureau – sa cellule de moine – était coincé entre celui du commissaire de la division et celui de l'expert-comptable. Le sol en lino jaune et orange datait du début des années 1990. Depuis sa fenêtre, elle avait vue sur l'église de Kungsholmen. Elle aimait contempler le cimetière à travers les saisons, depuis la tendre verdure du printemps jusqu'aux ombres des grands arbres squelettiques sur la neige, l'hiver. Les dossiers étaient rangés dans une armoire d'archivage – d'un côté, les préparations d'audience, de l'autre, les affaires complexes. Sur sa table, un écran d'ordinateur. Au-dessus, sur le mur, les portraits de Lisa et Arvid depuis qu'ils étaient tout petits. Elle n'aurait sans doute pas d'autres enfants.

Les yeux fixés sur son bureau, elle écoutait une voix familière à l'autre bout du fil. Devant elle, deux dossiers : le jugement de Katz vingt-huit ans auparavant et l'instruction qui avait précédé.

— Et alors ? Tu comptes faire quoi ? demanda-t-elle.

— Ce que je t'ai dit, répliqua Ola. Au pire, prendre un avocat.

— Tu es avocat.

— Récusable, étant donné les circonstances. Si tu refuses de discuter, on ira au tribunal. On se battra pour la garde et, à mon avis, tu risques fort de perdre. On te proposera de les garder du jeudi au dimanche toutes les deux semaines, ou quelque chose du genre.

— Tu es complètement dingue.

— Ça ne marche plus, Eva. Tu le vois aussi bien que moi. Les enfants souffrent.

— Peut-être, mais ça ne vient pas seulement de moi.

— Tu les as laissés ici lundi et tu n'as pas donné de nouvelles depuis. Et ce n'est que la partie émergée de l'iceberg. Lisa a dit qu'elle voulait rester ici jusqu'à la fin de l'année.

Quelqu'un faisait du tintamarre dans la salle de repos, au bout du couloir. Des collègues riaient. Elle reconnut leurs voix : Samson, l'expert en fiscalité de la deuxième chambre, et Jelenik, chargé du renseignement dans les affaires criminelles. Elle-même – c'est-à-dire Mme le procureur – travaillait dans le service depuis douze ans, sans compter son passage à la permanence du parquet. Finalement, elle était plus douée pour les chiffres que pour les crimes violents. Elle avait le flair d'un cochon truffier pour les irrégularités financières, les délits comptables, l'argent sale.

— C'est à cause de toi qu'elle veut ça... C'est toi qui lui mets ces idées en tête.

— Erika est d'accord avec moi, surtout après ce qui s'est passé à Pâques.

Pâques ? Elle ne voulait même pas y penser. Elle avait tiré un trait sur l'incident.

— Erika se fiche de Lisa et d'Arvid. On a l'impression qu'elle va vomir quand elle se trouve dans la même pièce qu'eux.

— Elle les aime.

— N'importe quoi.

— Vas-y, Eva, qu'est-ce que tu proposes ? Ici, les enfants se sentent en sécurité. Ils ont chacun leur chambre. Ils sont avec deux adultes normaux qui ont une relation amoureuse saine, ils sont encadrés, on vient les chercher à l'heure. On a deux salaires. Toi, tu n'es jamais au rendez-vous, et tu trouves toujours une excuse plus ou moins bidon. Tu manques à toutes tes promesses. Depuis le divorce, c'est toujours la même chose.

Est-ce qu'il disait vrai ? Décevait-elle systématiquement ses proches – tout comme ses propres parents l'avaient déçue ? À treize ans, elle rentrait chez elle en pleine nuit sans que personne ne réagisse, ni son père, assis dans son fauteuil devant la télé, un joint à la main – quand il n'était pas en taule – ni sa mère, allongée, KO, droguée aux médicaments. Ou quelque part en ville, avec d'autres alcoolos. Des fumiers tous les deux. Elle avait coupé les ponts, elle ne savait même pas s'ils étaient encore en vie. Leur ressemblait-elle ? Pas en surface, mais en profondeur… Elle était si souvent arrivée en retard au jardin d'enfants ou à l'école… Les incidents s'étaient accumulés – comme ce jour où Lisa avait appelé Ola en pleurs pour qu'il vienne la chercher. Pourquoi ? Parce qu'elle était plongée dans son travail au point d'en oublier l'heure. La liste était longue et accablante.

— Tu écoutes ce que je te dis ?

— Oui. S'il te plaît, Ola… Je te promets de m'améliorer. Je suis sur une affaire que je ne peux pas lâcher. Je ne te demande qu'une semaine. Occupe-toi des enfants, dis-leur qu'on reprendra bientôt l'emploi du temps habituel. Dis-leur que je les appellerai ce soir.

— Voilà ce qu'on va faire : les enfants restent chez nous jusqu'à la fin de l'année scolaire. Après, on verra.

— Ce n'est pas toi qui décides. Nous avons la garde partagée. Je veux que les enfants soient chez moi une semaine sur deux.

— Mais pas cette semaine ?

— Exactement.

Elle avait un double appel. Elle lut l'écran du téléphone : Oskar Danielsson. L'inspecteur prenait des risques en la renseignant sur une affaire qui, a priori, ne la regardait pas. Il voulait sans doute coucher avec elle.

— Je te préviens, Eva. Si tu merdes encore une seule fois, je prends un avocat. J'ai un collègue spécialisé en droit de la famille. Il ne perd jamais.

— C'est une menace ?

— Ce n'est pas une menace, c'est une promesse.

Elle coupa la communication en poussant un juron et prit le double appel, mais Danielsson avait déjà raccroché.

Dans la salle de repos, les rires s'étaient tus. Elle ferma la porte de son bureau. L'avantage avec Ola, c'était son manque d'imagination. Après une dispute, il réagissait toujours de manière prévisible, ce qui donnait à Eva un train d'avance sur lui. Mais ces menaces… Elle ne s'y attendait pas.

Elle contempla les deux dossiers : une instruction et un jugement – l'affaire dans laquelle elle était elle-même la victime. Les enquêteurs n'avaient pas encore établi de lien entre Katz et elle. Elle ne portait plus son nom de jeune fille, le crime datait de plus de vingt-cinq ans et les cicatrices autour de son cou ne se voyaient plus. Pourquoi iraient-ils fouiller dans cette vieille affaire ? Cela dit, tôt ou tard, ils le feraient, et elle serait forcée de répondre à certaines questions.

Dans un tiroir de son bureau, une troisième chemise cartonnée renfermait des informations sur la carrière militaire de Katz, obtenues auprès du Centre national du renseignement. Le dossier n'était pas complet, mais l'antenne de police de l'Office n'avait rien pu obtenir de plus. Le reste devait être classé secret défense. Étrange, songea-t-elle en rappelant Danielsson. Cette histoire de carrière militaire la dérangeait. Un répondeur l'informa que Danielsson était sorti déjeuner et serait à nouveau joignable à partir de 14 heures.

Katz avait fait son service militaire avec Joel Klingberg. Surprenant, tout comme sa sélection en formation d'élite et l'obtention de plusieurs postes consécutifs d'interprète et d'expert en informatique auprès des renseignements. Son intelligence hors du commun avait donc pesé plus lourd que son passé, exactement comme pour elle – lors de son recrutement, le parquet s'était montré indulgent et avait préféré considérer son passé de délinquante comme un atout plutôt que comme un boulet.

D'après les documents qu'elle avait sous les yeux, Katz et Klingberg avaient été recrutés à la demande de militaires haut placés dans ce qui s'appelait à l'époque le Bureau du renseignement et de la sécurité du ministère de la Défense – précurseur de l'actuelle Direction du renseignement et de la sécurité militaires. D'après ce qu'elle avait compris, on avait ignoré l'avis de l'Administration centrale du service national qui préconisait le rejet de la candidature de Katz. Le Bureau du renseignement et de la sécurité avait imposé sa volonté. Quant à Klingberg, l'École d'interprètes n'avait émis aucune réserve. Son dossier de premier de la classe à l'internat de Sigtuna était impressionnant.

Katz et Kingberg avaient donc tous deux fait l'objet d'une procédure de sélection spéciale. Les seuls de leur promotion.

Et, vingt-cinq ans plus tard, l'un des deux enlevait l'autre et assassinait sa femme.

Sur le mur, Lisa et Arvid la regardaient d'un air sceptique. Ils avaient de quoi. Faute de came, elle se shootait au travail.

Où pouvait bien être Katz ?

Un avis de recherche national avait été émis à son encontre, mais plusieurs jours étaient passés, et on n'avait toujours aucune piste. Pas étonnant. Il avait l'habitude de la rue. D'après les fichiers, il avait été toxicomane et sans-abri pendant une bonne partie des années 1990. Débrouillard. Il l'était déjà quand ils se fréquentaient. En matière de cavale, Katz connaissait toutes les astuces.

S'était-il réfugié chez Jorma ? Le seul délinquant juvénile de la banlieue ouest qui, théoriquement, aurait pu entrer au conservatoire national de musique. En l'entendant jouer des sonates pour piano à la maison de redressement, les copains de l'époque avaient été stupéfaits. Jorma venait d'une famille finlandaise dysfonctionnelle dans laquelle on devenait soit musicien, soit toxicomane. Voilà ce que la société attendait de lui. Katz et lui avaient-ils gardé le contact ? Dans le temps, ils étaient comme des frères. Quoi qu'il en soit, personne ne semblait avoir fait le lien entre eux.

Pendant sa carrière dans les renseignements, Katz avait donné un échantillon de son ADN. Voilà comment on avait pu le relier à la scène de crime, sur laquelle on avait prélevé des cheveux et des habits lui appartenant, ainsi que du vomi provenant de lui sur le sol, à quelques mètres du corps. Bizarrement, aucune trace de salive sur le cou déchiqueté d'Angela Klingberg. On n'avait pas trouvé d'ADN étranger à cet endroit-là. Les légistes pensaient que les plaies avaient été nettoyées à l'alcool et que celui-ci s'était évaporé. Quoi qu'il en soit, tout accusait Katz : ses empreintes digitales étaient partout sur la scène de crime et il avait déjà été condamné pour des agissements similaires.

Elle alluma son ordinateur et lut le dernier document que lui avait envoyé Danielsson : un bref résumé de la relation entre l'agresseur et la victime. Katz avait été engagé par Angela Klingberg pour retrouver son mari disparu. Il était allé à la Bibliothèque nationale pour y faire des recherches, avait rendu visite à l'oncle de Joel Klingberg au siège de Klinberg Aluminium et consulté les vidéos de surveillance du parking souterrain – les mêmes qu'elle. Il s'était rendu chez Angela Klingberg au moins une fois avant le meurtre.

L'hypothèse de Danielsson et de son équipe était la suivante : Katz aurait d'abord enlevé Klingberg, puis assassiné sa femme. Le mobile demeurait inconnu. Tout comme le lieu où serait séquestré Klingberg – s'il était toujours en vie. En ce qui concernait l'enlèvement, d'autres indices accusaient également Katz : la présence de la voiture de Klingberg à proximité du domicile de Katz le jour de sa disparition, l'anorak identique à celui de Katz porté par l'homme sur la vidéo de surveillance du parking – néanmoins, il pouvait s'agir de n'importe qui, puisque son visage demeurait caché.

Se trompait-elle au sujet de Katz ? Était-il coupable ? Dans les deux affaires ?

Elle scruta les photos de la scène de crime : les habits de Katz répandus sur le sol, ses cheveux, la direction de fuite par les toits, les flaques de sang, le couteau de cuisine portant ses empreintes, les marques de morsures et d'étranglement sur le cou de la victime.

Tout cela lui inspirait un dégoût insoutenable. Les souvenirs la submergeaient, la tenaillaient, lui donnaient le vertige comme dans un film d'épouvante. Katz avait-il pu commettre de telles horreurs ?

Cette affaire était un véritable voyage dans le temps. J'ai ouvert la boîte de Pandore, se dit-elle. Maintenant, il est trop tard pour la refermer. Son corps avait gardé le souvenir physique de l'intensité adolescente de leur aventure, de l'amour fou qu'elle avait éprouvé pour ce beau mec juif aux cheveux noirs, aux insondables yeux bruns et à l'étrange nom de famille – car au seuil de l'âge adulte, elle possédait encore cette capacité enfantine à se livrer corps et âme. Une telle force n'est possible qu'à cet âge-là. Le ravissement, les papillons dans le ventre à chacune de leurs rencontres. Elle se rappelait jusqu'à l'odeur de ses cheveux, de ses aisselles, le goût de sa langue.

Ce soir-là, Jorma et Katz avaient cambriolé un yacht. Elle les avait attendus dans un bosquet à proximité du port, les regardant nager jusqu'au navire. Une heure plus tard, ils étaient revenus avec mille couronnes en liquide pour tout butin.

Et ensuite ?

Ils étaient allés à une soirée de banlieue, où ils avaient retrouvé des gens de leur bande habituelle. Puis, lassés, ils s'étaient rendus au centre de Hässelby. Ils avaient l'impression qu'on les suivait, mais à l'époque, ça n'avait rien d'inhabituel. Dans leur milieu, la parano était une pathologie chronique généralisée. Ils avaient acheté de la dope à un dealer inconnu qui leur avait semblé digne de confiance. Elle ne se souvenait plus de son visage. Pas étonnant, trois décennies plus tard.

Puis ils s'étaient réfugiés dans l'abri à bicyclettes.

Elle s'en était procuré la clé, et y avait donc accès en permanence. Elle y dormait même, parfois, quand les choses devenaient insupportables chez elle – à quatorze ans, elle en avait déjà vu de toutes les couleurs. Ils avaient partagé la même seringue, elle et lui, une preuve d'amour, un témoignage de confiance mutuelle dans un monde où on les trahissait systématiquement. Ils se fichaient éperdument des risques de transmission du HIV ou de l'hépatite B. Elle se souvenait encore de la saignée du bras de Katz, de la petite résistance avant que l'aiguille ne pénètre. Puis cela avait été son tour. « Overdose », avait-elle pensé avant de sombrer dans le noir.

Elle se rappelait la suite des événements comme à travers un épais brouillard : l'hôpital, les interrogatoires, le procès. Les services sociaux, le centre de désintoxication dans la région de Vilhelmina. Mais quelque chose clochait. À l'époque, elle le sentait déjà. Katz n'avait pas pu commettre ce crime, c'était l'œuvre d'un fou furieux. Il était maculé du sang d'Eva quand on l'avait retrouvé, certes, mais en fin de compte, ça ne prouvait rien. Ils s'étaient injecté de l'héroïne trop concentrée et quelqu'un en avait profité pour les transporter à Grubbholmen, pour la brutaliser, la mordre, puis arranger la scène de crime afin que Katz soit accusé.

Mais qui ? Pourquoi ?

Elle feuilleta le dossier d'instruction. Trente misérables pages. Pas d'analyse d'ADN, bien sûr. À l'époque, on n'en faisait pas. Et même si on en avait eu les moyens techniques, on ne l'aurait pas jugée nécessaire. Katz était condamné d'avance.

Cette année-là, aidée par un psychologue, Eva avait décroché. La chance avait tourné. En reprenant sa scolarité dans un lycée de Vilhelmina, elle avait compris à quel point son existence avait été malsaine. Mais elle n'avait pas oublié Katz de sitôt. Puis, lors de son entrée en faculté de droit, elle avait finalement tourné cette page-là aussi.

La sonnerie du téléphone la fit sursauter. Ola, se dit-elle. Il me persécute, il veut me prendre mes enfants. Mais non, l'appel provenait du portable de Danielsson.

— Tu as du nouveau ? demanda-t-elle.

— Je ne sais pas. Possible. On peut se voir ?

— Quand ?

— Un soir, de préférence. Demain, par exemple.

Il voulait coucher avec elle. Il bandait, c'était évident.

— Où ça ?

— Chez toi, si tu veux. Ici, il y a des oreilles qui traînent.

J'ai besoin de glaner un maximum d'informations dans cette affaire, songea-t-elle en raccrochant. L'admission de Joel Klingberg et de Katz à l'École d'interprètes, l'accusation portée par un ancien collaborateur contre Klingberg Aluminium et la soudaine disparition de Joel Klingberg… Des coïncidences ? Elle ne croyait pas au hasard. Il fallait qu'elle perce le mystère, qu'elle retrouve Katz, qu'elle prouve son innocence. Parce qu'elle avait une dette envers lui. Parce qu'elle avait une dette envers elle-même.

À son réveil, Katz se demanda quelle heure il pouvait bien être. Minuit ? Six heures du matin ? La pièce était plongée dans le noir complet. Il tâtonna à côté du matelas et trouva son téléphone : 2 h 30.

Ma paranoïa m'a réveillé, se dit-il. Ou un rêve évaporé. Son subconscient qui voulait lui rappeler qu'il était traqué.

Deux cents mètres plus loin, sur la voie d'Essinge, les poids lourds de la nuit produisaient un bourdonnement soporifique.

Soudain, son cœur s'emballa. Un pic de tension électrique parcourut ses membres. Son corps, qui avait manifestement un train d'avance sur son esprit, tentait de lui faire passer un message.

Résistant à l'impulsion de se lever, il fit un effort de concentration.

Le murmure de la circulation… et autre chose, que ses cinq sens tentaient désespérément de détecter.

La respiration d'un être humain.

Il retint son souffle pour mieux entendre. Aucun doute, il y avait quelqu'un de l'autre côté de la cloison, à quelques mètres de lui.

Jorma ? Il était sorti en début de soirée. Katz n'avait pas voulu lui demander où il allait. Faire du business ou voir une femme ? Sans doute plutôt du business.

Un rai de lumière quasi imperceptible pénétrait dans la pièce aveugle par-dessous la plinthe, diminuant, s'éclipsant, réapparaissant. Le faisceau d'une torche électrique.

Des pas s'éloignèrent vers le couloir.

Les flics ? se demanda Katz. Son pouls s'accéléra. Le téléphone de Julin était-il sur écoute ?

Mais si cela avait été le cas, les inconnus auraient débarqué plus tôt. Une demi-douzaine de policiers en gilets pareballe auraient enfoncé la porte et se seraient précipités à l'intérieur, armés jusqu'aux dents.

Encore des pas, plus loin dans l'appartement. Un règlement de comptes ? Non. Si Jorma avait craint ce genre de chose, il l'aurait averti.

Le faible son de la circulation sur la voie d'Essinge augmenta de volume. Quelqu'un avait ouvert une fenêtre, ou peut-être la porte du balcon.

Toujours immobile sur son matelas, Katz attendit que l'inconnu disparaisse. Sa cachette n'avait pas été découverte.

Une idée lui traversa l'esprit : Jorma était peut-être déjà rentré. Quelque chose avait pu lui arriver.

Un poids lourd klaxonna. Obéissant à un réflexe, Katz se servit du bruit pour masquer le faible clic de la serrure et fit glisser le mur, laissant une ouverture suffisante pour se faufiler hors de la pièce.

Les stores étaient baissés.

Silencieux, il longea le mur jusqu'à la cuisine.

Vide. Éclairée par les lampadaires du dehors. Soudain, se souvenant qu'il était nu, Katz fut pris d'une absurde pudeur.

Il s'abrita derrière le réfrigérateur. Dans le salon, encore des pas. Il saisit un couteau dans l'égouttoir. Il allait devoir s'en contenter, mais c'était toujours mieux que rien.

Il s'accroupit et replia le bras sur sa bouche pour atténuer le bruit de sa respiration, puis épia le couloir plongé dans l'obscurité.

Il tenta d'évaluer ses chances. L'inconnu ignorait sa présence et l'effet de surprise serait à son avantage. Trop risqué, finit-il par se dire. Le visiteur était sûrement armé.

Dans l'appartement au-dessus, on tira la chasse d'eau. Katz en profita pour faire deux pas rapides le long du couloir et s'arrêta devant l'entrée.

Dos au mur, il se laissa glisser, caché par les vêtements accrochés au portemanteau.

Il resta parfaitement immobile. On ne l'avait pas découvert.

Dans le couloir, une porte donnait sur le salon.

Entrouverte. Avec une infinie lenteur, un millimètre après l'autre, il la poussa jusqu'à ce que la fente soit assez large pour pouvoir observer l'ensemble de la pièce.

Au fond, il aperçut une silhouette. Tournant le dos à Katz, l'homme bougeait sans relâche, regardait sa montre, levait les yeux vers la chambre de Jorma. Nerveux, pensa Katz.

Le vernis du piano luisait dans la pénombre. L'homme était manifestement entré par la porte du balcon, grande ouverte.

Katz l'observa. Taille un peu au-dessus de la moyenne. Ni masque ni capuche. L'homme n'avait pas l'intention de laisser de témoins.

Brusquement, Katz perçut un son nouveau : le grincement du parquet dans la chambre de Jorma. Les intrus étaient donc deux.

Il se rencogna dans l'obscurité de l'entrée.

Jorma était-il dans sa chambre et l'avait-on malmené ?

Katz fouilla des yeux l'obscurité à la recherche d'une arme plus appropriée qu'un couteau de cuisine : un objet avec lequel il pourrait frapper fort, très fort, surprenant les inconnus.

Mais il refoula ces pensées. Dans une situation pareille, l'agressivité ne servait à rien.

Jorma aurait-il caché quelque chose chez lui ? Quelque chose que convoitaient ces individus ? Des objets volés ? Peu probable.

Une voiture passa. Katz se pencha doucement en avant. La chambre de Jorma se reflétait dans le miroir de l'entrée. Le deuxième inconnu se tenait debout à côté de son lit, parfaitement immobile, la respiration lourde. Katz ne parvenait pas à voir Jorma.

Survêtement de couleur foncée. Tennis blanches. Une capuche sur le visage. Un morceau de fil de fer dans la main droite.

Katz mit quelques secondes à comprendre de quoi il s'agissait : un lacet d'étranglement.

L'inconnu était d'un calme surnaturel. Il devait carburer à quelque chose. C'était lui qui avait longé la cloison de la cachette de Katz avec le même calme inébranlable.

Il n'est pas humain, se dit Katz sans savoir d'où lui venait cette pensée insolite. Un pressentiment.

L'inconnu du parking, c'était lui ? Si oui, il ne traquait pas Jorma, mais Katz…

Katz sentit quelque chose durcir au fond de lui : la colère, l'héritage de Benjamin.

Mis à part la respiration infiniment calme de l'homme inhumain, qui demeurait immobile comme si chacun de ses muscles était verrouillé, il régnait dans l'appartement un silence de mort.

Soudain, l'homme recula.

À deux mètres de Katz, le visage toujours plongé dans l'ombre de sa capuche, ses yeux émirent un scintillement froid. Katz perçut une vague odeur d'huile anti-insectes.

L'homme entra dans le salon, où son complice l'attendait. Celui-ci l'avait sans doute accompagné en renfort ou pour mener la garde. Ils ne prononcèrent pas un mot. Katz les entendit sortir sur le balcon, sans hâte, enjamber la balustrade et atterrir sur le gravier en bas de l'immeuble.

Il se faufila dans la chambre à coucher, où une respiration haletante le fit sursauter : la sienne.

Inutile d'allumer la lumière. Désormais habitué à l'obscurité, il vit Jorma recroquevillé à un bout de son lit. L'épouvante se lisait encore dans ses traits sans vie. Il n'avait pas pu se défendre. Le lacet d'étranglement avait été serré si fort autour de son cou que la peau s'était déchiquetée.

Katz prit son pouls. Rien. Il le coucha sur le dos, posa ses mains sur sa poitrine et appuya frénétiquement. Puis il se pencha sur lui et lui fit du bouche à bouche. Ses propres couinements bestiaux, les lèvres de Jorma contre les siennes… Tout était si étrange. Il reprit le massage cardiaque et tenta de lui insuffler encore de l'air, dans l'espoir qu'il ne serait pas trop tard.

Pourquoi avoir couché avec lui ? Un problème de plus... Elle aurait pourtant pu s'en passer.

Étendu sur son lit, il sifflotait gaiement en feuilletant un magazine. Elle était déjà levée et habillée.

20 h 30. Elle avait encore besoin de quelques renseignements avant de se débarrasser de lui.

En allant à la cuisine, elle s'arrêta devant la chambre des enfants. Le Bakugan vert d'Arvid était sur son lit. Les cartes de footballeurs de Lisa, éparpillées par terre. Des poupées, des petites voitures, des peluches, des membres arrachés de Barbies et de Bratz, des têtes décapitées en petits tas sur le tapis. Un véritable massacre. Elle ferma la porte avec un vague sentiment de honte.

La sacoche de Danielsson se trouvait dans l'entrée, renfermant de précieuses informations sur le meurtre. Témoignages, rapports techniques, comptes rendus de scène de crime, analyses de prélèvements. Et la copie du disque dur de Klingberg que Danielsson avait promis de lui montrer, croyant que cela compléterait le dossier des îles Vierges.

Elle l'entendit se lever et entrer dans la salle de bains. D'un pas enjoué. De bonne humeur. L'eau ruissela dans la douche. Il chantonnait un tube idiot.

Dans sa bouche, elle sentait encore le goût de son gland satiné comme le museau d'un cheval.

Pourquoi avoir couché avec lui ? Pour se venger d'Ola ? Ça n'avait aucun sens, Ola ne le saurait jamais.

Parce qu'il était temps, tout simplement ? Parce que son corps l'exigeait ?

Pourvu qu'il ne devienne pas collant. Que cette histoire ne se transforme pas en un emmerdement de plus. Qu'il ne lui fasse pas des yeux de chien. Qu'il ne confonde pas sexe et amour.

Le facteur était passé. Dans l'entrée, une unique lettre gisait sur le sol. Elle la ramassa et l'ouvrit.

À la demande d'Ola, ils étaient tous les quatre convoqués par les services sociaux pour discuter du bien-être des enfants et de leurs problèmes de garde. On allait demander à Lisa et Arvid où ils se sentaient le mieux, chez leur mère célibataire ou chez leur père émotionnellement stable, sa nouvelle compagne et leur petit frère. Ola avait donc ouvert les hostilités.

Eva et lui s'étaient rencontrés à une conférence sur le droit administratif. Il l'avait idéalisée : une jeune fille de banlieue soigneuse qui réussissait dans la vie, une carriériste insouciante rêvant d'une existence bourgeoise avec tout ce que cela comportait : un mari, des enfants, un chien et une maison de campagne. Mais à la longue, elle ne cadrait pas. Au début, il avait trouvé son passé exotique. Avec le temps, néanmoins, elle ne s'était pas montrée à la hauteur de ses exigences. Elle parlait un peu trop, elle buvait un peu trop, elle enfreignait un peu trop souvent les usages. Ces petits écarts à répétition ne pouvaient pas éternellement être attribués à son charme. Elle avait essayé de s'adapter, sans parvenir à se renier complètement. Les choses avaient dégénéré, puis le divorce était devenu une évidence.

Elle ressentit un pincement au cœur en pensant à ses enfants. Elle ne leur avait pratiquement pas parlé au téléphone depuis deux jours, ou plutôt elle avait eu Lisa au bout du fil une fois. Au moment de son appel, Arvid jouait à Minecraft sur sa tablette et n'avait pas eu envie de s'interrompre. Lisa lui avait semblé distante. Elle n'avait parlé que d'un chiot promis par Ola. Elle n'avait même pas demandé quand elles allaient se revoir.

— Je veux habiter chez papa jusqu'à la fin de l'année. Je peux, maman ? On s'amuse bien, ici... On va peut-être avoir un chien.

Eva posa la convocation sur la table de la cuisine, aperçut par la fenêtre la verdure printanière du Vasapark et alla dans le salon.

La bouteille de Jack Daniel's qu'elle avait partagée avec Danielsson était encore sur la table basse – à moitié vide ou à moitié pleine, ça dépendait comment on voyait la chose. Par terre, devant la télé, gisait un caleçon. La veille, elle avait surpris Danielsson en posant la main sur son membre au beau milieu d'une phrase. Le sentant durcir à travers son jean, elle l'avait déshabillé et pris entre ses lèvres en lui massant l'anus. Il avait éjaculé en moins de quinze secondes, explosant comme un adolescent dans sa bouche. Puis elle avait repris son verre de Jack Daniel's comme de rien n'était. Danielsson avait eu l'air légèrement perplexe.

Il avait passé la nuit chez elle.

Pourquoi j'ai fait ça ? Il ne me fait même pas envie. Exactement comme à Pâques... C'est ce qui avait fait déborder le vase. Ola n'avait pas supporté.

Son téléphone affichait trois appels manqués de son chef. Il voulait sans doute lui parler d'une affaire de profits illicites dans laquelle elle avait promis son aide au service juridique.

Elle se rattraperait plus tard, au bureau et avec les enfants. Pour le moment, le plus important, c'était Katz.

La veille, elle avait pu se faire une idée un peu plus claire de l'affaire.

Elle avait rendu une seconde visite au surveillant du parking. Il lui cachait quelque chose. Elle avait insisté et fini par découvrir de quoi il s'agissait. Un témoin avait aperçu le conducteur du véhicule de Klingberg. Le surveillant l'avait enregistré sur une vidéo privée que Katz avait également visionnée. La police, en revanche, n'était pas au courant.

Eva n'avait pas transmis ces informations à Danielsson – peut-être le ferait-elle plus tard, quand elle en saurait davantage.

Pourquoi Katz se serait-il donné tant de mal ? Feindre d'enquêter sur Klingberg alors qu'il l'aurait lui-même enlevé et prévoirait d'assassiner sa femme ?

Grâce à une connaissance à la brigade des stupéfiants, elle avait identifié le garçon, un toxicomane de dix-sept ans dénommé Jonas Åkesson. Le plus étrange, c'était que, depuis quelques jours, le témoin se trouvait à la morgue, victime d'une overdose. Il avait été découvert inerte sur le siège arrière d'une voiture à Märsta, une seringue encore pendue à son bras.

Bizarre, se dit-elle. Clean depuis presque deux mois et, brusquement, une rechute mortelle.

La porte de la salle de bains était toujours fermée. Danielsson prenait son temps.

Elle décida de jeter un coup d'œil dans sa sacoche et en sortit un document détaillant l'itinéraire de Klingberg tel que l'avait enregistré le GPS de son véhicule. Elle rangea le papier hors de vue. Si Danielsson se demandait où il était passé, elle lui dirait l'avoir trouvé chez elle après son départ.

Cinquante millions de couronnes, songea-t-elle en retournant à la cuisine. Elle avait chargé l'antenne de police de l'Office de demander à Interpol une liste des plus grosses transactions financières effectuées entre la Suède et les îles

Vierges l'année précédente. Mais, étant donné la législation des îles Vierges dans le domaine, cela prendrait un certain temps, elle l'avait bien compris.

Lorsque Danielsson sortit de la salle de bains – habillé, au grand soulagement d'Eva –, le café était servi.

— Comment tu te sens ? lui demanda-t-il.

— Qu'est-ce que tu veux dire ?

— Tu ne regrettes pas… ce qui s'est passé hier ?

Elle versa du café dans sa tasse et lui répondit sur un ton qu'elle espérait aimable :

— Il vaut mieux oublier ça. Faire comme si ce n'était pas arrivé. Parle-moi plutôt de l'affaire. Tu as encore des infos ?

Manifestement blessé, il secoua la tête.

— Je ne crois pas. Je t'ai déjà tout dit.

— L'ordinateur était allumé quand on a trouvé le corps d'Angela Klingberg, c'est bien ça ?

— Oui. Un diaporama défilait sur l'écran.

— C'était des images de quoi ?

— Des photos de famille. De vacances.

— Choisies au hasard ?

— Aucune idée.

— Et vous croyez que l'agresseur l'aurait lancé ?

— Ou la victime. Je t'ai fait une copie de son disque dur en pensant que tu voudrais peut-être y chercher des informations sur Klingberg Aluminium. Il y a aussi des photos personnelles, tu n'as qu'à les regarder si tu en as envie… par curiosité.

Une pointe d'ironie dans sa voix lui signala qu'elle allait trop loin, mais elle ne put s'empêcher d'ajouter :

— Vous êtes sûr de poursuivre le vrai coupable ?

— Enfin, Eva ! Il a laissé ses empreintes partout : sur l'arme du crime, dans la voiture, sur les clés de l'appartement qu'elle a utilisées pour verrouiller de l'intérieur. En plus, il a été condamné pour une agression similaire dans les années 1980. Qu'est-ce qu'il te faut de plus ?

Personne ne s'était encore rendu compte du rôle qu'elle avait joué dans l'affaire. Dieu merci.

— Vous avez retrouvé l'informateur qui a appelé les secours ?

— Non.

— Et ça ne te dérange pas ?

— Dans ce boulot, sans coups de fil anonymes, on n'arriverait pas à grand-chose. Et ça n'a rien d'illégal, tu le sais aussi bien que moi. On ne peut pas forcer les gens à témoigner.

— Vous partez du principe qu'un voisin aurait entendu crier et appelé les secours, c'est ça ?

— Il y a dix-sept logements dans l'immeuble. L'appel provient d'un téléphone à carte. Impossible de remonter jusqu'à son propriétaire. Il voulait sans doute éviter d'avoir affaire à la police. Il y a toute sorte de gens dans les beaux quartiers, de nos jours. De toute façon, on n'a pas encore lâché la piste.

Danielsson alla chercher sa sacoche dans l'entrée et en sortit le disque dur.

— Et toi, tu avances dans ton enquête sur les fameux cinquante millions ?

— J'attends que les banquiers des îles Vierges soient suffisamment effrayés par Interpol pour laisser tomber le secret bancaire. C'est un paradis fiscal, comme tu le sais. Ils bloqueront les données le plus longtemps possible. Lenteurs administratives et ainsi de suite. D'ailleurs, hier, tu me parlais d'une voiture volée quand je… Comment dire… Quand je t'ai interrompu.

Un sourire fugace traversa le visage de Danielsson. Il avait le sens de l'humour, heureusement.

— Oui, le suspect a volé un véhicule à proximité de son domicile peu après le meurtre.

— Où l'a-t-il laissé ?

— Sur les berges d'Alvik. Après, on perd sa trace.

— Et son ancien patron ? Vous lui avez parlé ?

— Rickard Julin ? Oui. Il n'a pas de nouvelles du suspect depuis six mois. Il a l'air plutôt fiable. Ancien militaire.

À vérifier, se dit-elle. L'épisode militaire de la carrière de Katz la laissait perplexe.

— Et dans les morsures autour du cou d'Angela Klingberg, vous avez trouvé de l'ADN ?

— Pas besoin, on a suffisamment d'éléments pour relier l'agresseur à la scène de crime.

Ils restèrent immobiles, en silence, leurs cafés sur la table. Une certaine électricité circulait encore entre eux. Quelle idée de coucher avec lui…

— Bon, il va falloir que j'y aille, reprit-il, hésitant. Avant qu'on m'appelle au téléphone et qu'on me demande où je suis passé.

Elle hocha la tête.

— On peut se revoir, Eva ?

— Bien sûr, on se tient au courant de l'affaire.

— Je voulais dire en privé.

— On verra, Danielsson. Une relation stable, ce n'est pas ce que je recherche en ce moment.

Danielsson lui faisait des yeux de chien. Son regard contenait la dose exacte de supplication qu'elle ne supportait pas. On n'a que ce qu'on mérite, pensa-t-elle. Quand on mélange travail et désir charnel…

Après le départ de Danielsson, elle ressortit l'itinéraire de Klingberg.

Les enquêteurs ne s'étaient intéressés qu'aux jours précédant sa disparition et la mort de sa femme. Mais où le véhicule s'était-il baladé entre-temps ?

Angela Klingberg l'avait très peu utilisé après la disparition de son mari : quelques trajets courts dans son quartier, Östermalm, ainsi qu'une excursion à Djursholm.

Eva saisit les adresses dans son moteur de recherche. La destination de la victime à Djursholm était le domicile de Pontus Klingberg. Dix jours avant le meurtre. Angela Klingberg était arrivée à 19 heures et en était repartie… À 9 heures le lendemain matin.

Si jamais il venait à Danielsson l'idée d'interroger le P-DG divorcé de Klingberg Aluminium à ce sujet, celui-ci aurait sûrement une explication plausible. L'épouse de son neveu disparu était inquiète, il avait tenté de la calmer, de la consoler, l'avait priée de rester dîner. Elle avait bu quelques verres de vin et décidé de dormir dans la chambre d'amis…

Et s'il y avait quelque chose entre eux ?

Eva remonta dans les données du GPS, qui avait gardé en mémoire tous les déplacements du véhicule depuis le nouvel an. Principalement des allers et retours entre le domicile des époux dans la Skeppargata et le bureau de Joel Klingberg à Norrtull. Cependant, l'adresse de Djursholm réapparaissait régulièrement et, chaque fois, Mme Klingberg y passait la nuit. Lui arrivait-elle de dormir ailleurs ? Oui, en effet. À une adresse dans le Sörmland.

Eva fit une recherche sur Google.

Cette fois, il s'agissait de la maison de campagne de Pontus Klingberg, un manoir à proximité de Katrineholm. Mme Joel Klingberg y avait passé plusieurs nuits pendant la période concernée.

Eva copia le disque dur de Joel Klingberg sur son ordinateur portable, fouilla dans les divers menus en quête d'une fonction « agenda » et le trouva : l'emploi du temps de Joel Klingberg.

L'homme d'affaires semblait être un maniaque de l'organisation. Il notait les anniversaires, les courses à faire, les révisions de sa voiture, ses rendez-vous chez le médecin, des réunions, des conférences, des voyages d'affaires.

Eva consulta les dates qui l'intéressaient. Bien vu. Les nuits où sa femme avait découché, Joel Klingberg était en voyage d'affaires.

Plutôt vicieux…, se dit-elle. Angela semblait avoir une aventure avec l'oncle de son mari.

Elle ouvrit un lecteur d'images. Environ deux cents photos. Seulement.

Elle cliqua sur la fonction diaporama, qui lança automatiquement le dernier montage visionné : une cinquantaine de photos sur fond de musique classique. Angela et Joel Klingberg en voyage, une fête de la Saint-Jean dans une villa de luxe à la campagne, en vacances en Italie, allongés sur une plage paradisiaque dans les tropiques, en régate sur un bateau à voile, peut-être à Sandhamn, debout sur le pont d'un yacht.

Elle arrêta le défilement, revint à l'image du yacht et zooma sur une plaque indiquant le nom du bateau : *St Rochus*.

Elle fouilla dans sa mémoire, tentant de se rappeler les détails de ce soir-là, sur la grève, à Hässelby, alors qu'elle suivait des yeux Jorma et Katz qui nageaient jusqu'à un yacht. *St Rochus*… Les mots lui revenaient comme par résonance d'une époque révolue.

Son téléphone traînait encore sur le canapé, là où elle avait séduit Danielsson. Elle le ramassa et composa le numéro de la Direction des transports.

— Passez-moi le registre maritime, s'il vous plaît. Il me faudrait des informations sur le propriétaire d'un bateau à Stockholm.

Sur le réseau, on lui posait une question en russe : « *Kakoï pseudonim ty vyberioch ?* » « Quel pseudo tu as choisi ? » Katz écrivit le premier mot qui lui passa par la tête : *Baroukh*. Bizarre… Fatigué, il indiqua un mot de passe. Il venait de passer huit heures sans interruption sur le réseau IRC pour trouver quelqu'un qui pourrait l'aider. Jusqu'alors, il n'avait croisé que des *script kiddies*, des gamins qui utilisaient des codes déjà écrits. Quand ils comprenaient la requête de Katz, ils s'effarouchaient.

Baroukh ? pensa-t-il. En effet, on était vendredi. Il s'agissait du premier mot de la prière de Chabbat, en hébreu : *Baroukh ata Adonaï*… Bénis sois-tu, notre Seigneur Dieu.

Étrange. Il ne l'avait pas récitée depuis l'âge de treize ans, lorsque son père, pour une raison obscure, l'emmenait célébrer les fêtes importantes à la synagogue orthodoxe de la Sankt Paulsgata. Finalement, il ne savait pas grand-chose sur Benjamin. Ses parents, Chaïm et Sara, s'étaient réfugiés en Suède juste avant la guerre, avaient émigré en Israël dans les années 1950 et perdu le contact avec leur fils. Ou coupé les ponts. Tout simplement.

Il appuya sur la touche « Entrée ». L'écran cligna. On lui demandait de réécrire son mot de passe.

En attendant une réponse, Katz pensa à Jorma et se sentit regagné par la haine et le désir de vengeance. Jorma était sous assistance respiratoire à l'hôpital de Söder. Katz était parvenu à faire redémarrer son cœur, avait appelé les secours et quitté l'appartement en laissant la porte ouverte et le champ libre aux ambulanciers. Assis dans la voiture de Jorma, à cent mètres de là, il avait regardé les secours monter et descendre le brancard. Après leur départ, il avait rappelé le dernier numéro enregistré dans le téléphone de Jorma. Il s'agissait d'Emir, qui lui avait procuré une nouvelle planque à Västberga. Un studio au quatrième étage.

Sur l'écran, le graphisme d'une page se dessinait sous les yeux de Katz. On l'avait donc laissé entrer au chaud dans le système. Il pouvait désormais chatter.

Il vit un avatar représentant Pikachu. Un autre, Han Solo de *La Guerre des étoiles*. Des adultes qui refusaient de grandir…

Le réseau s'appelait Oxymoron. Il avait eu le feu vert d'un membre pour y entrer, un certain Hunky Dory avec lequel il avait échangé des programmes dans le passé.

L'opérateur éphémère qui avait ouvert le réseau et qu'on reconnaissait à son préfixe « @ », était un dénommé Trotsky.

Plusieurs minutes passèrent, puis Trotsky l'interrogea : qui était Baroukh ? Que voulait-il ? « *Kto ty… Chto ty khotchech ?* »

« J'ai besoin d'aide », répondit Katz. « *Mne noujno pomotch !* »

« *Dobro pojalovat* », écrivit Trotsky. « Bienvenue. »

Ils étaient seuls dans la *chat room*. Katz lui exposa son problème : il avait besoin d'une commande super utilisateur do, également appelée sudo, pour prendre le contrôle d'un serveur.

Pas de réaction. Trotsky modérait d'autres conversations dans des *chat rooms* que Katz ne visualisait pas.

Après quelques minutes, l'opérateur répondit : « *Chto ia poloutchou vzamen?* » « Qu'est-ce que tu me donnes en échange ? »

Dans les réseaux IRC, ce type de troc était courant. On s'échangeait des logiciels ou des renseignements techniques, souvent confidentiels. Il fallait que ce soit du nouveau, du jamais vu. Cependant, Katz n'avait rien de tel à proposer, en tout cas pas cette fois.

Il expliqua qu'il arrivait les mains vides.

Nouveau silence, puis Trotsky lui demanda de quel système d'exploitation il s'agissait.

« Sun OS Solaris. »

« Kakouïou versiou ? » « Quelle version ? »

Katz lui donna le peu de renseignements qu'il possédait sur la version originale et les mises à jour.

Trotsky lui envoya un smiley et lui demanda de patienter.

Lorsqu'il réapparut, il demanda si Baroukh était juif. « *Ty ievreï, Baroukh ?* »

« Da. »

Prouve-le !

Sans réfléchir, Katz écrivit la suite de la prière de Chabbat . … *Elohénu, melekh ha-olam, asher kiddeshanou bèmitsvotav vètzivanou lèhadliq ner shel shabbat.* Trotsky répliqua : « Si tu avais été goy, ça n'aurait rien changé, Baroukh. Tu n'as eu accès à ce chat que parce que Hunky Dory s'est porté garant. À qui souhaites-tu faire du mal ? »

« À des gens mauvais », répondit Katz.

« *Chabbat chalom, Baroukh.* Et bonne chance. »

Un lien apparut à l'écran. Quelques minutes plus tard, Katz était en possession du code source d'un précieux logiciel. Il allait être obligé de le compléter et de faire une détection de bugs pour qu'il fonctionne comme il le souhaitait. Quelques heures de travail. Il n'avait pas programmé depuis longtemps et se sentait légèrement rouillé.

Il était 1 heure du matin lorsqu'il tenta une première fois de s'introduire dans le serveur de Capitol Security. Des machines reliées en série bourdonnaient sourdement dans la garde-robe de l'appartement : son ordinateur personnel sous Linux, deux disques durs externes, un routeur et un modem qu'il avait pris chez Jorma.

Il avait mis environ deux heures à tout installer. Une fausse adresse IP enregistrée sous un faux nom constituait le seul lien direct à l'écran qu'il avait sous les yeux. Son propre serveur passait par plusieurs autres, toujours à travers des comptes piratés : une université parisienne, une autre à Boston. Dans le tunnel du réseau Tor, tous les transferts de données devenaient anonymes. Si jamais un opérateur système surveillait le flux, il aurait du mal à remonter jusqu'à lui.

Ses dernières découvertes lui paraissaient parfaitement irréelles... Il avait toujours considéré Julin comme un ami, voire comme un grand frère. Julin l'avait si souvent aidé... Sa désintoxication, son premier boulot, ses contacts professionnels... Toujours disponible quand Katz avait besoin de lui. Les moments passés ensemble à Saint-Pétersbourg, les rendez-vous dans des cafés à Stockholm, où ils bavardaient en russe pour entretenir leur connaissance de la langue. Katz se sentait complètement dépassé.

Cependant, tout accusait son ancien collègue et ami. Lui seul savait que Katz avait rendez-vous avec Angela le soir du meurtre. Lui seul était au courant de sa planque à Midsommarkransen. Si Julin était dans le coup, Katz lui rendrait la pareille. Sans pitié. Il attendrait l'occasion propice, il n'était pas pressé.

Mais pourquoi Julin avait-il d'abord disposé des preuves qui l'accusaient, puis envoyé quelqu'un pour l'éliminer? Quelqu'un qui, par erreur, avait failli tuer Jorma...

S'était-il cru démasqué ? Ou avait-il changé de stratégie parce que, contre toute attente, Katz parvenait à échapper à la police ?

— Ton vieux camarade de chambrée, avait-il dit en lui tendant la photo de Klingberg.

Sur le moment, Katz avait eu un doute, mais il n'était pas parvenu à mettre le doigt sur la cause de ce sentiment confus. En fait, il n'avait jamais raconté à Julin comment il connaissait Klingberg, voilà le problème.

Les ventilateurs des machines ronronnaient. Le logiciel travaillait. Bientôt, une brèche s'ouvrirait dans le serveur de Capitol.

Des flux. Une nouvelle fenêtre dans laquelle il fallait taper une nouvelle commande.

Le programme qu'on lui avait offert était apparenté au légendaire *John the Ripper* qui décryptait les mots de passe, mais celui-ci était infiniment plus rapide.

Katz allait bientôt prendre le contrôle du système. Tout en poursuivant le décryptage, le logiciel gardait la commande sudo ouverte. Il empêchait également l'alarme de se déclencher. Brusquement, Katz pénétra dans le serveur de Capitol.

Dès lors, il eut accès au compte de l'administrateur réseau. Mais pendant combien de temps ?

Il s'introduisit dans l'ordinateur encore allumé d'un employé qui faisait des heures supplémentaires. L'individu surfait sur Internet. Il jouait sur des sites de casinos en ligne.

Le pouls de Katz s'accéléra.

« Personne ne m'a détecté. Du calme. »

Il ferma les yeux et se représenta Jorma aux soins intensifs, livide, sous un masque à oxygène. Katz avait appelé sa sœur, qui avait promis de le tenir au courant de l'évolution de son état. Ça s'annonçait mal. Blessures graves au cou. Des douleurs, des douleurs insupportables. Mais Katz le vengerait, il s'en faisait la promesse solennelle.

L'utilisateur avait quitté le casino en ligne et s'était remis au travail sur un logiciel de comptabilité.

Julin était effectivement dans le coup. Sur son disque dur, Katz trouva des documents sur Klingberg Aluminium.

Rapide, efficace, il copiait les fichiers, les rangeait dans des dossiers, cherchait encore. Il trouva un avis de virement vers le compte en banque d'une filiale de Klingberg Aluminium à l'étranger, des données sur Pontus Klingberg, des numéros de téléphone, quelques photos qu'il regarderait plus tard, des documents intitulés KLINGbergVIP. Il copiait autant de fichiers que possible, les sauvegardant régulièrement sur son disque dur.

Soudain, le niveau de sécurité du serveur de Capitol grimpa d'un échelon. Un opérateur système avait repéré une anomalie dans le flux et s'en inquiétait. Katz interrompit ses recherches, effaça ses logs et nettoya toutes les autres traces de son passage. Puis il éteignit toutes ses machines.

Cinquante millions de couronnes. Voilà la somme qu'on avait déposée sur un compte à l'étranger. Les codes SWIFT et IBAN ne lui disaient rien. Mais l'entreprise qui avait effectué le virement était nommée dans les fichiers : Klingberg Aluminium. Du chantage, mais pour quelle raison ?

Par ailleurs, Capitol avait facturé « divers » services de sécurité à Klingberg Aluminium. Ces dépenses figuraient dans les comptes de l'entreprise, contrairement au virement.

Le disque dur contenait également quelques articles de presse. Il s'agissait de main-d'œuvre sous-payée dans l'industrie sucrière et du rôle de Klingberg Aluminium dans le secteur. Pourquoi ces articles avaient-ils été scannés ?

Rien sur Joel.

Les fichiers marqués « VIP » étaient vides. Impossible de récupérer les données. D'ailleurs, elles avaient été effacées le jour de la disparition de Klingberg.

Julin avait écrasé toutes les informations confidentielles contenues dans son ordinateur. Il les avait certainement recopiées sur un ordinateur personnel qu'il gardait chez lui. Ou enfermées dans un coffre.

Le *St Rochus*. D'après le registre maritime, le yacht de luxe mesurait vingt mètres de long et appartenait à la famille Klingberg depuis le début des années 1950. À différentes périodes, il avait été sous pavillon dominicain, mais toujours assuré en Suède. Le fondateur de l'empire des Klingberg, Gustav, l'avait acheté à Saint-Domingue, et son fils Pontus en avait hérité après lui. Lorsqu'il ne se trouvait pas dans les Caraïbes, le navire était hébergé dans divers ports de plaisance sur la rive du Mälare.

En 1984, l'année des incidents, il avait un anneau à Ekerö.

Le *St Rochus* avait été caréné régulièrement à Ulvsunda, pas très loin du domicile de Katz. Le GPS de Klingberg indiquait que, le jour de sa disparition, l'homme d'affaires avait fait une ou plusieurs haltes à proximité de chez Katz. Eva avait appelé le chantier naval. Le bateau n'y avait pas été radoubé depuis plusieurs années, et on ne savait pas où il se trouvait. Apparemment, il était manœuvré par un équipage professionnel.

Son interlocuteur au chantier lui avait envoyé par fax des photos du navire. Plus elle les regardait, plus elle était sûre de son fait. Ce soir-là, à Hässelby, il s'agissait bien du *St Rochus*.

Elle gara sa voiture en bas de l'Office et se rendit à pied à l'ancien commissariat de l'Agnegata, où elle montra sa carte à l'accueil.

En approfondissant ses recherches sur la famille Klingberg, elle avait lu plusieurs récits de leurs mésaventures au fil des ans. « Une véritable malédiction », s'était-elle dit. Y avait-il un lien avec l'affaire en cours ?

Eva suivit le responsable des archives dans un couloir souterrain jusqu'au registre de la Criminelle. Une fois les présentations faites, l'agent de permanence fut sommé d'assister en tout point Mme le procureur.

De l'autre côté de la grille, seize mille mètres de documents sur des crimes commis avant l'ère informatique : dossiers d'instruction, photos de scènes de crime, comptes rendus, protocoles d'interrogatoires classés chronologiquement dans des chemises en carton numérotées. Pas de preuves matérielles – lorsque après une mort lente on enterrait une enquête aux archives, on se débarrassait des éléments encombrants.

Elle remplit les formulaires que lui avait tendus l'agent. Un quart d'heure plus tard, il réapparut, poussant un chariot, et déposa un dossier sur sa table de lecture.

Couvertures grises, chiffres tapés à la machine : « K 5253-70 », « K 2065-79 ».

Elle ouvrit le dossier de 1970.

L'enlèvement de Kristoffer Klingberg quarante-deux ans plus tôt.

Il lui fallut une heure pour parcourir tous les documents. L'enquête avait été gelée moins d'un an après l'événement. Visiblement, la famille Klingberg – hormis Jan et Joanna, les parents désespérés de l'enfant – s'était montrée peu disposée à collaborer.

Gustav, par exemple, avait refusé de répondre aux questions de la police. Au-delà du stade initial de l'enquête, on n'avait pas avancé d'un iota. L'affaire, une fois refroidie, avait été affectée à un vague bureau de la Criminelle et amassé la poussière au fil des ans. Le délai de prescription s'était écoulé et le dossier avait fini par atterrir aux archives.

Elle ouvrit la deuxième chemise cartonnée : le suicide de Jan et Joanna Klingberg en 1979.

On les avait trouvés morts à l'intérieur du garage de la propriété familiale, dans le Sörmland – l'adresse lui était désormais familière, elle apparaissait à plusieurs reprises dans les relevés GPS. À l'époque, le manoir appartenait à Gustav. Il n'y avait pas lieu de soupçonner un acte criminel, et les décès avaient immédiatement été classés « suicide ». Pourtant, on avait conservé le dossier. Pourquoi ?

Elle sortit le rapport d'autopsie. Assis à l'arrière d'une voiture, les époux se tenaient la main. Ils avaient progressivement perdu connaissance, puis succombé à l'asphyxie. Défaillance respiratoire, acidose lactique. Les molécules d'hémoglobine avaient fixé le monoxyde de carbone, empêchant l'oxygénation et entraînant rapidement l'hypoxie, puis l'arrêt cardiaque.

Selon le médecin légiste, les victimes avaient une expression paisible sur le visage. A priori, pas de regrets. Les échantillons de sang révélaient une forte alcoolémie.

Elle poursuivit sa lecture. Un détail dans la description des corps la fit sursauter. On avait trouvé un suçon sur le cou de Joanna Klingberg et un autre sur le cou de Jan Klingberg. Le pathologiste n'avait pas fait de commentaire à ce sujet.

Elle reposa la feuille et se mit à fixer le mur. Comment le médecin légiste avait-il interprété cela ? Des baisers d'adieux passionnés ?

Un suçon n'est pas une morsure.

Elle fouilla dans le dossier et ressortit l'enregistrement à l'arrivée au poste : le rapport de la première patrouille dépêchée avec l'ambulance.

Une brève description de la scène. Des comptes rendus d'interrogatoires de Gustav Klingberg, de son frère Pontus et de deux employés de maison, une bonne et un chauffeur. Et du garçon de treize ans qui avait trouvé les corps : Joel Klingberg.

Elle mit quelques instants à restituer les événements. Jan, Joanna et Joel avaient dormi dans une maison à part de la propriété familiale, où séjournaient également Gustav et Pontus, qui occupaient, eux, l'habitation principale.

Joel s'était couché vers 22 heures, ses parents étaient encore debout. En se réveillant le lendemain matin, il ne les avait pas trouvés. Il était sorti dans le jardin et les avait appelés, puis, entendant un faible bruit de moteur derrière la porte fermée du garage, il s'était approché et avait compris ce qui était arrivé. Il avait parcouru les deux cents mètres qui le séparaient de l'habitation principale au pas de course, et réveillé son grand-père. Gustav l'avait chargé d'appeler une ambulance et s'était rendu sur le lieu de l'accident accompagné de Pontus.

Pas de lettre d'adieu.

Elle feuilleta le dossier jusqu'à une annexe contenue dans une enveloppe séparée. Une page tapée à la machine : la requête d'un enquêteur de la police de Stockholm, un certain Ragnar Hirsch, un mois après l'événement. Il souhaitait poursuivre l'enquête. Quelques points n'avaient pas encore été élucidés, argumentait-il sans plus d'explication. Plus bas, un mémo à usage interne provenant d'un fonctionnaire haut placé notifiait le refus.

Manifestement, un supérieur lui avait barré la route. Voilà pourquoi le dossier était resté dans les archives. Et pourtant, il restait des points à élucider.

Les circonstances ordinaires, sans doute. Manque de ressources, flous dans la hiérarchie. Un enquêteur au courant de l'affaire trouvant que Hirsch coupait les cheveux en quatre.

Elle rangea les documents. Ragnar Hirsch. Qu'était-il devenu ? Sûrement à la retraite – s'il était encore en vie.

Seul le premier étage de la villa de Julin était visible, le mur d'enceinte cachait le bas. Katz scruta les environs, d'abord du côté est. Une rue vide bordée d'arbres taillés. Aucun passage de véhicule. Aucun piéton. La maison la plus proche se trouvait à une centaine de mètres, derrière une épaisse frondaison. Personne ne le verrait grimper. Les éventuelles caméras qui surveillaient la propriété étaient certainement placées du côté intérieur du mur d'enceinte. Il y échapperait au moins jusqu'au sommet.

Du côté sud-ouest, le garage. Ouvert. Vide. D'après Emir, que Katz avait chargé d'épier discrètement la villa, aucun véhicule n'était entré ni sorti depuis presque vingt-quatre heures. Manifestement, Julin était parti en voyage.

Katz fouilla dans la poche de son blouson et tâta la surface striée de la crosse. Il sentit la longueur du canon, la froideur du métal. Un Glock autrichien muni d'un silencieux, calibre neuf millimètres, quinze cartouches dans le magasin. Emir lui en avait fait une rapide démonstration. On ne savait jamais… Julin pouvait rentrer à l'improviste. Quelqu'un d'autre était peut-être planqué dans la baraque… L'homme qui avait voulu tuer Jorma, par exemple.

Aucune importance. Ce qui devait arriver arriverait.

Katz pensa à Jorma, qui allait un peu mieux. Il n'était plus sous assistance respiratoire, mais toujours en soins intensifs. D'après sa sœur, il ne se souvenait pas des événements. La police l'avait interrogé mais il ne leur avait rien dit.

Katz sentit un frisson glacial le parcourir. L'envie primitive de faire souffrir Julin. Il fallait absolument qu'il se domine.

La nuit était presque tombée. Dans le jardin, l'éclairage artificiel s'allumerait à n'importe quel instant, rendant plus difficile l'approche de la maison.

Encore quelques minutes.

Au pied du mur, Katz se faufila vers une zone ombragée. Il se remémora les visages de Jorma et d'Angela, sentant son ventre se nouer – au creux de ses entrailles se formait à nouveau ce noyau de colère dur comme du métal qu'il portait en lui depuis sa plus tendre enfance.

L'ascension fut plus aisée que prévu. Le maçon avait un peu triché, laissant des fissures sur toute la hauteur de la façade. Agrippé au sommet, Katz tâtonna, à la recherche de tessons de verre. Mais, aussi surprenant que cela puisse paraître, la surface était dégagée.

Couché sur le haut du mur, il observa le jardin. Pas de caméra. Pas d'aboiements.

La maison était plongée dans le noir. Katz se demanda si Joel Klingberg se trouvait quelque part à l'intérieur. Peu probable. Si l'enlèvement avait effectivement été fomenté par Julin, Klingberg était retenu dans un lieu plus sûr.

Katz atterrit lourdement sur la pelouse. Il écouta les vagues qui clapotaient à une centaine de mètres. Il sortit le Glock de sa poche et retira la sécurité, puis ôta son sac à dos, qui contenait tout le nécessaire : pied-de-biche, pince coupante, crochet, dispositif de démagnétisation pour alarmes électroniques. Emir aurait pu devenir grossiste en matériel de cambriolage.

La maison se trouvait à sa gauche. L'entrée, du côté opposé. Un unique soupirail était allumé, invisible depuis l'endroit où Katz avait escaladé le mur. Il donnait sur le sous-sol. À l'intérieur, un homme en uniforme de Capitol Security.

Immobile, Katz observa le virgile. Celui-ci traversa la pièce et s'assit dans un fauteuil, au centre. Un imprévu. Une défaillance dans son plan. Peu importait.

Katz regarda alentour. Nouveau détail inattendu : le jardin était équipé de détecteurs de mouvements. Les faibles points de lumière des interrupteurs dépassaient du sol tous les cinq mètres le long du mur. Par chance, Katz avait atterrit juste en deçà de la première zone couverte.

Il se leva vivement et fit un pas en avant pour déclencher l'alarme.

Puis, précis, maîtrisé, il contourna la maison, se courba pour passer sous les fenêtres sans être vu et rejoignit l'allée de gravier menant à l'entrée. Cinq secondes plus tard, lorsque le vigile sortit, Katz était dans le noir, juste derrière lui. Il l'assomma d'un coup de crosse à la tête.

Ayant éteint l'alarme, Katz attendit quelques minutes, flairant l'ennemi tel un animal. Silence. La maison était vide.

Il ôta son masque et l'enfouit dans son sac à dos. Puis il parcourut les pièces l'une après l'autre, allumant et éteignant la lumière au fur et à mesure qu'il les inspectait. Rien d'intéressant. Des meubles, des bibelots. Au rez-de-chaussée, la cuisine paraissait être le seul espace utilisé.

Katz traversa la salle à manger et le hall de derrière. À gauche, un escalier conduisait au sous-sol.

En bas, la maison semblait plus habitée. D'abord, une salle de billard, puis une remise pleine de consoles de jeu – sans doute le domaine des fils de Julin.

Pas de cave. Pensait-il réellement y trouver Klingberg enchaîné à un mur ?

Une petite pièce donnait sur le jardin. Une machine à coudre. Sur un chevalet, un pastel inachevé représentant une baigneuse. Probablement le territoire de l'épouse.

Il jeta un coup d'œil au spa. Un jacuzzi encastré dans le sol et un sauna spacieux. Derrière une paroi vitrée, une petite salle de gym. Plus loin, des W-C en cours de rénovation.

Katz remonta au rez-de-chaussée et poursuivit son chemin jusqu'à l'étage.

Des chambres à coucher. Une suite de deux pièces manifestement occupée par l'épouse. Deux vastes chambres d'enfants, puis une plus petite. Katz devina que c'était celle de Julin.

Un balcon donnait sur le lac. À droite, une porte. Elle n'était pas verrouillée.

Elle s'ouvrait sur le bureau de Julin, une pièce d'environ huit mètres carrés. Des diplômes de l'armée accrochés aux murs. Un drapeau de la SFOR datant de son époque dans les Balkans. Julin semblait avoir quitté la maison à la hâte. Dans un lecteur de DVD portable, un film tournait encore, en pause. Un documentaire sur le débarquement en Normandie. Sur une table, des descriptifs d'alarmes électroniques. L'ordinateur était en veille. Katz effleura le clavier, l'écran s'alluma. Vide, à l'exception de l'icône du disque dur et d'un menu de programmes.

Katz ouvrit la boîte mail de Julin.

Parmi les messages envoyés, quelques mots à sa femme – elle et les enfants se trouvaient encore en Scanie. Julin avait effacé tous les messages de la boîte de réception, sauf un vieux rappel de facture impayée d'une librairie en ligne.

Dans la corbeille, une douzaine de messages n'avaient pas encore été supprimés. Le plus récent provenait d'une agence de voyages. Katz l'ouvrit : le reçu électronique d'un vol Air France Stockholm-Saint-Domingue avec une escale à Paris, prévu un mois plus tard, au nom de Julin.

Katz cliqua sur le mail suivant : un échange avec une banque d'affaires dominicaine au sujet d'une transaction depuis les îles Vierges.

Les cinquante millions. Julin allait les récupérer, puis les blanchir ou les transférer jusqu'à ce qu'on perde leur trace.

Dans la fenêtre Spotlight, Katz écrivit « Klingberg », sans résultat. Il parcourut le disque dur à la recherche de fichiers cachés, mais ne trouva rien d'intéressant.

Il leva les yeux et scruta la pièce. Sous le bureau, un coffre fort encastré dans le mur. Porte ouverte, vide.

À côté, Katz remarqua un bloc de prises électriques d'un modèle plus récent que les autres. Seule la prise supérieure était utilisée. Le fil électrique conduisait à un transistor posé sur une étagère. Katz le mit en marche. L'appareil émit une musique d'ambiance, le voyant de la batterie s'alluma. Il n'était donc pas branché sur le secteur.

Katz sortit un tournevis de son sac à dos, dévissa la prise et enfonça la main dans le trou cylindrique qui apparut dans le mur.

Julin y avait oublié deux objets : un flacon emmailloté de fil de laine noir et brodé de paillettes rouges, muni d'un bouchon scellé à la cire noire – un souvenir de voyage, visiblement. Des bras en laine sur les côtés lui donnaient l'air d'une figure humaine. Katz se souvint des étoffes envoyées à Joel peu avant sa disparition.

Le deuxième objet était une enveloppe en papier kraft contenant des photographies. Sur l'une d'entre elles, Julin se trouvait sur le pont d'un bateau à voile avec Pontus Klingberg. Ils étaient bien plus jeunes, remarqua Katz. En habits de sport et lunettes de soleil. Le cliché semblait dater du début des années 1980.

Les deux hommes se connaissaient donc depuis longtemps.

Les pensées de Katz défilaient à toute allure. S'il ne s'agissait pas d'une histoire de chantage… dans quoi trempaient les deux hommes ? Pontus Klingberg avait-il payé Julin pour enlever Joel et assassiner sa femme ?

Julin aurait alors effacé ses traces et fait en sorte que Katz soit accusé.

Joel avait donc sans doute été éliminé. La cible principale, c'était lui. Les étoffes auraient déclenché les événements. Il aurait eu des renseignements sur l'enlèvement de son frère au début des années 1970. Pontus y était-il mêlé ? Joel s'était peut-être senti en danger et il avait du coup soufflé à Angela l'idée de faire appel à Katz s'il lui arrivait quelque chose.

Perplexe, Katz feuilleta les photographies.

Devant une caserne, Julin posait avec un homme en uniforme que Katz reconnaissait vaguement – un officier formateur de l'armée. En arrière-plan, des recrues en bérets rouges – des parachutistes. L'école d'officiers de Karlsborg. Le cliché était pris devant la garnison de l'École d'interprètes. Julin avait-il eu des contacts avec les supérieurs de Katz ?

Katz rangea les photos, puis glissa l'enveloppe et la figurine de laine dans la poche de son blouson. Un bruit provenant du rez-de-chaussée le fit sursauter. Le vigile se réveillait.

Dans la garde-robe de l'épouse, Katz trouva une paire de bas de nylon. Il s'en enfila un sur la tête, sortit son Glock et redescendit l'escalier. Le vigile était toujours étendu au même endroit, accroché à un radiateur avec ses propres menottes, groggy, mais conscient.

Katz s'accroupit derrière lui.

— Qu'est-ce que tu me veux ? grogna l'homme.

Katz lui enfonça le canon du Glock dans la bouche, de cinq bons centimètres, jusqu'à lui déclencher des réflexes nauséeux. Katz maintint le canon en place et ne broncha pas quand le vigile se tordit sous les spasmes et les vomissements. En ressortant l'arme, Katz l'essuya sur la joue de l'homme.

— Où est Julin ? lui demanda-t-il calmement.

L'homme avait du mal à parler.

— Merde… mais qu'est-ce que tu me veux ? bredouilla-t-il, le front couvert de sueur. Qu'est-ce que tu me veux ?

— Est-ce que Julin a enlevé un dénommé Klingberg ?

— Qu'est-ce que tu racontes ?

Katz lui remit le canon dans la bouche, tout en replaçant discrètement la sécurité pour éviter que le coup parte.

Puis il appuya sur la détente. En entendant le déclic, l'homme déféqua.

Katz se redressa et se planta devant lui.

— Où est Julin ? J'ai besoin de le voir.

Le vigile pleurnichait.

— Il est parti avant-hier. À la chasse à… À l'oiseau, je crois. Je n'ai jamais entendu parler d'enlèvement. Je garde sa maison quand il est absent, c'est mon seul boulot ici. Tu dois me croire, merde…

— Donne-moi une adresse. Où est-il ?

— Je ne sais pas exactement. Quelque part dans le Sörmland… chez quelqu'un qu'il connaît.

— Je te crois, conclut calmement Katz en regardant le vigile sangloter comme un enfant. Dis à Julin, au cas où tu le croiserais avant moi, qu'il a eu de la chance de rater ma visite. Dis-lui que je reviendrai. Salue-le de la part d'un vieil ami.

La maison de retraite juive, un immeuble de deux étages couleur sable, était située à Skarpnäck, la banlieue sud de Stockholm. Elle se gara devant l'entrée. À son nom de famille, elle aurait dû le deviner. Hirsch.

Ayant passé deux portes sécurisées, elle entra dans le hall, où elle fut accueillie par une infirmière. Dans un aquarium posé sur une table à côté d'un canapé, des cichlidés bariolés nageaient parmi des plantes en plastique et des coraux artificiels. Sur le mur, une carte d'Israël.

À droite, une cantine qui, d'après le menu du déjeuner, servait deux plats cacher au choix. Des baies vitrées. Vue sur une cour agrémentée d'une fontaine et de massifs de fleurs.

— Je vais vous conduire chez Ragnar, proposa l'infirmière. Suivez-moi, je vous prie.

Elles parcoururent un long couloir. Sur une porte entrouverte, un écriteau : « Ergothérapie ». À l'intérieur, une vieille femme assise sur une banquette, absente, loin du monde. À part ça, le bâtiment semblait presque désert.

— Nous accueillons aussi des patients atteints de démence, précisa l'infirmière, mais la plupart de nos pensionnaires sont autonomes. Le plus âgé a cent deux ans. Le plus jeune, soixante-quinze. Ragnar est dans la moyenne. Il aura quatre-vingt-dix ans cette année. Je ne sais pas pourquoi, peut-être que c'est la nourriture cacher, mais les Juifs vivent très vieux.

Elle aperçut une salle de séjour meublée d'une télévision et d'un piano. Derrière une tenture, elle devina une de ces arches qui contenaient les rouleaux de la Torah et d'autres objets liturgiques.

Sur un tableau d'affichage, un programme hebdomadaire proposait des activités. Le soir même, l'actrice Basia Frydman devait se produire et chanter en yiddish.

Elles s'engagèrent dans un nouveau couloir flanqué de portes d'appartements. L'infirmière s'arrêta devant l'une d'elles et frappa doucement.

— Votre visite est là, Ragnar. N'oubliez pas l'excursion cet après-midi. Le bus part à 15 heures.

Eva lui avait parlé au téléphone quelques heures plus tôt. Il l'attendait. L'ancien commissaire de police avait préparé du café et posé une assiette de gâteaux sur la table, devant la fenêtre.

Ragnar Hirsch tira une chaise et la pria de s'asseoir – un gentleman.

Il était étonnamment bien conservé pour son âge. Mince et tonique, la chevelure courte et épaisse.

— Bienvenue. Ce n'est pas très grand, ici, mais pour un ancien policier, ça suffit amplement. La maison est bien tenue et le personnel, compétent. Les horaires des repas et les rendez-vous avec les médecins sont fixes. Et j'ai une vie sociale bien remplie. Nous formons une sacrée bande de vieux. Même plus la peine d'aller à la synagogue, les services sont tenus dans la salle de réunion.

Il ouvrit un thermos et lui servit du café.

— C'est bien, ici. Joliment décoré, fit remarquer Eva.

— Et le mieux… c'est que ça ne sera pas vendu à des investisseurs en capital risque, comme c'est devenu la règle ailleurs.

Sur une vieille photo en noir et blanc accrochée au mur, elle le reconnut : adolescent, debout devant une cabane quelque part dans l'archipel, entouré d'autres jeunes, tous vêtus de tenues de foot. « Colonie de vacances de Glämsta », pouvait-on lire sur un écriteau en arrière-plan. La colo juive, à Väddö. Katz y était envoyé contre son gré, l'été, quand ses parents étaient encore en vie. Il le lui avait raconté. À part cela, il ne lui avait guère parlé de sa judaïté.

— Un policier juif, ça devait être inhabituel, à l'époque.

— Tout à fait. L'antisémitisme était répandu, on était sans arrêt victime de moqueries. Pourquoi s'embêter à être commissaire alors qu'on pouvait fonder une banque... Les circoncis étaient considérés comme des riches et des avares. Voire bien pire aussi.

Eva pensa à Katz. Toutes les insultes qu'il avait dû supporter dans sa jeunesse. Sale Juif. Radin comme un youpin. Et puis les blagues ignobles : Tu sais comment on fait entrer six millions de Juifs dans une Volkswagen, Katz ? Deux à l'avant et deux à l'arrière. Le reste dans le cendrier. D'habitude, le coup partait directement – c'était d'ailleurs exactement ce qu'attendait l'adversaire.

— En fait, je crois que je suis le seul policier cacher de ma génération à Stockholm, poursuivit Ragnar Hirsch. En tout cas, une chose est sûre, il n'y en a pas d'autre dans cette maison de retraite. J'ai obéi au désir de mon père. Il était dans les assurances, mais il trouvait que quelqu'un dans la famille devait porter l'uniforme. D'après lui, il était temps.

Hirsch fut interrompu par un cri provenant d'une autre partie du bâtiment – une sorte de lamentation larmoyante dont l'intensité augmenta progressivement jusqu'à ce qu'elle s'interrompe brusquement.

— Miriam Löwenstein, expliqua Ragnar Hirsch. Elle est arrivée en Suède à quinze ans, dans les bus blancs. Elle a survécu à Auschwitz-Birkenau. Sa mère, ses frères et ses sœurs ont été tués. Elle les a vus entrer dans la chambre à gaz de ses propres yeux. Malheureusement, il n'y a pas de remède contre certains souvenirs.

Il eut un sourire amer et balaya quelques miettes de gâteau de ses genoux.

— Mais vous n'êtes pas là pour ça. Vous voulez discuter du suicide des époux Klingberg.

Ragnar Hirsch connaissait un des ambulanciers arrivés au manoir du Sörmland ce matin-là, un certain Holmström, anciennement pompier à Stockholm. Une semaine après l'intervention, celui-ci avait demandé à Hirsch de jeter un coup d'œil au dossier.

— La bonne était sur le point de lui raconter quelque chose, mais elle s'est ravisée quand la patrouille a débarqué.

Hirsch s'était donc intéressé à l'affaire surtout par curiosité, admit-il. Parce que la tragédie avait frappé une célèbre famille d'industriels. Il avait alors demandé à Holmström de lui décrire la scène telle qu'elle était à son arrivée et s'était fait envoyer divers actes, dont le rapport d'autopsie, par la police du Sörmland. Le médecin légiste avait constaté que les époux étaient ivres au moment du décès, comme certaines preuves l'indiquaient dès le départ. On avait trouvé deux bouteilles de cognac vides et une bouteille de château lafite à demi pleine dans la voiture.

Mais Holmström en avait vu d'autres au cours de sa longue carrière dans les services de secours de Stockholm et, en vieux renard qu'il était, il leur avait plutôt trouvé un air de drogué.

— Ça ne changeait pas grand-chose, dit Hirsch en resservant du café à Eva. Ça aussi, ça correspondait au mode de vie du couple. En plus d'être alcooliques, ils étaient tous les deux accros aux calmants.

— Comment le savez-vous ?

— Je me suis renseigné. Ça aurait commencé après la perte de leur fils aîné. Une histoire d'enlèvement. Le chagrin les avait fait sombrer dans la toxicomanie.

— Mais Holmström avait des soupçons, n'est-ce pas ?

— Oui… Il avait trouvé la position des corps un peu bizarre. Artificielle. Comme une mise en scène… Ils auraient aussi bien pu être placés dans la voiture une fois inconscients, c'était ce qu'il pensait.

— Mais il n'y avait pas de preuve dans ce sens.

— Comment le savoir ? Les patrouilleurs ont pris pour acquis que c'était un suicide et se sont baladés bêtement dans le garage avec leurs gros sabots. Et des preuves ont pu être détruites.

Hirsch s'était rendu à la villa des Klingberg à Djursholm pour y entendre les proches. Ils étaient tous là. Pontus Klingberg et sa femme de l'époque. Gustav, le patriarche vieillissant. La fameuse bonne. Et Joel Klingberg.

— Il m'a fait tellement pitié… Treize ans, inconsolable. Tout l'argent du monde n'y aurait rien changé. Trouver ses propres parents gazés, vous imaginez ? Il était anéanti. Je n'ai rien pu en tirer. Aucune parole sensée. Dès que je lui posais une question sur ce qu'il avait vu ce matin-là, il se mettait à pleurer.

Hirsch se tut. Il regarda par la fenêtre, qui donnait sur une autre aile du bâtiment. À force de fouiller dans sa mémoire, il avait pris un coup de vieux. Il avait l'air fatigué. Brusquement, il faisait son âge.

— J'ai une question… Les suçons dans leur cou. On n'a pas cherché d'explication ?

— Je n'ai pas eu l'occasion de voir les corps. Seulement les photos prises par les premiers policiers arrivés sur les lieux et le médecin légiste. Mais je suis d'accord avec vous. Qu'est-ce que ces marques faisaient là ?

— Vous n'avez jamais pensé à un acte criminel ?

— En tout cas, on ne pouvait pas exclure l'hypothèse.

— Mais on vous a mis des bâtons dans les roues…

Il acquiesça.

— En haut lieu, on a trouvé que mes talents seraient plus utiles ailleurs. De toute façon, je manquais d'éléments pour poursuivre l'enquête. Je n'avais aucune preuve. Et Gustav Klingberg a pesé lourd sur les décisions prises à l'époque. Il connaissait du beau monde à la police ainsi qu'au-dessus, bien plus haut, parmi les dirigeants du pays. Il était brisé. Perdre un petit-fils, puis son fils cadet et sa belle-fille. Il refusait d'avoir une nouvelle fois affaire à la presse ou à des enquêteurs. Il en avait assez. Et il voulait protéger son petit-fils de la curiosité des médias. Joel Klingberg… Le garçon était au bord de l'effondrement psychologique, et Gustav…

Il hésita, puis reprit :

— Gustav… avait une obssession. Il était convaincu que sa famille était victime d'un mauvais sort… Depuis l'enlèvement de son petit-fils, neuf ans auparavant. Et la meilleure façon de prévenir de futurs malheurs, selon lui, c'était de se taire. De ne plus rien révéler sur sa famille.

— Qu'est-ce que la bonne était sur le point de dire à Holmström ?

— Je ne l'ai jamais su. *A mayse on a moshl iz vi a moltsayt on a tsimes…* Une histoire sans morale, c'est comme un repas sans dessert, dit un proverbe yiddish. Et ça m'a longtemps agacé.

— Vous lui avez parlé ?

— Oui.

— Et qu'est-ce qu'elle vous a dit ?

— Seulement que Gustav avait des idées bizarres sur un prétendu mauvais sort. D'après lui, c'était même la cause de ses saignements de nez. Je voyais bien qu'elle en savait plus, mais impossible de la faire parler. Elle était fermée comme une huître.

— Vous vous rappelez son nom ?

— Sandra Dahlström. Elle était jeune, à l'époque. Après la mort des époux Klingberg, c'est elle qui a élevé Joel.

Ils se séparèrent dans le hall, à côté de l'aquarium aux cichlidés. Le bâtiment reprenait peu à peu vie, on commençait à servir le déjeuner. De vieux messieurs en kippa étaient conduits vers la cantine dans leurs fauteuils, ainsi que de vieilles élégantes aux physiques légèrement exotiques. Dans les conversations se mêlaient polonais, yiddish et suédois.

C'était l'heure des visites, des familles arrivaient, des enfants venaient voir leurs grands-parents. Un homme lui rappela Katz.

Elle se mit au volant de sa voiture et tourna la clé dans le démarreur.

Toujours aucun signe de vie de Katz. Il était toujours en liberté. « C'est admirable, tout de même », pensa Eva malgré elle.

On avait dû lui fournir des planques. Peut-être Jorma…

D'après le registre d'état-civil, ce dernier habitait à Midsommarkransen. Il était sorti quelques années auparavant du pénitencier de Norrtälje, après avoir fait trois ans pour complicité de cambriolage aggravé.

Elle passa un coup de fil à Marianne Lindblom, une enquêtrice civile de l'Office de lutte contre la criminalité économique, pour lui demander de vérifier le dossier de Jorma : était-il sous surveillance ? Quand sa collègue voulut savoir si elle comptait revenir au bureau, Eva ignora sa question et raccrocha.

Sandra Dahlström, l'ancienne bonne des Klingberg. Tout à coup, cette femme lui paraissait bien plus importante que tout le reste.

Le manoir d'Ormnäs était situé dans un parc naturel, entre Katrineholm et Vingåker, et entouré de huit cents hectares de forêt, de lacs et de champs. Le bâtiment principal, une demeure en pierre du XVIIe siècle, haute de deux étages, était flanqué de deux ailes en bois de plain-pied, de style Charles XII un peu plus tardif.

Aux alentours, de nombreuses dépendances : écuries, étables, maisons d'hôte, remise à charrettes, moulin et laiterie.

Une allée privée d'un kilomètre de long, bordée de châtaigniers, conduisait à la grande maison. Elle débouchait, semblait-il, dans une cour, au pied d'un arbre plusieurs fois centenaire.

Katz avait déjà exploré les lieux sur Google earth. Pour approcher le bâtiment sans être vu, il fallait arriver à pied depuis le sud.

Peu après minuit, il gara la voiture de Jorma sur un chemin forestier, à quelques kilomètres de la propriété.

Il resta un moment immobile, le temps d'habituer ses yeux à l'obscurité. Il écouta le cliquetis du moteur encore chaud et tendit l'oreille pour saisir les bruits de la forêt : la brise légère qui traversait les arbres, le cri d'un oiseau de nuit dans le marais.

Il régla sa torche électrique sur le niveau le plus faible et chercha un sentier vers le nord.

Il lui fallut une demi-heure pour traverser la première parcelle boisée. Failles abruptes et parois rocheuses l'obligeaient à faire d'incessants détours. Il vit de vieilles traces d'exploitation forestière. Il contourna une mare et atteignit un grillage, qu'il longea vers l'ouest. Peu à peu, il comprit qu'il se trouvait juste à l'extérieur d'une grande zone clôturée. Puis, se rendant soudain compte qu'il avait oublié son sac à dos et sa pince coupante dans la voiture, il poussa un juron.

Trop tard pour faire demi-tour. Il décida d'escalader le treillage. En se hissant, il s'écorcha les doigts sur le fil de fer. Arrivé en haut, il se reposa un moment, les bras pendus de l'autre côté. La couche nuageuse s'était partiellement dégagée et, à la lueur des étoiles, il y voyait un peu plus clair. Le manoir, un monolithe noir qui se dressait dans l'évasement de la forêt, ne se trouvait plus qu'à environ cinq cents mètres.

Katz sauta et atterrit à côté d'un chablis.

Les bâtiments disparurent de son champ de vision. Ayant mémorisé leur position, il put tout de même s'orienter. Dans cette forêt secondaire clairsemée, le sol était plus plat que dans la première parcelle qu'il venait de traverser. Il se déplaçait désormais avec une certaine facilité.

Il parvint à un pré entouré de quelques affûts surélevés : les sinistres sculptures de bois évoquaient un hypothétique peuple de chasseurs disparu. L'odeur de la terre fraîche lui emplissait les narines.

Il ferma les yeux. En les rouvrant, il sentit les premières gouttes tomber sur son visage. Tant mieux. Le bruissement régulier de la pluie atténuerait les sons, y compris le bruit qu'il ferait en s'approchant.

Le manoir était plongé dans le noir. La cour, vide. Dans la lumière diffuse du ciel nocturne, les bâtiments ressemblaient à des coulisses.

Suivant l'orée du bois, Katz gagna la première grange. Un sentier de terre battue partait vers une butte, à l'est, entre les dépendances.

Katz se trouvait à cinquante mètres de l'allée qui conduisait à l'habitation principale. Il décida de s'approcher pour vérifier s'il y avait quelqu'un à l'intérieur.

Dans la cour, le gravier avait été ratissé. Aucune trace de pneus. Plongée dans le noir, la maison le guettait en silence. À chaque étage, six fenêtres le dévisageaient ; des yeux noirs rectangulaires. Un tas de feuilles mortes avait été abandonné sur les marches.

Katz se demanda ce qui l'avait pris. Cette maison était vide. Depuis longtemps. Convaincu que Julin serait à la propriété des Klingberg dans le Sörmland, il s'y était rendu sans se poser de questions, poussé par un besoin désespéré de sortir du désœuvrement, de renverser les rôles, d'entrer dans une nouvelle dynamique.

La pluie tombait dru. Il chercha des yeux un abri. Un peu plus loin, un auvent surgissait d'une façade. Se glissant le long du mur, il se réfugia dessous. Soudain, il cligna des yeux. Des phares approchaient sur la route principale.

Le véhicule s'engagea dans l'allée et passa à moins de quarante mètres de lui. Un 4 × 4 gris métallique, avec une seule personne à bord.

Le conducteur ne s'arrêta pas devant la maison principale. Dans la cour, il tourna vers l'est et passa tous les autres bâtiments, se dirigeant vers la butte boisée. Peu à peu, le bruit du moteur s'évanouit. Clignotant entre les arbres, les phares gravirent la butte et disparurent au sommet.

Après vingt minutes de marche, Katz retrouva le 4 × 4 garé devant une maison en rondins de bois au bord d'un chemin de terre battue. À travers la fenêtre, il distinguait une faible lumière. Il entendit un murmure de voix d'hommes.

Pour avancer sans être vu, il fit un détour par la forêt.

La route était barrée. De l'autre côté, une autre clôture en fil de fer – visiblement, toute la propriété en était équipée.

Il la longea sur vingt mètres. Arrivé au niveau de la maison, Katz sortit le téléphone de Jorma et vérifia qu'il était bien éteint.

Devant la sombre cabane aux murs de rondins noircis par le goudron, là où le chemin de terre s'élargissait pour accueillir plusieurs véhicules, était garée une deuxième voiture : un break Volvo noir. La maison était presque entièrement entourée de forêt. À l'arrière, on apercevait une maison d'hôte avec une véranda et, un peu plus loin, au bord de la route, une grille.

L'adrénaline pulsait dans les veines de Katz. Il s'approcha d'une clairière. La route se terminait en pente au bord d'un lac. À cet endroit, la clôture, qui mesurait un mètre de moins qu'ailleurs, se trouvait hors de vue des bâtiments. Il l'escalada.

Il atterrit au pied de la butte. Le Glock à la main, il entendit un vacarme au loin. Tendant l'oreille, il comprit qu'il s'agissait d'aboiements. D'abord faibles, puis, sans transition, assourdissants, ils paraissaient sortis de nulle part.

La bête approchait depuis la butte, tranquillement, comme si elle voulait faire durer le plaisir.

L'*ovtcharka*. Le seul chien capable à lui seul de vaincre un ours ou un loup. Quatre-vingts kilos, un mètre au garrot. Katz avait lu quelque part qu'étant donné l'épaisseur de sa fourrure les crocs des fauves n'avaient pas de prise sur lui.

À genoux, en position de tir, Katz observait le chien, plus énorme encore que ce qu'il s'était imaginé. La gueule grande ouverte, entièrement concentré sur sa proie, le monstre brûlait d'un insatiable désir de tuer. Il n'aboyait même plus. Vingt mètres, dix mètres, cinq… Katz calculait, impassible. Il ne ressentait aucune peur.

L'animal s'arrêta à deux mètres de lui. Katz sentit l'odeur rêche de sa fourrure et vit ses yeux, tels deux boutons noirs. Le monstre émit un grognement qui lui parut surnaturel.

À l'instant précis où il passa à l'attaque, Katz tira. Deux coups qui, à son grand étonnement, touchèrent leur cible.

Lorsque Katz se releva, sa vision était encore tunnelisée. Il ne remarqua pas l'individu qui s'approchait derrière lui. Du coup violent dans sa nuque, il ne sentit rien. Il vit seulement que le monde explosait, produisant un rayonnement rouge vif alors qu'il tombait en avant de tout son long.

Au volant de sa voiture arrêtée dans un parking de Mörby Centrum, elle regardait les tours au loin en fumant une cigarette. Dans ses écouteurs, *Euphoria* de Loreen. Elle l'avait écoutée jusqu'à l'usure.

À l'instant où elle éteignit la radio, son téléphone portable émit un bip : un SMS d'Ola. « Va te faire foutre, tu avais promis de venir. Les enfants et moi, on a attendu pendant une demi-heure. On a fini par rentrer. Je vais te dire… »

Elle ne termina pas la lecture et alla directement jeter un coup d'œil à son agenda. Ola parlait du rendez-vous avec le conseiller familial qu'elle venait de manquer. Ou d'ignorer. Parce qu'elle ne supportait pas ce genre de situation. Parce qu'elle avait de fortes tendances à l'autodestruction.

Ola lui avait envoyé deux autres messages et l'avait appelée quatre fois en vain. Lui et les enfants commençaient à se demander ce qu'elle fabriquait.

Les tours au loin dataient du début des années 1960 : un rêve de modernité transformé en ghetto. Des murs maculés de graffitis. Des antennes paraboliques bon marché fixées sur les balcons. Tout cela lui rappelait Hässelby Gård, la banlieue d'où Katz et elle venaient.

Elle prit une autre cigarette. Cela faisait dix ans qu'elle avait arrêté. Quel goût divin... Incroyable, après tout ce temps.

Sa carte professionnelle fit impression. La femme la laissa entrer sans faire d'histoires, la conduisit à travers un hall sombre jusqu'à une salle de séjour d'inspiration new age. Un bouddha doré assis en tailleur sur une table basse. Des affiches représentant des dieux indiens, une figure dansante bleue. Sans doute Krishna. Et puis Shiva. De l'encens. Un tapis de yoga déroulé sur le sol.

À gauche, une porte donnait sur une chambre décorée de guirlandes de Noël multicolores. Plutôt kitsch. Au pied du lit, un tas de coussins et de couvertures. Sur la table de chevet, des photos d'une femme vêtue de couleurs vives.

Eva éprouvait un vague sentiment de déjà vu, mais l'impression disparut avant qu'elle ait pu l'identifier.

Voilà donc comment vivait Sandra Dahlström. Sans enfants. Née en 1951. En pension d'invalidité depuis six ans.

Chaussée de grosses pantoufles, vêtue d'un gilet en laine à manches longues, elle semblait transie de froid. Elle avait le regard vide – prenait-elle des médicaments ? Son nez minuscule semblait disproportionné par rapport à sa bouche sensuelle. D'infimes cicatrices sous les ailes trahissaient une rhinoplastie.

La femme lui fit aimablement signe de la suivre jusqu'au balcon véranda.

— En fait, je vous attendais.

Elle s'assit devant une patience interrompue. Des palmiers et des fougères poussaient dans des pots sur le sol, des plantes aromatiques prospéraient dans une petite serre. On étouffait. Eva se demanda comment on pouvait rester en gilet de laine dans une telle chaleur.

— Vous venez pour Joel, c'est ça ? Je lis les journaux. Il a été enlevé et sa femme, assassinée. Je m'attendais à ce qu'on vienne m'interroger, tôt ou tard.

Spontanément, elle se mit à raconter son histoire dans l'ordre chronologique, comme si elle s'y préparait depuis longtemps.

— Je suis entrée au service des Klingberg à la rentrée 1969. J'avais dix-huit ans. J'avais vu une annonce dans *Svenska Dagbladet*. Ils cherchaient une bonne. À l'époque, j'habitais chez ma mère... dans cet immeuble, où nous sommes, mais au premier étage. Mon père s'était tiré et nous a laissées seules. Ma mère trimait. Elle travaillait comme femme de ménage en ville. Moi, j'avais arrêté l'école. Je n'avais même pas mon certificat d'études. On avait besoin d'argent. Djursholm, c'est seulement à quelques kilomètres. Pourtant, quel contraste...

Sandra Dahlström avait emménagé dans la maison du personnel, une annexe à l'habitation principale. Elle devait être à la disposition de son employeur vingt-quatre heures sur vingt-quatre. Le salaire était assez élevé.

— Comment était-il, Gustav ?

— Aimable avec les uns, exécrable avec les autres. Il prenait plaisir à enfoncer les gens qu'il n'aimait pas. Le pire, il le réservait à son fils aîné, Pontus. Il le traitait comme s'il n'existait pas. Plus le gamin essayait de lui plaire, plus il l'ignorait.

— Il était pareil avec son autre fils ?

— Non, Jan, c'était l'exception. Le petit chouchou... Le fils perdu qui avait choisi la vie de bohème et pris des distances avec son capitaliste de père. Gustav ne l'en aimait que plus. Il aurait fait n'importe quoi pour lui... Il essayait d'acheter son amour en lui proposant d'occuper des postes à responsablité dans le groupe, mais Jan les refusait systématiquement. Je crois que c'était lié à sa mère. Les deux frères avaient des mères différentes. Jan était le fils d'une Dominicaine noire, Marie Bennoit. D'après la rumeur, elle avait été le grand amour de Gustav. Pourtant, il l'avait abandonnée pour rentrer en Suède avec sa famille.

Eva, surprise, s'efforça néanmoins de mémoriser l'information. Elle réfléchirait plus tard au sens de cette histoire. Pour l'instant, il fallait se concentrer pour se souvenir de tout.

— Un écrivain russe a dit quelque chose du genre, non? Toutes les familles heureuses se ressemblent, et les malheureuses le sont chacune à leur manière. J'ai souvent pensé à cette citation pendant les douze ans que j'ai passés là-bas. Toutes ces catastrophes qui leur sont tombées dessus.... Leur argent n'y a rien changé.

— Les frères s'entendaient bien?

— Pas vraiment. En faisant sans arrêt du favoritisme vis-à-vis du cadet, Gustav n'arrangeait rien. Je crois même qu'il a modifié son testament et fait de Jan son héritier principal seulement pour humilier son frère. Pontus détestait Jan.

Au point de vouloir l'anéantir? se demanda Eva en laissant son regard errer le long des étagères : des bibelots, la photo d'un jeune homme.

— Vous travailliez pour eux quand Kristoffer a été enlevé?

— Oui, j'y étais depuis à peu près six mois. Je n'avais jamais vu des gens aussi riches de ma vie. Domestiques, chauffeur, villa de trente pièces, réceptions. En général, c'était Pontus qui organisait les fêtes. On s'y gavait de caviar iranien, on buvait du champagne millésimé comme si c'était du jus de fruits. Moi, j'ai grandi au milieu d'un milieu ouvrier... Je me suis retrouvée au milieu d'un rêve éveillé qui a brusquement viré au cauchemar. Il était tellement mignon, le bout de chou... Métis. L'héritage noir se voyait sur sa peau, contrairement à son père et à son petit frère. C'était le petit-fils préféré de Gustav. Il devait lui rappeler l'amour de sa vie. Quand il était en visite, Gustav jouait avec lui pendant des heures. Et puis c'est arrivé...

Elle se tut et regarda par la vitre. En bas, un parking. Elle transpirait abondamment dans son gilet de laine. De larges taches se dessinaient sous ses aisselles.

— D'après Gustav, on lui avait jeté un mauvais sort. Parce qu'il avait abandonné la mère et emmené le fils. Il était superstitieux. Il avait grandi aux Caraïbes… Il croyait au mauvais œil, à ce genre de choses. Que les gens pouvaient vous faire du mal à distance pour se venger. Selon lui, ses migraines venaient de là. Comme les saignements de nez fréquents dont souffrait toute la famille. Enfin, c'est sûrement héréditaire. Mais pour lui, perdre son sang, c'était pire que tout. Et au moment de l'enlèvement, quand on lui a envoyé des objets bizarres, ça l'a conforté dans ses convictions.

— Quels objets ?

— Ils sont arrivés par la poste quelques jours avant la disparition de Kristoffer. Il y avait une figurine de la taille d'un jouet. En la voyant, Gustav a été extrêmement contrarié. La famille de Marie Bennoit pratiquait certains rituels. On ne m'a jamais expliqué en détail de quoi il s'agissait, je n'ai fait que glaner des informations au passage. En tout cas, Gustav a eu la frayeur de sa vie, je l'ai bien vu. Carrément épouvanté. Il se croyait en danger de mort. C'était irrationnel, mais il était comme ça. Il n'a jamais eu aucun espoir de récupérer Kristoffer. Comme si c'était leur destin, ou le châtiment qu'ils devaient subir.

— Il n'a pas montré ces objets à la police ?

— Non, il disait que ça n'aurait fait qu'accroître le pouvoir du sort. Ça peut paraître bizarre, je sais bien, mais quand on vivait avec cette famille, on voyait les choses un peu comme eux. Je me suis approprié toutes ces bizarreries, pour le meilleur et pour le pire.

— Et vous êtes restée à leur service ?

— Oui. Le principal, c'était d'éviter Pontus. Il faisait du gringue aux employées. J'habitais chez eux toute l'année, je n'avais même pas de vacances. Mais ça ne me manquait pas vraiment, je les accompagnais dans tous leurs voyages.

— Des traversées à la voile ?

— Des croisières de luxe. Des séjours en cure thermale. Une fois, ils ont loué une station de ski tout entière en Suisse. On était souvent dans les Caraïbes, aux Bahamas, en Jamaïque, en République dominicaine. Gustav faisait encore des affaires là-bas. Il était propriétaire de plantations de canne à sucre. Et de mines de bauxite. Il avait des centaines d'employés qui trimaient comme des bêtes – tous des hommes noirs. Dans cette famille, on retrouve toujours les mêmes contradictions; elles sont le ciment de leur mode de vie. Leur fortune qui contrastait avec la pauvreté de leurs ouvriers. Jan refusait généralement de venir. Mais Pontus était toujours là, accompagné de sa femme ou de sa petite amie du moment. Ainsi que Joel. Son grand-père insistait pour l'emmener. Il avait remplacé Kristoffer dans son cœur. On voyageait dans leur yacht de luxe. Il était amarré en Suède pendant l'année, mais un équipage professionnel suédois l'emmenait là-bas, dans les Caraïbes.

— Le *St Rochus* ?

Sandra Dahlström la regarda d'un air étonné.

— Oui.

— La question va peut-être vous paraître un peu bizarre, mais est-ce que vous savez si, durant l'été 1984, le yacht se trouvait dans le Mälare et si, à un moment ou à un autre, il a mouillé à Hässelby ?

De grosses gouttes de sueur se formaient désormais sur le visage de Sandra Dahlström. Eva ne comprenait pas pourquoi elle gardait son lainage.

— Je serais incapable de vous le dire, je ne travaillais plus pour eux, à l'époque. Mais c'est possible. Sous le commandement de Pontus, dans ce cas-là. Il était le seul à utiliser le yacht en Suède.

Elle se leva et s'essuya le front.

— Ça vous dérangerait de sortir faire un tour ? Je crois que j'ai besoin de prendre l'air.

Elles marchèrent jusqu'à un parc : des familles d'immigrés en excursion, des plaids étalés par terre, des barbecues jetables. Des femmes voilées en robes longues. Sandra et Eva se dirigèrent vers un bois.

— Vous étiez là quand la deuxième tragédie est arrivée, n'est-ce pas ? Quand Jan et Joanna…

Sandra se raidit.

— Oui, c'était affreux. La souffrance que ça a provoqué. Et que ce soit Joel qui les trouve. Je n'ai pas eu le temps de bien connaître Kristoffer avant qu'il disparaisse, mais avec Joel, c'était différent. Je l'ai vu grandir. Je l'ai vu tourmenté d'être encore en vie. Kristoffer a continué à faire partie de la famille, telle une sorte de fantôme… Invisible, mais terriblement présent. Je crois que Joel se sentait coupable de s'en être sorti.

Elle ramassa un caillou sur le sol et le fit glisser entre ses doigts, sans doute pour se calmer.

— Quand c'est arrivé, au manoir d'Ormnäs… C'était comme si on lui avait tiré le tapis sous les pieds. Il a perdu le peu de confiance en soi qui lui restait.

— Comment ça s'est exprimé ?

— D'abord, de l'apathie. Ensuite, de la colère. Je me suis occupée de lui toute l'année suivante. Il s'est installé avec nous à Djursholm. Gustav n'avait pas la force de l'élever, il était trop anéanti. Alors c'est moi qui m'en suis chargée… Dire que j'ai été une mère de substitution, ce serait exagéré. Plutôt une grande sœur.

— Ça a marché ?

— Parfois… Parfois moins. Il n'arrivait pas à digérer la catastrophe. Il se faisait du mal… Et il se vengeait sur des objets. Il cassait des choses. Mais j'arrivais à le contenir. J'étais la seule à savoir l'apaiser. Après coup, ses crises de fureur se transformaient en désespoir sans fond. C'était insupportable de voir autant de douleur chez un si petit garçon.

Cherchant un moyen de réorienter la conversation, Eva lui parla des soupçons de Ragnar Hirsch.

— Le matin où Joel a trouvé ses parents, commença Eva, vous étiez là… Vous avez remarqué quelque chose qui aurait pu intéresser la police ?

Elles s'arrêtèrent. Sandra se tourna vers Eva, qui put l'étudier à loisir : l'ancienne domestique semblait détendue, comme quelqu'un qui n'a rien à cacher.

— Vous étiez sur le point de raconter quelque chose à l'ambulancier qui est arrivé le premier. Du moins, c'est l'impression qu'il a eue.

— Oui… Mais ça m'a paru tellement bête, tellement ridicule. Tout droit sorti de l'imagination d'un petit garçon. Quelques jours avant que Jan et Joanna se suicident, j'étais seule à la campagne avec Joel. Ses parents étaient sortis, peut-être au pavillon de chasse. Ils y allaient souvent pour boire… Ils buvaient trop tous les deux. De but en blanc, Joel s'est mis à me raconter l'enlèvement de son frère, neuf ans plus tôt. Il se souvenait de certains détails.

— Il était très jeune quand c'est arrivé.

— Je sais, voilà pourquoi j'ai eu du mal à le croire.

— Qu'est-ce qu'il vous a dit ?

— Que ce jour-là, on les avait suivis. Qu'un homme était monté dans le bus après eux et descendu au même arrêt qu'eux. Qu'il était accompagné d'un autre homme qui avait fait semblant d'être soûl. Qu'un homme qui conduisait une voiture, une Volvo, avait eu un comportement bizarre quand ils avaient traversé la rue devant la station de métro où Kristoffer allait disparaître. Et qu'il y avait des objets bizarres à l'endroit où on l'avait enlevé. Entre autres des plumes d'oiseau en croix.

— Il avait déjà raconté ça à quelqu'un ?

— Non, il l'avait gardé pour lui pendant toutes ces années, mais quelques jours avant que ses parents se suicident, il en avait parlé à son père. Et quand il les a trouvés dans le garage, il en a conclu que c'était sa faute. Qu'il leur avait donné un indice et que ça leur avait coûté la vie.

— Joel ne croyait donc pas au suicide ?

— Il croyait qu'on les avait tués. Mais ça a fini par lui passer. Je l'ai persuadé du contraire.

Ayant fait le tour du bois, elles se retrouvèrent à nouveau sur la pelouse en bas des tours.

— C'est ce que vous vouliez dire à l'ambulancier ?

— Oui... Mais j'ai décidé de me taire. Des histoires tout droit sorties de l'imagination d'un petit garçon... Quelques années après, j'ai démissionné. J'avais rencontré quelqu'un. On a vécu ensemble jusqu'à récemment. Elle est morte d'un cancer du sein.

La femme sur les photos, se dit Eva. Un couple de lesbiennes sans enfants.

— Et Joel ? Vous l'avez revu depuis ?

— Non. Ni aucun autre Klingberg. J'ai seulement lu les articles dans la presse. Ça m'a fait de la peine. L'argent ne fait vraiment pas le bonheur.

En se dirigeant vers Stockholm au volant de sa voiture, Eva se sentait bizarrement vide. Elle parcourut les stations de radio et tomba finalement sur la plus insipide, *Tubes tranquilles*. Elle écouta des slows mielleux en regardant approcher le centre-ville.

La circulation s'intensifia. Au goulot d'étranglement de Norrtull, elle fut immobilisée et en profita pour consulter son téléphone : un message de Marianne Lindblom sur sa boîte vocale. Elle l'écouta pendant que les voitures avançaient comme des escargots vers Stockholm.

Jorma avait été localisé : il se trouvait en soins intensifs à l'hôpital de Söder.

L'obscurité se peuplait progressivement de sons. Des voix. Quelqu'un poussa un juron. Sur un arrière-plan de cendres, des visions oniriques se détachaient, figures en 3D sur un grand écran mental. Julin, blême, en sueur, tenait le Glock d'Emir. L'autre, l'homme aux tennis blanches qui s'en était pris par erreur à Jorma..., n'avait pas de visage. Il le dissimulait sous sa capuche. Muet, comme si on lui avait coupé les cordes vocales. Pourtant, Julin parlait avec quelqu'un. Il y avait donc une troisième personne dans la pièce.

On discutait en russe, mais les paroles que Katz croyait entendre ne devaient pas être réelles. Elles appartenaient certainement à son délire, à l'état second dans lequel on l'avait plongé de force au moyen d'un psychotrope dont il ne reconnaissait pas les effets. Il n'avait jamais rien éprouvé de tel. Pourtant, il avait testé la plupart des substances existantes. Cette apathie... Cette sensation de ne plus être en vie...

Kak diela, Dania? lui demanda une voix. Comment ça va, Danny? Il répondit par une expression familière : *Normalno!*

Marmonnant solennellement des vers rimés, l'homme disparut par une porte de sa conscience aussi soudainement qu'il était apparu.

À nouveau le noir complet… L'impression d'être sous chloroforme, de sombrer dans la torpeur, corps et âme. À travers une étroite fissure dans son esprit, il voyait Julin penché au-dessus de lui, si proche qu'il sentait l'odeur de sa respiration et la chaleur de sa peau.

— Qui d'autre sait que tu es là, Katz ?

Ne pas répondre. Ne rien donner. C'est ce qu'on lui avait inculqué à l'armée. *Dès que tu auras parlé, tu ne leur serviras plus à rien. Ils auront obtenu ce qu'ils voulaient et tu seras bientôt mort.*

— On a trouvé ta voiture. Tu es venu avec quelqu'un ?

Ligoté sur sa couchette, Katz fit semblant de murmurer.

— Qu'est-ce que tu dis ? Parle plus fort !

Katz baissa encore la voix. Julin se pencha plus en avant. Malgré la dose de cheval qu'on lui avait injectée, Katz ne pouvait pas le manquer. Il lui cracha au visage.

— Va te faire foutre, connard !

Julin leva le poing, mais quelqu'un que Katz ne parvenait pas à voir siffla depuis un coin de la pièce.

Julin fut alors remplacé par l'homme à la capuche, dont la peau exhalait toujours la même odeur d'huile anti-insectes. Katz sentit également des effluves de bouleau brûlé ; on avait allumé un poêle quelque part dans la maison. Lorsqu'il tenta une seconde fois de cracher au visage de son agresseur, sa tête retomba, sans force, et il perdit connaissance.

Se transformant en impulsion électrique à l'intérieur d'un serveur informatique, Katz s'enfonça dans un système d'exploitation. Il se déplaçait à la vitesse de la lumière le long de semi-conducteurs. Soudain, il découvrit une faille dans le code source et y installa une porte dérobée masquée en fichier système. Si j'ai besoin de revenir, se dit-il. Si j'ai besoin de m'échapper…

Brusquement, Glämsta. La colo juive. Les dortoirs dans les maisonnettes en bois rouge et blanc, le kiosque, la montagne secrète, la plage, le terrain de foot où, tous les ans, on organisait les maccabiades poussin. Il s'était toujours senti exclu... Même en tant que Juif, il ne faisait pas l'affaire.

L'homme à la capuche se pencha sur lui, hésitant. Sa respiration était étrangement lente, il ne reprenait son souffle que toutes les trente secondes.

Le flacon emmailloté protégeait Katz. Il le sentait sans pouvoir l'expliquer. Il ne comprenait même pas d'où lui venait cette impression. Personne n'avait trouvé l'objet en le fouillant. La figurine avait glissé dans la doublure de son blouson à travers un trou dans sa poche intérieure. Elle reposait désormais contre sa hanche. Katz sentait son étrange pouvoir. L'homme à la capuche aussi, contrairement aux autres personnes présentes.

La voix du troisième homme retentit :

— Mais qu'est-ce qu'on va foutre de lui, bon Dieu?

Pontus Klingberg?

Katz sombra à nouveau, s'échappant ainsi de sa geôle. Il se retrouva soudain en pyjama. Benjamin était assis à table dans la cuisine et tenait un grand passeport. Sur la page de garde, on lisait « J ». Anne essayait de le lui prendre, mais Benjamin refusait de le lâcher il lui assena une gifle du dos de la main. Elle tomba par terre. Devant ce spectacle, la gorge de Katz se serra. Il ressentit une angoisse insoutenable. Deux filets de sang rose s'écoulaient des narines de sa mère.

— *Ferdamte chikse!* lança son père d'une voix étrange, en yiddish.

En traitant sa femme de non-Juive, de Suédoise, il l'insultait. Elle venait effectivement d'un village au sud de Krokom, dans la campagne du Jämtland.

Elle se releva sans un mot et tenta à nouveau de lui prendre le document. Cette fois, elle y parvint.

Benjamin en caleçon ; le bout de sa bite circoncise dépassait, pendouillant. « Chaque fois qu'on pisse, on se souvient de ce qu'on est. »

Il pleurait, le visage dans ses mains. Anne, penchée au-dessus de l'évier, se rinçait la bouche. Aucun des deux ne semblait remarquer Katz – comme s'il était invisible.

Sa mère rangea le passeport – un document autrichien – dans un tiroir tout en haut d'un placard. Son père s'était mis à parler de ses parents Chaïm et Sara, enterrés dans un kibboutz entre Jaffa et Tel Aviv – les grands-parents que Katz n'avait jamais rencontrés. Benjamin avait été obligé de tuer un homme pour eux, et pour ce passeport. Katz n'y comprenait rien. Qui son père avait-il tué ?

Debout sur le seuil de la cuisine, il demanda :

— Qui tu as tué, papa ?

Un long silence s'installa. Ses parents avaient enfin remarqué sa présence.

— Un sale porc, répondit finalement sa mère en détournant le regard. Il y a longtemps. Il le méritait.

Nouveau plongeon dans l'obscurité –, cette fois moins dense, comme délavée. Il remontait lentement à la surface, traversant les fines strates de sa conscience. Il ouvrit les yeux. Au bord des stores baissés, des lambeaux de soleil filtraient. Il faisait jour.

L'homme à la capuche était toujours debout à côté de lui. Katz entrevit son visage. Sombre. Les yeux plissés.

Mort, se dit-il. Il ne put expliquer ce constat. L'homme était tout au plus animé d'un simulacre de vie.

Katz prit soudain conscience de son propre corps endolori. Malgré tous ses efforts, il ne parvint pas à faire le moindre mouvement. Il était encore attaché, allongé sur une robuste planche posée sur des tréteaux.

Pourtant, il ne ressentait aucune peur. Aucune émotion. Manifestement, il était paralysé. Il ne pouvait bouger ni les mains ni les pieds. Seule sa respiration fonctionnait, comme en pilotage automatique. Et ses paupières. Il pouvait cligner des yeux. Il voyait.

On lui avait ôté chaussures et chaussettes, mais pas le reste de ses habits. Il se sentait encore protégé par le pouvoir diffus du flacon. Tant que l'objet émettait son énergie tout près de lui, l'homme à la capuche ne lui ferait aucun mal.

Le mort. Il n'agissait que sur ordre d'autrui. Privé de volonté propre. Privé de vie.

Enfin, tout cela n'était certainement qu'une hallucination.

Katz perçut alors un mouvement au fond de la pièce. Le troisième homme lui tournait le dos. Vêtu d'un manteau léger de couleur sombre, il parlait tout bas à Julin. Katz n'entendait qu'un marmonnement sourd mais, à plusieurs reprises, il distingua son nom.

L'homme à la capuche toucha le pied de Katz. Un froid étrange… Inouï. Non pas la fraîcheur que l'on sent sur la peau de quelqu'un qui souffre du froid, mais un courant glacial provenant de l'intérieur, des organes, comme si un sang frigorifié coulait dans ses veines.

Brusquement, Katz eut envie d'héroïne. Le manque avait surgi de nulle part, inopinément.

Depuis quand je ne suis pas allé à une réunion des NA ? Quand je sortirai d'ici, je me dépêcherai d'en trouver une. C'est une promesse que je me fais à moi-même.

Julin s'approcha.

— Katz, tu m'entends ?

Katz n'eut pas la force de lui cracher au visage. Il cligna des yeux.

— Tu devrais bientôt retrouver la parole. Ce qu'on t'a donné n'affecte pas l'élocution. Essaie d'utiliser ta voix. Dis quelque chose, n'importe quoi.

— Non...

Exact. La voix de Katz était faible, mais il avait bien retrouvé la parole.

— Parfait. Maintenant, on peut communiquer. Dis-moi tout ce que tu sais sur le meurtre d'Angela et l'enlèvement de Klingberg. Et ce que tu as pu transmettre ... À qui en as-tu parlé ? Est-ce que quelqu'un sait que tu es ici ?

Katz ne dit rien. Pourquoi rendre ce service à Julin ?

— D'accord... Écoute, on est un peu pressés. De toute façon, je t'obligerai à répondre, tu comprends ?

Julin lui montra les photos cachées derrière la prise électrique.

— Tu les as subtilisées chez moi, si j'ai bien compris... Regarde-moi quand je te parle !

— Espèce d'ordure... Tu m'as fait porter le chapeau.

Gagné par la haine, Katz parvint à parler :

— Je me vengerai. Je t'en fais la promesse, Julin...

Celui-ci resta impassible.

— Tu as raison. Je vais être sincère avec toi. Dans cette histoire, on s'est servi de toi comme bouc émissaire. Maintenant, je voudrais que tu sois sincère avec moi en échange. À qui en as-tu parlé ?

— Va te faire foutre...

Julin hocha la tête et sortit de la pièce, accompagné des deux autres. Une porte s'ouvrit, vomissant une cascade de lumière et la réabsorbant aussitôt. Katz était désormais seul. Y avait-il autour de lui quelque chose dont il pouvait se servir pour se détacher ? Non, rien. Aucune importance. De toute façon, il était paralysé. La drogue agissait encore sur ses muscles.

Glissant à nouveau dans la somnolence, il eut la vision d'une vieille femme noire, qui tenait un hochet en os et une brosse faite à partir de plumes de poules : Marie Bennoit... D'un pas traînant, elle tournait autour de lui en chantonnant. Brusquement, elle se transforma en Eva Dahlman, avec ses marques de morsures autour du cou.

Pardon, Eva, pensa Katz avant de sombrer dans un précipice rouge sang, tout au fond de son être.

Elle venait d'effectuer une visite décisive à l'hôpital de Söder, où Jorma avait été transféré l'après-midi même des soins intensifs en réadaptation. Dans le couloir, devant sa chambre, un policier veillait, seul, assis sur un tabouret. Eva lui avait montré sa carte de l'Office. L'homme l'avait laissée entrer sans plus de cérémonie.

Ils ne s'étaient pas revus depuis leurs quatorze ans, mais Jorma n'avait pas changé. Beau, à sa manière, tout comme Katz, mais plus grand et plus calme. La chevelure noire, les yeux bruns. Malgré toute une vie passée en Suède, il conservait un léger accent finnois. Jorma était un homme bon au grand cœur – un des seuls qu'avait connus Eva –, sauf avec ses ennemis.

Manifestement, elle non plus n'avait pas changé. Il la reconnut immédiatement. Il n'avait pas dit un mot aux policiers qui l'avaient interrogé, mais il décida de lui faire confiance.

— Qu'est-ce qu'ils peuvent y faire, les flics? Je n'ai pas envie de les mêler à tout ça. Tu es flic, Eva? Je le sens à ton odeur.

— Procureur, répondit-elle. Il faut que je le retrouve… Personne n'a encore fait le rapprochement entre vous.

Les cordes vocales de Jorma avaient souffert. Il lui expliqua la situation dans un murmure.

Après le meurtre d'Angela Klingberg, Katz était convaincu d'être victime d'un complot. Jorma l'avait aidé à se planquer. Katz était sur une piste en rapport avec son ancien chef, Rickard Julin, le patron de Capitol Security.

— Mais un Judas l'a trahi ! ajouta Jorma avec un sourire endolori.

Jorma, pour sa part, avait été réveillé en pleine nuit par un homme debout à côté de son lit. Après avoir été frappé et étranglé, il avait perdu connaissance. Manifestement, Katz lui avait sauvé la vie.

— Mais ce n'était pas moi qu'ils cherchaient. C'était lui. Ils se sont trompés de proie.

Depuis qu'il avait émergé de l'anesthésie, il n'avait eu que des contacts indirects avec Katz. Ils communiquaient à travers la sœur de Jorma et un dénommé Emir.

En route vers Katrineholm, Eva tenta de rassembler les pièces du puzzle.

Katz s'était introduit par effraction chez Julin, mais n'avait pas trouvé ce qu'il cherchait – sûrement des preuves démontrant le rôle de son ancien chef dans l'affaire. En tout cas, c'est ce qu'Emir avait raconté à la sœur de Jorma. Emir avait prêté une arme à Katz – un Glock. Plus tard, Katz l'avait appelé au téléphone. Il avait besoin de l'arme un peu plus longtemps que prévu. Il n'avait pas mis la main sur Julin, mais pensait savoir où il se trouvait. La conversation avait eu lieu la veille, et Katz n'avait pas donné signe de vie depuis.

Elle approchait de Strängnäs. La lumière déclinante du jour écorchait les vitres et se frottait au paysage qui défilait à cent quarante kilomètres heure sous ses yeux.

Katz était-il tombé amoureux d'Angela Klingberg ? C'est ce que Jorma avait sous-entendu. Cette idée dérangeait Eva.

Jalouse ? Après tout ce temps ?

Au chevet de Jorma, elle avait été assaillie par une multitude de souvenirs de cet été-là. Leur mode de vie excessif, destructeur. Leur recherche de sensations fortes. Même douloureuses, elles leur rappelaient à tout les trois qu'ils étaient bel et bien en vie. Elle avait profondément aimé Katz. À l'époque, le seul fait d'être dans la même pièce que lui la rendait folle de désir. Elle avait eu trois ou quatre amants auparavant – des hommes plus âgés qui avaient profité d'elle. Mais avec lui, elle avait l'impression que c'était la première fois.

Eva laissa errer ses pensées. Rickard Julin… Que savait-elle de lui, au juste ? Quasiment rien. D'après Danielsson, l'ancien officier avait occupé un poste haut placé dans le contre-espionnage avant de se reconvertir dans le secteur privé. Ce parcours militaire dérangeait Eva.

Elle prit la sortie vers Katrineholm et s'engagea sur une route étroite bordée d'une forêt dense. Elle fut obligée de ralentir.

Quelque chose de grave était arrivé à Katz, elle en avait le pressentiment. En quittant la banlieue de Midsommarkransen, il avait emporté le téléphone de Jorma.

— Tu me promets de ne pas moucharder, Eva ? lui avait demandé celui-ci. Mon téléphone a un GPS incorporé qu'on peut actionner à distance en cas de vol ou de perte. Il suffit d'avoir le code d'accès pour trouver sa position.

Elle avait consulté les satellites. Depuis plus de vingt-quatre heures, le téléphone se trouvait dans une parcelle de forêt appartenant aux Klingberg, attenante à leur propriété du Sörmland, à quelques kilomètres de l'habitation principale.

Elle avait essayé de joindre Pontus Klingberg à son bureau. Absent. En voyage d'affaires. On ne lui avait pas donné plus de détails.

Pontus Klingberg était-il le cerveau de l'affaire ? Eva accéléra. Avait-il voulu anéantir celui qu'il détestait le plus au monde, c'est-à-dire son propre frère ? Avait-il organisé l'enlèvement, puis le meurtre de son fils ?

Il serait alors parvenu à effrayer Gustav en lui envoyant des objets des Caraïbes, ce qui avait conduit la police sur une fausse piste... Gustav avait catégoriquement refusé de collaborer aux interrogatoires. Il avait même demandé à ses relations haut placées de geler le dossier.

Puis, neuf ans plus tard, Pontus aurait fait assassiner Jan et Joanna Klingberg en maquillant le meurtre en suicide ?

Gustav avait modifié son testament au profit de son fils égaré, Jan, mais Pontus ne courait pas après l'argent. Peut-être avait-il simplement décidé de se venger de toutes les humiliations qu'il avait subies.

Et, pour finir, il s'en serait pris à Joel, éradiquant ainsi la dernière goutte de sang noir qui circulait dans la famille. Et il aurait pris un malin plaisir à l'humilier en séduisant d'abord sa femme.

Mais une question subsistait : pourquoi faire de Katz son bouc émissaire ?

À son réveil, Katz était incliné en arrière. On avait enlevé un des tréteaux sous sa planche et on lui avait attaché les bras en dessous. Du bout des doigts, il pouvait sentir le sol.

Au pied du tréteau restant, il aperçut une bouteille de bière vide. S'il parvenait à l'attraper, à la briser… Pour cela, il aurait fallu que son corps lui obéisse.

Il sentait le sang affluer vers sa tête : une légère douleur aux tempes, une certaine difficulté à respirer. Plusieurs couches de scotch isolant retenaient fermement sa tête à la planche. L'adhésif était collé à son front, l'enserrant comme un étau.

Penché sur un lavabo, Julin remplissait un bidon d'eau. Katz percevait de vagues bruits provenant de l'extérieur. Le jacassement d'une pie. Le bourdonnement d'un générateur.

Il ferma les yeux. En les rouvrant, il vit Julin devant lui, un bandeau de tissu noir entre les mains. Ce visage autrefois si familier lui était devenu complètement étranger – celui d'un homme qu'au fond il ne connaissait pas.

Puis, le noir. Une odeur de textile. Il eut l'impression qu'on éteignait la lumière. On serra la toile autour de sa bouche et de son nez jusqu'à ce qu'elle adhère parfaitement.

Si tu ne peux pas fuir, rentre en toi-même.

Lorsque l'eau se mit à ruisseler sur le tissu, il eut un premier haut-le-cœur. Son estomac se retourna. Douleurs musculaires dans le thorax et l'œsophage. De l'eau, de l'eau partout, il respirait de l'eau, il se noyait...

Il tenta de garder son calme, de se répéter que c'était une illusion, que ses sens se trompaient. *Ce n'est que de l'eau. Tu n'en mourras pas.*

Il toussa et reprit bruyamment son souffle. Le cauchemar recommença, la sensation que ses poumons s'emplissaient de liquide. Convulsions. Il vomit de la bile.

— Je sais que tu t'es introduit dans la base de données de Capitol, Katz. Tu as laissé des traces. Et tu es entré chez moi par effraction. Je veux que tu me dises ce que tu sais.

Faux. Le hacking de Katz était impossible à détecter, mais Julin tentait sa chance.

— Je veux aussi savoir si tu en as parlé à quelqu'un d'autre. À ton ami Jorma, évidemment, mais il est hors d'état de nuire.

Faux, encore une fois.

— On s'attendait bien à le trouver dans l'appartement, mais on croyait que tu y serais aussi. On s'est trompé. Il est possible que quelqu'un d'autre soit au courant. Je veux des noms.

L'eau coulait sur le tissu. Katz tentait de respirer aussi calmement que possible, d'entrer en lui-même, de plonger dans le tréfonds de son esprit... Mais l'eau était partout et ses réflexes se manifestaient à intervalles, de plus en plus rapprochés. La panique le menaçait, l'hyperventilation, il avait l'impression que ses poumons allaient exploser.

— On aurait évité tout ça si la police avait fait son boulot. Enfin, maintenant, tu es là et je veux savoir à qui tu as parlé de l'affaire.

Je te tuerai. Je m'en sortirai parce qu'il le faut : pour me venger, pour te tuer. Sale porc.

— À qui appartient la voiture ?

Gagner du temps, se dit Katz en poussant un hurlement de douleur. Il gargouilla. Dans sa bouche, du flegme et du sang se détachèrent des muqueuses, il essaya de les ravaler mais n'y parvint pas.

Puis, tout s'arrêta. Il sombra dans l'inconscience. Bientôt, il allait mourir. On ne le laisserait pas en vie.

Lorsqu'il se réveilla, tout était tranquille autour de lui. Par une fenêtre, il aperçut le crépuscule. Un merle chantait. Julin était assis dans un fauteuil à l'autre bout de la pièce.

— Qu'est-ce qu'on va bien pouvoir faire de toi, Katz ?

Katz tourna la tête – on lui avait ôté son scotch et on avait essuyé l'eau autour de la planche.

— Julin, tu es un homme mort.

— Je tremble de peur, répondit Julin en croisant les jambes.

— Où est Joel ? Il est mort ? demanda Katz.

Il s'efforçait de mémoriser tout ce qui l'entourait.

La bouteille de bière était toujours posée par terre.

— Comment ça ?

— Explique-moi de quoi il retourne.

L'effet de la drogue s'atténuait. Dans l'esprit de Katz, le brouillard se dissipait. Ses sensations commençaient à revenir. On avait légèrement desserré les cordes autour de ses jambes – ou bien elles s'étaient relâchées d'elle-mêmes quand il réagissait à la simulation de noyade.

— L'argent et les secrets, Katz. Rien à voir avec toi.

— Qui te paye ? Pontus Klingberg ?

Julin s'approcha de la fenêtre, souleva prudemment un coin de rideau et jeta un coup d'œil au-dehors.

— Quelle importance ?

Il n'y avait aucun bruit dans la maison. Katz se demanda où étaient passés les autres. Avaient-ils laissé Julin terminer seul le sale boulot ? Quoi qu'il en soit, Katz essaya de se figurer sa propre mort. Inconcevable.

— Pourquoi tu m'as aidé, au début ? Tu m'as donné des renseignements sur Joel, et ensuite sur Angela.

— J'étais convaincu que tu ne t'en sortirais pas.

Soudain, Julin lâcha le rideau et quitta de la pièce.

Dix minutes s'écoulèrent en silence. Katz en profita pour tirer sur les liens autour de ses jambes, qui se distendaient peu à peu. En étirant la cheville, il atteignait la bouteille du pied. Doucement... Il fallait qu'elle tombe du bon côté et qu'elle roule vers lui. Il crispa les orteils et sentit une crampe naissante lui saisir le mollet. Enfin, il trouva prise et renversa la bouteille, qui roula, ralentit et s'arrêta juste à côté de lui.

Il tendit l'oreille, immobile. Seul le merle chantait au-dehors. Lentement, en tiraillant sur les cordes autour de ses poignets, Katz parvint à introduire un doigt dans la bouteille. Il la souleva et l'abattit contre le sol. À l'instant où le col se détacha du reste, qui roula dans un coin, il toussa bruyamment pour couvrir le fracas.

Il enfonça le col sur son index droit à la manière d'un dé à coudre. Le bord était hérissé de pointes coupantes.

Soudain, un bruit. Un coup de feu à l'extérieur, puis un autre, plus feutré. Enfin, le silence.

Deux coups de feu... Un exécution, songea Katz. Qui avait tiré ? Sur qui ? Concentrant tout son esprit sur son ouïe, il attendit. Peut-être qu'un nouveau son viendrait expliquer ce qui s'était passé –, un cri ou un nouveau coup de feu... Mais rien.

Il entreprit de couper la corde et sentit le tesson pénétrer dans les fibres. Pas de temps à perdre. Il insista et se blessa. Du sang coula sur son poignet, collant à ses doigts, mais il n'éprouvait aucune douleur.

La porte s'ouvrit et l'homme à la capuche s'approcha de Katz en détournant le visage. Sa peau et ses vêtements exhalaient toujours la même odeur d'huile anti-insectes. Il se mit à fouiller Katz, qui saignait encore. La plaie était sans doute profonde.

La corde céda, mais l'homme ne remarqua rien. Katz visa l'ombre sous la capuche. Avant d'enfoncer de toutes ses forces le tesson dans le visage dissimulé, il eut un bref sourire. La matière résista mollement, comme du caoutchouc, puis le tesson pénétra dans la chair et y resta fiché – sans doute dans la joue.

L'homme n'eut aucune réaction. Il continua à fouiller le blouson de Katz comme si de rien n'était. D'ailleurs, il finit par trouver le flacon emmailloté dans la doublure. De grosses gouttes de sang tombaient sur le torse de Katz. Un mort. Une créature sans vie.

Manifestement effrayé par l'objet, l'homme le remit dans la poche du blouson et se redressa.

Insensible à la douleur, le type ne semblait pas se rendre compte qu'il avait un tesson de bouteille fiché en pleine figure. Il était drogué, il n'y avait pas d'autre explication.

Un appel résonna quelque part dans la maison, et l'homme sortit.

Lorsque Katz revint à lui, le sang avait coagulé autour de son poignet. Il était étendu sur le sol, au pied du fauteuil, dans la faible lueur du soir. Il parvint à se lever, mais ses jambes le portaient à peine.

Au bord de la route, là où étaient auparavant garés plusieurs véhicules, Katz trouva une grande flaque écarlate et le Glock jeté par terre. Il le remit dans sa poche. Les traces de pneus ne conduisaient pas au manoir mais dans la direction opposée, vers Vingåker, à travers les bois.

Il retourna à la cabane et la fouilla méthodiquement, pièce après pièce. Le ménage avait été fait. Minutieusement. Aucune trace de présence humaine. Les meubles étaient recouverts de draps. Rien n'indiquait que Joel Klingberg aurait pu être retenu prisonnier.

Pourquoi tenter de me tuer, puis me relâcher ? Sur qui a-t-on tiré ? se demanda Katz en se mettant en marche vers le manoir d'Ormnäs. Il avait l'impression d'être le pion dans le jeu d'un enfant qui en changeait les règles quand ça lui chantait.

Dans le hall au carrelage noirci, les murs étaient revêtus de panneaux en noyer et un lustre en cristal à dix branches pendait au plafond. À droite, un escalier incurvé menait à l'étage. Au fond de la pièce, un poêle en faïence trônait, décoré de scènes bucoliques peintes à la main et de frises florales, surmontées d'une jolie moulure.

Elle entendit le craquement du bois en train de brûler. Un rayon de lumière s'échappait par l'entrebâillement d'une porte en chêne. La poussant, elle pénétra dans un salon dont les fenêtres donnaient sur un jardin en terrasses baigné par un faible clair de lune. Un grand tapis oriental couvrait le sol. Des meubles Empire. Des fauteuils d'époque parés de coussins. Des bougeoirs à miroirs sur les murs. Comme dans une église, se dit-elle. Ou un temple.

Au fond de la pièce, à une dizaine de mètres, deux têtes d'élan empaillées la regardaient fixement. Un feu crépitait dans une énorme cheminée ornée d'une fresque représentant les armoiries d'une famille noble.

Pontus Klingberg était assis dans un fauteuil, les jambes sur un repose-pieds, le regard perdu dans les braises.

— Le blason de la famille Bielke, dit-il sans se retourner, en indiquant l'écusson d'un signe de tête. Mon père a acheté le domaine à un baron ruiné. C'est le principe sur lequel Gustav a construit son empire… Acheter bon marché, de préférence à un vendeur au bord du gouffre… Profiter d'une position de force à un moment donné, sur un marché donné.

La lueur des flammes dansait sur le sol, où gisaient des serviettes en papier tachées de sang.

— Qui êtes-vous ? demanda-t-il brusquement.

— Une connaissance de Danny Katz.

— Vous savez où il est ?

— Je… Je croyais que vous le sauriez.

Son bégaiement reprenait, elle l'avait senti venir avant même de prononcer la phrase. Cela faisait très longtemps que ça ne lui était pas arrivé, au moins depuis la naissance de ses enfants. La peur, sans doute. Elle était censée avoir peur, en tout cas. Seul Jorma savait qu'elle était là. Danielsson aurait pu lui fournir un pistolet de service. Elle aurait également pu en prendre un dans l'armurerie de l'Office. Elle connaissait le code, et les armes étaient si rarement utilisées que personne n'aurait rien remarqué. Mais, dans sa précipitation, elle ne s'était pas donné le temps de réfléchir.

— Si je savais où il était, je le tuerais. À mains nues.

Pontus Klingberg pleurait en silence.

— Putain de Juif… Il l'a tuée…

Il parlait faiblement, tout juste un murmure. Sa barbe de trois jours luisait, humide, devant l'âtre.

— On se retrouvait ici pour nos rendez-vous amoureux, quand Joel était parti en voyage. C'était risqué, mais je ne me sentais pas spécialement coupable. Mes sentiments pour elle éclipsaient tout le reste. Leur mariage était sur le déclin. Elle voulait des enfants… J'aurais pu lui en donner.

Il hocha la tête, les yeux toujours perdus dans les flammes. Puis il prit un verre d'eau posé sur le sol et en but une gorgée.

— Nous étions sur le point de l'annoncer à Joel. On avait même décidé quel jour on allait le lui dire. Pourtant, on savait que ça ferait un scandale. Pauvre Joel, je le voyais déjà, désespéré. Sa femme le quittant pour son oncle. Mais nous n'avons pas eu le temps. Il a disparu avant. Ce psychopathe de Juif l'a enlevé. Et tué, je suppose. Comme il a tué Angela.

Pontus Klingberg soliloquait, égaré. Il ne semblait pas se soucier de la présence d'Eva, ni se demander ce qu'elle faisait là. Il pensait tout haut. Il mettait des mots sur sa douleur.

— Quand Joel a disparu, elle a eu des remords. Comme s'il fallait un événement de ce genre pour qu'il reprenne de l'importance à ses yeux. Qu'elle s'inquiète pour lui. Elle ne voulait plus qu'on se voie… Elle est venue à Djursholm m'annoncer que c'était fini entre nous. Ensuite, elle a pris contact avec Katz, qui a fait semblant de vouloir l'aider.

Du sang gicla sur la chemise de Pontus Klingberg, qui appuya un mouchoir en papier sur son visage en se pinçant la racine du nez jusqu'à ce que l'écoulement cesse.

— Une malédiction héréditaire. Les crises sont violentes mais elles passent vite.

Il fit un geste. Eva eut un mouvement de recul.

— 1970, dit-elle. Vous avez fait enlever Kristoffer.

— Vous êtes folle !

— Joel a dit qu'un homme qui faisait semblant d'être soûl les épiait à proximité du lieu de l'enlèvement. Et qu'on les avait suivis.

— Joel a toujours eu beaucoup d'imagination.

Il posa sur elle un regard perplexe et secoua doucement la tête.

— Gustav avait reçu des objets en rapport avec l'enlèvement, reprit Eva.

— Il en recevait tout le temps. La mère de Jan avait jeté un sort sur la famille… C'est la coutume d'envoyer ce genre de symboles, ça entretient la peur. Vous n'êtes jamais allée là-bas, vous ne pouvez pas comprendre. Vous ne pouvez pas imaginer à quel point les croyances dans le vaudou et dans le *fuku*, le mauvais sort, sont fortes.... Les illusions que ça crée, l'autosuggestion.

Il saignait à nouveau. Il jura tout bas et pencha la tête en arrière en se couvrant le visage.

— Les jouets qu'on recevait par la poste... Les Marassa, Erzulie Freda et tout le reste... Ça n'avait rien à voir avec la disparition de Kristoffer, même si mon père en était convaincu. Il a été enlevé par une femme. Parce qu'elle en avait l'occasion. Peut-être une pédophile. On a trouvé des indices qui allaient dans ce sens. Jan et moi, nous n'avons pas toujours été de grands amis, mais après la disparition de son fils, ça a changé. On a engagé des gens pour le retrouver. Des experts en sécurité... Des détectives privés... Des militaires qui voulaient arrondir leurs fins de mois... La police tournait en rond ou, plutôt, mon père bloquait l'enquête parce qu'il avait une trouille bleue des malédictions. Peu avant la mort de mon frère, on a obtenu des renseignements provenant de Hollande. Il était possible que la femme ait vendu Kristoffer à un réseau pédophile juste après l'enlèvement. Ils l'auraient exploité... et éliminé environ un an plus tard. On a appris ça en juin 1979, neuf ans après sa disparition. Ça a été le coup de grâce pour mon frère et sa femme. Si cette information était vraie, il n'y avait plus aucun espoir. Quelques semaines plus tard, ils se sont suicidés.

Pontus Klingberg se pinça le bras.

Eva aurait donc fait erreur? Compris toute l'affaire de travers? Et Sandra Dahlström aussi?

— Récemment, une filiale de Klingberg Aluminium a fait un virement de cinquante millions de couronnes sur un compte en banque dans les îles Vierges. Vous pouvez m'expliquer de quoi il s'agit?

Pontus Klingberg lui lança un regard glacial.

— Vous ne vous êtes pas présentée, que je sache. Je suppose que vous êtes de la police.

Ils entendirent un bruit dans l'entrée. En se retournant, elle entrevit un homme qui traversait le hall : Katz, armé d'un pistolet. Elle ne l'avait pas revu depuis l'adolescence.

Et si elle s'était trompée sur toute la ligne ? Elle était assaillie par des sentiments contradictoires. Si Katz était coupable des deux crimes…

Elle se tourna vers Klingberg, qui saignait toujours abondamment du nez.

— Qui êtes-vous ? répéta-t-il. J'aimerais comprendre ce qui se passe…

Elle ne répondit pas. Sa décision était prise. En quittant la pièce à reculons, elle n'avait qu'une chose en tête : sortir Katz de ce guêpier avant qu'il ne commette l'irréparable.

Troisième partie

Assise sur un banc à une cinquantaine de mètres de l'aire de jeux, elle observait les enfants à travers les arbres. Ils sautaient sur des trampolines. Elle le repéra immédiatement, comme si elle était équipée d'un radar spécialement conçu pour reconnaître sa gestuelle. Il portait sa casquette Flash McQueen, des tennis de marque excessivement chères qu'Ola lui avait achetées et le blouson en jean qu'il avait hérité de Lisa. Un peu à l'écart des autres, il tenait la main d'une maîtresse. Sa petite silhouette semblait bien frêle dans le soleil.

Levant les yeux vers la maîtresse, il lui dit quelque chose. Eva se demanda quel effet cela faisait de devoir sans arrêt lever les yeux sur des gens deux fois plus grands.

Ils avaient formé une famille. Autrefois. Elle avait aimé Ola. À l'époque, elle ne pouvait imaginer de vivre sa vie autrement qu'avec lui et les enfants. Tout cela lui paraissait désormais bien lointain. Incroyable, même.

Dans la lettre posée sur ses genoux, un message d'une brièveté martiale l'informait qu'Ola avait engagé un avocat spécialisé en droit de la famille et déposé une demande pour obtenir la garde exclusive des enfants.

La guerre est déclarée, se dit-elle.

L'été était arrivé tardivement mais, désormais, la ville entière verdoyait. L'odeur des lilas se répandait dans les parcs. Une atmosphère fébrile.

Elle envisagea d'appeler chez elle pour prendre des nouvelles de Katz, pour entendre sa voix, pour lui insuffler un peu d'espoir.

Toujours recherché par la police, il était désormais planqué chez elle. C'était de la folie, mais que faire d'autre ?

Au moins, la presse était passée à autre chose. La Coupe d'Europe de football était sur le point de commencer.

Seul Jorma, entièrement rétabli après son séjour à l'hôpital, savait où se trouvait Katz.

Eva était en arrêt maladie. Elle avait appelé son médecin, lui expliquant qu'elle se sentait lessivée, au bout du rouleau. Il lui avait généreusement donné une semaine pour récupérer.

Elle se demandait si cela leur suffirait pour démêler cette affaire inextricable.

L'apparition de Katz au manoir resterait à tout jamais gravée dans sa mémoire. Même épuisé par ce qu'il venait de vivre – la torture ! –, il était resté le même. Elle aurait été capable de le reconnaître au milieu de la foule, à deux cents mètres de distance, sans l'avoir revu depuis trente ans. Si elle ne s'était pas mis en tête de l'éloigner de Klingberg, il s'en serait pris à un innocent…

Trépignant sur le plateau d'une camionnette, des bacheliers en liesse se dirigeaient vers le centre-ville. Les festivités de fin d'année scolaire avaient commencé. Un joggeur au torse dénudé passa devant le banc d'Eva. Le parc s'emplissait peu à peu. Une classe de tout petits enfants gazouillants marchait en rang vers l'aire de jeux.

Devant le marchand de glaces, deux femmes se parlaient en langage des signes. Eva était fascinée par cette syntaxe spatiale, par la beauté théâtrale des gestes, et ces mains devenues instrument du langage. Sauf ce jour-là. Les deux femmes la dérangeaient.

Elle jeta un coup d'œil à son téléphone. Quatre appels de Danielsson. Elle les effaça d'une pression, se demandant si son ancienne identité avait finalement été dévoilée. Sans doute pas encore.

Les deux sourdes-muettes, qui venaient de s'acheter des glaces à l'italienne, s'installèrent sur un banc.

Dans l'aire de jeux, Arvid jouait avec les autres enfants. Son petit garçon adoré…

Elle sursauta. En face, un homme approchait, la tête couverte d'une capuche. Il tenait dans la main un objet trop éloigné pour qu'elle puisse l'identifier et se dirigeait d'un pas ferme vers les enfants.

Un autre homme arrivait du côté opposé, vêtu d'un blouson en cuir marron, d'une casquette et de gants noirs. Au niveau des bacs à sable, il tourna abruptement vers le trampoline.

Le cœur d'Eva battait la chamade. Pétrifiée, elle contempla le spectacle en retenant son souffle.

Des rayons de soleil tombaient telle une flaque de lumière sur la scène. À deux mètres de ses pieds, quelques pigeons picoraient.

L'homme à la capuche accéléra le pas, il n'était plus qu'à trente mètres des enfants. Arvid dit quelque chose à sa maîtresse, dont la réponse le fit rire. Puis il sortit un objet de sa poche et le lui montra.

L'autre homme avait disparu derrière un entrepôt. Eva tourna brusquement la tête. Effrayés, les pigeons s'envolèrent.

Plus que trente mètres entre l'homme et Arvid.

Elle avait l'impression qu'elle allait mourir. L'homme leva la main et hurla, ce qui fit sursauter les gamins. Elle comprit alors ce qu'il tenait à la main : une laisse. Puis elle aperçut le border collie évadé qui filait entre les troncs d'arbres. L'homme se mit à courir après l'animal, s'éloignant dans le parc.

L'autre, l'homme au blouson de cuir marron, réapparut. Il se dirigeait manifestement vers la terrasse d'un café.

En enfonçant la clé dans le démarreur de sa voiture, elle constata que sa main tremblait. Elle respira profondément, sortit son téléphone de son sac et composa le numéro de son domicile. Elle raccrocha après quatre sonneries, comme convenu, puis rappela. Mais Katz ne répondit pas.

Soudain, le visage de Sandra Dahlström surgit dans son esprit. La photo du garçon sur l'étagère. Le portrait de la femme sur la table de chevet. Cette étrange sensation de déjà-vu pendant sa visite…

Le cabinet d'avocats se trouvait dans la Narvaväg, près du Karlaplan. Derrière un comptoir de marbre, une réceptionniste parlait dans un micro-casque.

— Vous avez rendez-vous ?

— Avec Ola Westin.

— Vous êtes… ?

— Eva Westin.

Des baies vitrées fumées donnaient sur la rue. Une verrière séparait la réception d'un open space. Elle y aperçut Ola et Erika penchés sur un landau. Ola regarda sa montre, dit quelque chose à Erika et s'éloigna.

Quelques minutes plus tard, on fit entrer Eva dans le bureau de son ex-mari.

— Qu'est-ce que tu fais ici ?

— Il faut qu'on parle.

— De quoi ? Tu te fiches du monde. Lisa a essayé de t'appeler tous les soirs, tu ne réponds même pas sur ton portable.

— Je suis désolée.

Elle contempla le poignet d'Ola, la montre Breitling au large bracelet en acier, les poils clairs sur le dos de sa main. Elle eut une pensée absurde : cette main avait malaxé ses seins et glissé sur ses cuisses, tard le soir, quand les enfants dormaient. Elle avait caressé sa joue dans les moments d'abattement ou de fatigue.

— Ce n'est pas la première fois, dit-il. Et tu continues… Ce comportement addictif… Et n'essaie pas de mettre ça sur le dos de ton enfance ou de tes parents. Ça ne change rien, on est responsable de ses actes.

— Junkie un jour, junkie toujours… C'est ce que tu veux dire ?

— Non. J'essaie de faire en sorte que nos enfants aillent bien, c'est tout.

Eva aperçut Erika à travers la vitre. Celle-ci avait sorti le bébé du landau et le berçait en leur lançant des regards inquiets.

— Ils se sont remis à parler de ce qui s'est passé à Pâques. Lisa est grande, maintenant, tu sais. Je la dépose à l'arrêt de bus devant l'école et elle va seule jusqu'à l'entrée. Elle comprend tout.

L'idée qu'Ola laisse sa fille parcourir seule les derniers mètres jusqu'à l'entrée de l'école lui déplaisait.

— Je croyais qu'ils dormaient, se justifia-t-elle.

— Eh bien, ce n'était pas le cas.

Une aventure de passage. Elle ne se rappelait même pas son nom. Un homme, voilà tout. Elle l'avait rencontré un week-end où les enfants étaient chez Ola et ramené à la maison, ivre. Il était réapparu à l'improviste, un soir de la semaine de Pâques. Erreur fatale : elle l'avait laissé entrer. Elle ne trouvait pas d'explication satisfaisante à ce geste. Peut-être avait-elle eu le sentiment de lui être redevable.

Il était plus de 22 heures et les enfants dormaient dans leur chambre – du moins, c'est ce qu'elle croyait.

Bizarrement, après une seule visite chez elle, l'homme s'était souvenu du code de la porte d'entrée, en bas. Elle lui avait proposé du Jack Daniel's et en avait bu, elle aussi. Trop. Ola avait raison, elle avait perdu le contrôle de la situation. Dieu sait comment, elle avait fini au lit avec l'homme. Le souvenir des enfants dans l'entrebâillement de la porte… Quand elle s'en était rendu compte, ils devaient les observer depuis un bon moment. Réveillés par ses gémissements. Apeurés.

— Et maintenant, je dois subir ma punition ?

— Non. Tu as besoin d'aide. Pour arriver à maîtriser ces tendances autodestructrices que tu as depuis que je te connais.

Ola faisait nerveusement glisser un crayon à papier entre ses doigts – ses ongles soignés, manucurés. Elle regarda les siens : courts, émoussés. Peu féminins.

— Tu comptes évoquer l'incident au tribunal ?

— Peut-être, je ne sais pas encore. Écoute, tout ce que je veux, c'est que nos enfants ne soient pas malheureux. Ni avec toi, ni avec moi. Mais ça ne marche pas. Ils ne vont pas bien. La maîtresse de Lisa dit qu'elle a eu des problèmes de concentration pendant tout le trimestre. Tu les aimes, je sais que tu les aimes, mais tu n'es pas capable de t'en occuper. Peut-être que tu le seras un jour… Je l'espère du fond du cœur. Mais jusque-là, ils habiteront chez moi.

Erika avait reposé le bébé dans le landau et semblait se demander si elle devait prêter main-forte à Ola pour se débarrasser de son ex-femme.

— Très bien, dit Eva. Je me résigne. Appelle ton avocat spécialisé en droit de la famille et dis-lui qu'on réglera le problème entre nous. Je te laisse les enfants, à condition que je puisse les voir deux jours par semaine. En ta présence, si tu veux, ça ne me dérange pas. Ensuite, on verra. Je vais faire un effort. Je vais consulter un psy ou quelque chose du genre. Tu as raison. À cent pour cent.

Il la scruta.

— Mais ça n'est pas tout, n'est-ce pas ?

L'air coupable, elle fit non de la tête.

— Il s'agit d'une femme. Sandra Dahlström. Je crois que tu l'as eue comme cliente à un moment donné.

Vingt mètres carrés bourrés de livres et de bibelots, de jouets peinturlurés, de masques en bois, de statuettes, de poupées d'enfants et de figurines en textile. Sur une desserte, une bouteille de rhum débouchée. Une forte odeur de parfum flottant dans l'air.

L'homme en face d'eux remarqua leurs regards curieux.

— Tout ne vient pas des Caraïbes, précisa-t-il. Je suis africaniste de l'ouest au départ, mais mes recherches sur le commerce des esclaves m'ont conduit à Haïti. Le vaudou est un sujet absolument passionnant. Il ne s'agit pas seulement d'une religion, mais d'une représentation du monde, d'un mode de vie, d'un héritage culturel… Et de l'expression symbolique de l'esclavage.

Il s'approcha d'une poupée assise sur un petit trône à l'autre bout de la pièce : un poupon ordinaire en bakélite, maquillé comme une femme adulte et vêtu d'habits bariolés.

— Erzulie Freda, l'une des quatre cents divinités de la nation vaudou. La diva des esprits. L'équivalent caribéen de Vénus, déesse de l'amour et icône gay. Les adeptes possédés par elle deviennent excessivement dragueurs, y compris envers les personnes du même sexe. Erzulie Freda adore les bijoux, les parfums français et les champagnes millésimés. Si je ne l'asperge pas de parfum le soir avant de me coucher, elle me met la pagaille. Enfin, sauf si on considère qu'une étagère chargée de classeurs qui s'écroule au milieu de la nuit est un hasard, ou que le robinet des W-C se casse brusquement sans raison. Alors j'espère que vous voudrez bien excusez l'odeur un peu étouffante de parfum Calvin Klein qui règne ici.

Du champagne, se dit Katz en regardant la desserte. Joel Klingberg s'était souvenu d'un bouchon de champagne sur le lieu de l'enlèvement de son frère. Il avait également peint une bouteille de parfum.

Jan Hammarberg, docteur en anthropologie culturelle, le plus grand spécialiste du vaudou en Suède, les recevait dans sa villa aux abords d'Uppsala. Il avait accepté sans broncher, probablement effrayé par l'allure patibulaire de Jorma – tatouages de prisonnier, bandage autour du cou, regard intransigeant. La visite comportait des risques, mais ils avaient désespérément besoin de nouvelles pistes.

— C'est une poupée vaudou ? demanda Katz en désignant Erzulie Freda.

— Ça dépend ce qu'on veut dire par là. Le terme « vaudou » signifie tout simplement « servir *lwa* », c'est à dire servir les quatre cent un esprits du système de croyance vaudou. Les poupées sont des représentations des esprits. En voici un autre intéressant : les Marassa.

Hammarberg attrapa deux figurines sur une étagère, des poupées aux traits africains, habillées à l'identique, en layette rose, et attachées ensemble par la taille à l'aide d'une cordelette.

— Les Marassa sont jumeaux mais constituent un seul et unique lwa. Le problème, c'est que cet esprit exige toutes ses offrandes en deux exemplaires. Et comme les Marassa sont des enfants, ils aiment les sucreries : bonbons, fruits, gâteaux, glaces... Quand on est possédé par eux, on se comporte comme un enfant. On réclame des cadeaux, on se plaint de ne pas avoir assez de sucreries ou de ne pas pouvoir tout décider. Ce petit bout de chou peut devenir un peu fatigant.

L'universitaire les regarda d'un air inquisiteur avec un sourire contraint. Avait-il reconnu Katz ? Sans doute pas. Les photos publiées dans les journaux étaient anciennes, Katz avait changé depuis. De plus, il s'était laissé pousser la barbe et les cheveux.

— Mon Dieu ! Me voilà en train de vous faire un cours magistral comme à des étudiants. Vous avez des questions précises, si j'ai bien compris...

Katz lui tendit le premier carré de tissu que lui avait donné Angela.

— C'est un drapeau de cérémonie, expliqua Hammarberg après avoir minutieusement étudié l'étoffe. *Drapo sèvis.* La plupart des confréries vaudou en possèdent quelques-uns. On s'en sert pour certains rituels, ou pour convoquer les esprits. *Laplas*, le maître de cérémonie, en est responsable. Ils sont brandis par deux ou par trois, exactement comme dans un défilé militaire.

— Que signifient les initiales « MK » ? Et l'homme à genoux ?

— C'est le drapeau de Maître Carrefour. Ou *Met Kalfou*, comme on dit en créole. Il fait partie des esprits du Petro, les esprits chauds. Vous en connaissez peut-être une variante dans le blues américain : le diable au croisement des routes. On peut l'invoquer pour blesser ou tuer un ennemi. Chaque *lwa* possède son drapeau. Celui de *Met Kalfou* représente un homme à genoux devant deux flèches en croix, comme à un carrefour.

Katz lui tendit le second morceau de tissu.

— *Legba* ! s'exclama Hammarberg. L'esprit qu'on invoque toujours au début d'une cérémonie. Il ouvre la porte à tous les autres. D'habitude, on le représente comme ça, comme saint Roch, tourmenté par des bubons et entouré de chiens qui les lèchent… c'est-à-dire dans un état assez proche de celui des esclaves qui atteignaient les côtes d'Hispaniola. Et les couleurs… rouge et noir… C'est un drapeau bizango.

Il replia soigneusement les étoffes et les rendit à Katz.

— Bizango ? répéta Katz.

— Le vaudou de la nuit. Le vaudou secret des confréries bizango est intimement lié à l'histoire violente d'Haïti. Et à la fierté de devenir le premier État noir conquis dans le sang contre un pouvoir colonial. La confrérie est apparue au XVIIIe siècle pendant les grandes révoltes. Des esclaves évadés, les marrons, se sont alliés aux quelques Indiens taïnos qui avaient survécu aux ravages de la colonisation, entre autres aux maladies apportées par les Européens. Ensemble, ils ont mené une guérilla contre les Français. Mais ils manquaient cruellement d'armes. Le combat spirituel devint donc au moins aussi important que le combat physique. Ils puisaient des forces dans le vaudou, en invoquant les esprits guérisseurs des Indiens et les dangereux esprits africains du Petro. Ils firent de la magie une arme redoutable.

Hammarberg se leva et alla chercher une épaisse chemise dans sa bibliothèque. Il l'ouvrit sous les yeux de ses visiteurs : des photos représentant des poupées de taille humaine, toutes cousues de fil rouge et noir, grotesques, couvertes de plaies béantes. Sur certaines, des tripes en tissu pendaient en dehors du corps. Les unes étaient enchaînées, les autres, affublées de béquilles ou amputées.

— Ces sculptures en textile proviennent d'un temple du département d'Artibonite. Elles témoignent du passé militaire du mouvement. Les personnages sont d'anciens esclaves mutilés.

Il tourna encore quelques pages.

— Voici un capitaine bizango avec ses insignes, une bouteille de rhum à la main. Une grand-mère bizango avec d'énormes seins qui pendent. Le Général des trois marécages. Et là, un bourreau bizango.

Une poupée en textile vêtue d'une capuche noire tenait une machette bien aiguisée devant l'objectif.

— Quand les gens se sentaient trahis par les institutions officielles, ils s'adressaient aux tribunaux bizango, qui pouvaient même prononcer des condamnations à mort. Enfin, le plus souvent, ça se terminait par une exécution symbolique.

Hammarberg jeta un coup d'œil à sa montre, leur fit un bref sourire et ouvrit une bouteille de rhum.

— L'heure des offrandes, déclara-t-il avec un sourire coupable. J'ai un *Petit Papa Bossou Trois Cornes* qui m'en veut parce que je n'ai pas réussi à trouver sa femme pendant mon dernier voyage à Port-au-Prince. Pour l'apaiser, je dois lui donner de doubles rations de rhum.

Hammarberg s'approcha d'une petite sculpture en bois cornue sur le rebord d'une fenêtre et lui aspergea la tête de quelques gouttes de rhum. Puis il posa le verre sur une assiette aux pieds de la figurine.

— Vous avez une idée de ce que c'est ? demanda Katz en sortant le flacon emmailloté de sa poche.

Hammarberg le scruta d'un air intéressé.

— C'est un *paket*, dit-il enfin. Un genre de talisman. Celui-là fait partie des *paket'Congo*, originaires du Congo. On les porte sous la chemise, à même la peau, et ils protègent de l'*ounga-mort*, c'est-à-dire de la sorcellerie. Je les compare habituellement à des piles, des piles magiques surpuissantes. Où l'avez-vous trouvé ?

— Un ami me l'a donné.

— Si ça vous intéresse, je vous l'achète. Je vous en donnerai un bon prix… Non ? Je vous comprends, un *paket* puissant, c'est mieux qu'une assurance-vie.

Hammarberg lui rendit l'objet avec un sourire.

— Vous avez parlé de tribunal..., poursuivit Katz. De condamnations à mort symboliques...

— Oui, le *n'zambi*. On zombifie le condamné. En fait, j'évite généralement de parler de cet aspect du vaudou aux profanes. Ça crée un certain nombre de malentendus.

Hammarberg prit un air grave.

— Dans la croyance populaire, un zombie est un corps sans âme, un corps mort doté d'une vie mécanique par l'effet d'un sort. Le sorcier vole un corps récemment enterré avant qu'il ait eu le temps de pourrir et lui redonne vie. Puis il lui apprend à travailler et l'oblige à accomplir des tâches ingrates. Bref, il fait de lui son esclave. On raconte qu'autrefois le travail de nuit dans les plantations était effectué par des zombies. Ils pouvaient travailler douze heures d'affilée sept jours sur sept sans boire ni manger. En Haïti, on surveille les tombes jusqu'à ce qu'on soit absolument sûr que le cadavre ait commencé à se décomposer. Mais si un sorcier arrive avant...

— Un sort? Vous voulez dire un phénomène d'autosuggestion?

— C'est une question complexe. Il peut s'agir de maladie mentale interprétée selon un système de représentations magiques, ou de l'exclusion sociale d'un individu qui a enfreint les règles de la collectivité. C'est un genre de punition rituelle ou de... Comment dire?... D'ersatz de suicide. À ce qu'il paraît, il existe des herbes médicinales qui font l'effet d'une lobotomie. Et puis il faut aussi une bonne dose de suggestion ou d'autosuggestion pour que ça marche... Ou de sorcellerie, si l'on choisit d'y croire.

Hammarberg se pencha en avant et enfila une paire de tennis.

— Si ces messieurs veulent bien m'excuser..., indiqua-t-il. Je crois que j'ai répondu à toutes vos questions.

Maintenant, il faut que j'aille faire un peu d'exercice avant le début de mes cours.

Ils retournèrent à Stockholm par les petites routes. Jorma conduisait. Katz était installé sur le siège arrière pour pouvoir disparaître en cas de besoin. Les étranges remarques de Hammarberg sur les morts-vivants le tracassaient. Quelle position adopter vis-à-vis de ces croyances ? Cela le laissait perplexe. Il décida de penser à autre chose.

Dans cette affaire, Katz se sentait manipulé. On était parvenu à l'isoler de son univers. On se jouait de lui, voilà pourquoi le cours des événements paraissait complètement illogique. Dans la cabane, Julin avait été sur le point de le tuer, mais quelqu'un l'en avait empêché. Des coups de feu avaient été tirés et, peu après, la maison s'était vidée de ses occupants. On avait libéré Katz pour que son cauchemar continue. Laissé le pistolet dehors, par terre, pour qu'il le retrouve. Quelqu'un lui faisait jouer le rôle de proie. On l'avait incité à tirer sur Pontus Klingberg au manoir, de façon à ce qu'il soit accusé d'un troisième meurtre... Eva l'avait sorti du guêpier à temps.

Eva... Il se demanda si elle s'inquiétait de ne pas l'avoir retrouvé chez elle. La revoir après toutes ces années... C'était comme de rencontrer une parfaite inconnue pourtant bien familière... Il avait été assailli par les souvenirs, il avait eu la sensation de sombrer dans le passé, il s'était revu dans des situations qu'il n'était pas sûr de vouloir se remémorer.

À proximité de Vallentuna, Jorma ralentit. Ils croisèrent deux patrouilles de police lancées à toute vitesse.

Katz se recroquevilla, mais Jorma lui adressa un sourire dans le rétroviseur.

— L'amulette te protège. Enfin, le *paket'Congo* ou quelque chose comme ça.

— Hammarberg avait l'air d'y croire.

— Ou alors il préfère ne pas prendre de risques.

— Tu crois qu'il m'a reconnu ?

— À cause de ta photo dans les journaux ? Non. Mais il a certainement dû se demander d'où on sortait.

La banlieue nord défilait sous les yeux de Katz. Il aurait aimé retrouver ses sentiments de l'époque. Jorma et lui, à nouveau ensemble. Eva qui l'attendait. Comme si le temps s'était arrêté. Malheureusement, le temps ne s'arrêtait pas. Les compagnons d'alors n'étaient plus les mêmes.

Elle décida de monter à pied jusqu'au huitième étage. Elle avait besoin de réfléchir.

D'après Ola, Sandra Dahlström et Linnie Holm vivaient ensemble depuis près de vingt ans lorsqu'elles avaient décidé de faire une demande d'adoption. Il s'agissait d'un garçon de sept ans rencontré lors d'un voyage aux Philippines. Elles avaient rempli le dossier du centre d'adoption dans toutes les règles de l'art et effectué les démarches nécessaires auprès des autorités de Manille et de l'orphelinat du garçon, mais les services sociaux de Stockholm avaient rejeté leur demande.

Cela avait été un choc pour elles. Désespérées, elles avaient décidé d'avoir recours à un avocat. C'était au milieu des années 2000. Ola avait été chargé de l'affaire :

J'ai fait ce que j'ai pu, mais on leur a opposé un deuxième refus à cause de leur âge. Sandra Dahlström avait plus de cinquante ans. En plus, sa compagne, Linnie Holm, souffrait d'une tumeur maligne au sein qui, d'après les médecins, ne lui laissait que quelques années à vivre.

Le couple de lesbiennes sans enfant sombra dans l'amertume. Aux Philippines, les autorités avaient accepté la demande à tous les niveaux et le garçon n'attendait plus que son billet pour la Suède. Convaincues d'être victimes de discrimination en raison de leur orientation sexuelle, elles demandèrent à Ola de soumettre leur dossier à des instances supérieures. Il leur déconseilla cette démarche. Furieuses, elles le menacèrent de poursuites pour non-respect du code de déontologie des avocats et envoyèrent des lettres d'intimidation au cabinet.

Ola semblait embarrassé par cette histoire. Les accusations de discrimination étaient sans fondement, mais il avait quand même eu pitié d'elles.

Le couple faisait des dons pour soutenir des enfants dans le besoin et voulait qu'Ola utilise cet argument pour faire infléchir la décision des autorités. À l'époque, il en avait touché un mot à Eva, elle s'en souvenait vaguement. Linnie Holm maîtrisait la langue des signes, et les deux femmes avaient accueilli chez elles un garçon sourd-muet.

Il s'appelait Jonas Åkesson. Pendant quelques années, il a fait de longs séjours chez elles.

Jonas… Le garçon de la photo. Le jeune homme de la vidéosurveillance. Celui qu'on avait retrouvé mort d'une overdose.

Quatrième étage. Une odeur de nourriture orientale se répandait sur le palier. On entendait des coups et des cris dans les appartements.

Accélérant le pas, Eva grimpa les marches quatre à quatre alors que ses pensées se bousculaient dans son esprit. Sandra l'avait peut-être manipulée, dirigeant sciemment ses soupçons vers Pontus Klingberg. Le meurtrier d'Angela Klingberg n'avait pas imité Katz – où ce dont il le croyait coupable. Il ne s'agissait pas d'un *copycat*. Non, c'était lui. C'était l'agresseur de Grubbholmen.

Elle aurait voulu en parler à Katz, mais elle avait beau appeler, personne ne répondait.

Le même agresseur aux deux occasions. Le fou furieux qui mordait ses victimes.

La porte n'était pas fermée à clé. Eva l'ouvrit et aperçut Sandra Dahlström au bout du couloir, assise sur son balcon véranda, devant le même jeu de cartes que la fois précédente. Une bougie brûlait devant la photo du garçon. En entendant approcher Eva, l'ancienne bonne enfila promptement le lainage pendu à son dossier.

Eva la rejoignit, attrapa une manche de son gilet et la remonta de force. D'anciennes morsures apparurent. Par douzaines. Certaines, mal cicatrisées, d'autres, plus propres, presque chirurgicales.

Sandra Dahlström regardait son bras comme s'il ne lui appartenait pas.

— Il y en a d'autres, mumura-t-elle. Sur mon ventre, sur mes seins. Des pires que celles-ci. Un jour, il m'a mordu le nez. Le cartilage a craqué et le bout s'est détaché. On l'a sauvé de justesse. Gustav a payé l'opération de chirurgie plastique.

Les petites cicatrices sous les ailerons de son nez étaient à peine visibles dans la lumière crue du soleil.

— Qui était au courant ?

— Seulement Gustav, et il a tout fait pour le dissimuler.

— Et Pontus ?

— Non.

— Et la police ? Vous n'avez jamais porté plainte ?

— Gustav m'a grassement dédommagée. Jusqu'à sa mort, il m'a quasiment entretenue. D'ailleurs, il n'y avait que moi qui pouvais maîtriser le petit quand il faisait une crise de rage. Ça va vous paraître fou, mais je l'aimais… Ce n'était qu'un gamin.

En deuil et sous calmants, songea Eva. Mme Dahlström ne semblait pas être au courant du rôle qu'avait joué son riche protégé dans la mort du petit sourd-muet.

Jonas avait vu l'homme qui avait garé la voiture de Joel au parking – Joel lui-même ou un autre. C'était pour cette raison qu'on l'avait éliminé.

Peu auparavant, fou de jalousie, Joel avait assassiné Angela. Il avait sans doute découvert son aventure avec son oncle et perdu les pédales. Mû par un désir de vengeance maladif, il avait alors engagé Julin et transféré de l'argent sur un compte aux îles Vierges en échange de sa participation à un complot contre Katz, c'est-à-dire contre l'homme condamné à tort pour sa première agression à Grubbholmen. Mais d'abord, il avait feint son propre enlèvement.

Comment ? Elle ne le savait pas exactement, mais tout était lié, elle le comprenait maintenant. Joel Klingberg devait se trouver caché à bord du yacht que Jorma et Katz avaient cambriolé dans leur adolescence. Il les avait suivis quand ils en étaient repartis. Puis il avait décidé de se venger en s'en prenant à l'un d'entre eux. Il avait frappé quand il les avait trouvés, Katz et elle, dans le garage à vélos, K-O après un rush d'héroïne.

— Vous avez continué à voir Joel, n'est-ce pas ? Il a rencontré Jonas ?

— Oui… Il n'arrivait pas à tourner la page. J'avais démissionné, mais il venait encore me voir. C'est difficile à comprendre, mais je l'ai vu grandir, vous savez. Il était devenu ma famille, en quelque sorte.

Elle s'interrompit.

— Quand l'avez-vous vu pour la dernière fois ? demanda Eva.

— Il y a quelques années. Quand Jonas habitait ici. Linnie était encore en vie. Mais je lui ai demandé de repartir. Il effrayait Jonas.

Sandra Dahlström se leva et rassembla ses cartes.

— Et Rickard Julin ? Qu'avait-il à voir là-dedans ? poursuivit Eva.

Elle la regarda, surprise.

— Comment ça ?

— Nom de Dieu… Vous allez tout me raconter, maintenant !

Elle avait un mauvais pressentiment, mais choisit de l'ignorer. Levant la tête vers l'œil laiteux de l'objectif, elle attendit qu'on la laisse entrer.

Elle avait demandé à parler à Pontus Klingberg à son bureau, mais cette semaine-là il travaillait à domicile, lui avait-on répondu. Malheureusement, on ne pouvait pas lui donner son numéro privé.

Elle appuya une nouvelle fois sur la sonnette, qui vibra sous son doigt. Puis, à la merci d'un regard inconnu, elle regarda la caméra fixée au sommet du mur d'enceinte de la villa.

Pontus Klingberg ne savait pas que son neveu avait tué Angela ni que Julin l'y avait aidé. Il n'était pas au courant des événements qui s'étaient déroulés à la cabane de chasse d'Ormnäs. Si le tueur agissait par vengeance, logiquement, Pontus Klingberg était le suivant sur sa liste. Il fallait l'avertir.

Elle avait encore essayé d'appeler Katz, en vain. Elle lui avait laissé un message pour le prévenir qu'elle se rendait à Djursholm. Pourquoi ne répondait-il pas ? Elle serait déjà au courant s'il s'était fait pincer. Danielsson l'en aurait informée.

Un verrou électrique bourdonna sourdement et un déclic lui signala le déverrouillage de la grille, qui s'ouvrit devant elle comme les ailes d'un papillon mécanique.

Elle traversa la cour. Elle n'avait jamais rien vu de pareil : une villa d'au moins trente pièces. Deux vérandas avec vue sur la baie. Derrière la villa, une piscine de vingt-cinq mètres de long au milieu d'une vaste pelouse. Plus loin, deux courts de tennis. Une plage privée avec un cabanon, un ponton et un hangar à bateau de la taille d'une villa ordinaire.

La grille se referma derrière elle. Elle gravit les marches du perron et atteignit la porte entrouverte.

Elle appela. Pas de réponse. Dans le hall, les rideaux étaient tirés. Elle ouvrit une double porte et se retrouva dans la plus grande salle à manger qu'elle n'ait jamais vue chez un particulier. La table pouvait accueillir une trentaine de convives. Une peinture de Carl Larsson couvrait un mur entier.

Elle appela à nouveau. Toujours rien.

Elle traversa différents salons jusqu'à un boudoir. Ce que Sandra Dahlström lui avait raconté à propos de Julin lui semblait décousu. Au milieu des années 1970, alors qu'il était jeune officier de renseignements, la famille l'avait chargé de découvrir ce qui était arrivé à Kristoffer. Pontus Klingberg avait bien dit que son frère Jan et lui avaient eu recours à des militaires. Julin était donc l'un d'eux. C'était peut-être lui qui leur avait annoncé les terribles nouvelles de Hollande.

Elle fit le tour du rez-de-chaussée sans croiser âme qui vive et revint au foyer. Une odeur bizarre, douceâtre, nauséabonde, flottait dans l'air. Elle ne parvenait pas à en localiser l'origine. Pontus devait être quelque part dans la maison, puisqu'on lui avait ouvert la grille.

Elle monta l'escalier jusqu'à l'étage, transpirant malgré la climatisation. En haut, l'odeur s'intensifia – la puanteur d'une matière organique en décomposition. Encore des œuvres d'art sur les murs. Manifestement, c'était la partie moderne de la maison. Elle reconnut vaguement le style grotesque d'un tableau, celui d'un Anglais, comment s'appelait-il, déjà... Francis Bacon ?

Elle appela. Toujours pas de réponse. Pontus se trouvait peut-être ailleurs dans la propriété...

Il fallait absolument l'avertir. Et par la même occasion, obtenir une explication. Il était le seul à pouvoir lui donner des réponses. Julin s'était mis à fréquenter la famille. Pontus et lui étaient devenus amis. D'après Sandra Dahlström, Joel intriguait Julin. À l'époque, le garçon était encore à l'école à Danderyd –, c'était avant qu'il ne soit envoyé à l'internat de Sigtuna. Un gamin extrêmement doué. Son intelligence fascinait Julin... Ainsi que ses crises de fureur, d'après Sandra.

Était-ce Julin qui, plus tard, avait tiré les ficelles pour que Joel intègre l'École d'interprètes en même temps que Katz ?

Avait-il dirigé un genre de programme destiné à former des psychopates surdoués en langues ?

Pures spéculations. Pontus Klingberg saurait sûrement répondre à toutes ces questions.

Un bruit de pas la fit sursauter. Elle s'immobilisa. Plus rien. Silence.

Julin s'était passionné pour le vaudou, et pour le prétendu sort jeté sur la famille par Marie Bennoit. Il les avait plusieurs fois accompagnés en République dominicaine et avait visité les plantations de canne à sucre de Gustav.

Eva entra dans une pièce pleine de masques et de statuettes en bois des Caraïbes, sûrement des antiquités. Sur un mur, deux machettes en croix. Des tableaux représentant des Noirs travaillant dans des plantations. Des images au racisme latent. Peut-être des scènes d'esclavage. Nul doute qu'il s'agissait du bureau de Gustav Klingberg.

Elle s'engagea dans un couloir qui donnait sur une série de chambres avec vue sur la baie. L'odeur fétide devenait de plus en plus forte. Lorsqu'elle ouvrit une porte et jeta un coup d'œil à l'intérieur, son cœur fit un bond. Un spectacle inimaginable. Un tableau composé délibérement, semblait-il.

Le cadavre de Pontus Klingberg était assis par terre, dos au mur. La tête d'un autre corps boursouflé par la décomposition reposait sur ses genoux, le front troué par une balle. Les doigts de Pontus Klingberg étaient entrecroisés avec ceux de Julin comme dans une prière commune, et ses yeux grands ouverts, exorbités. Sa langue pendait, d'une longueur grotesque. L'os qui la retenait s'était manifestement rompu quand on l'avait étranglé, permettant de la tirer à son maximum. Un collier de morsures sanguinolentes se dessinait tout autour de son cou.

L'immeuble d'Eva possédait deux entrées, une côté rue et une à l'arrière, côté cour. Par précaution, ils passèrent par la deuxième. Une fois dans l'appartement, Katz appela le portable d'Eva. Pas de réponse.

Les lieux étaient tels qu'il les avait quittés le matin. Dans un désordre aléatoire. Des meubles dépareillés – un logement dont l'occupante, comme si elle était de passage dans sa propre vie, se souciait peu.

Il ouvrit le réfrigérateur et en sortit deux bières. Il en tendit une à Jorma et s'installa lui-même dans le canapé. Sur la table, une bouteille de Jack Daniel's vide. Elle buvait trop. À part ça, il ne savait pas grand-chose d'elle. Mariée, mère de deux enfants, elle était en conflit avec son ex à propos de la garde. Elle vivait seule depuis quelques années. En le lui racontant, elle s'était mise à bégayer comme autrefois. Elle lui avait parlé d'aventures sans lendemain, d'hommes qui allaient et venaient, de sa manière de les tenir à distance, de son désintérêt pour les relations durables.

Les événements de Grubbholmen avaient-ils eu une influence sur leurs destinées respectives ? Si oui, en bien ou en mal ? Probablement en bien. La tragédie avait au moins eu le mérite de mettre Eva sur une meilleure voie. Elle avait arrêté la drogue et s'était assumée. S'ils avaient continué à se voir, tous les deux, la pente n'en aurait été que plus raide et la chute, plus vertigineuse. Tôt ou tard, ils se seraient écrasés en bas.

— Où elle est ? demanda Jorma.

— Je ne sais pas. Elle voulait aller voir son fils au jardin d'enfants.

Jorma vida sa bière et fouilla la pièce des yeux. Il parut déçu de ne pas y trouver de piano.

Le sourire mélancolique d'Eva manquait à Katz. Il aurait voulu la voir entrer avec son petit air triste – et ce léger sentimentalisme ne manqua pas de l'étonner.

— Je vais retourner à Midsommarkransen, annonça Jorma. Le médecin veut que je me tienne tranquille.

— Et la police… Ils ne vont pas t'entendre ?

— Je suis convoqué à un interrogatoire à la Criminelle la semaine prochaine. Le spécialiste des gangs veut discuter avec moi. Je vais voir quelles salades je leur servirai.

Katz hocha la tête et finit sa bière.

— Il faut qu'on trouve celui qui a foutu cette merde.

— Je sais. Mais pas ce soir.

Au milieu de la pagaille sur la table basse, le répondeur clignotait. Les enfants d'Eva lui avaient peut-être laissé un message. Décidément, Katz n'avait rien à faire dans sa vie. Dans quoi l'avait-il entraînée ? Il fallait qu'il la sorte de là.

— Tu crois que l'appartement d'Emir est toujours sûr ?

— C'est préferable que tu restes ici… Dans l'œil du cyclone. Tu ne lui fais pas confiance ?

— Si.

— Bon.

Jorma lui indiqua le répondeur.

— Il vaudrait mieux que tu l'écoutes. Si elle a appelé et que tu n'as pas répondu, elle doit s'inquiéter.

Elle était ressortie de la chambre à reculons. Dans le couloir, elle tendit l'oreille, attentive à d'éventuels bruits de pas : rien. En bas, quelqu'un écoutait de l'opéra. Joel Klingberg se trouvait donc quelque part dans la maison.

Elle sortit son téléphone de son sac, mais elle tremblait si fort qu'elle eut du mal à appuyer sur les touches. Plus de batterie. Comment était-ce possible… Elle qui n'oubliait jamais de le recharger… Elle regarda autour d'elle à la recherche de quelque chose qui pourrait lui servir d'arme… La musique s'amplifia, quelqu'un venait de mettre en marche des haut-parleurs situés à l'étage, sans doute au moyen d'une télécommande.

Elle avança dans le couloir et s'arrêta devant une porte vitrée qui donnait sur une terrasse ensoleillée à huit mètres de hauteur. Si elle sautait, elle se casserait une jambe.

Son cœur battait un peu moins fort. Elle se rappela le bureau de Gustav… Oui, elle y avait bien vu des couteaux. Des machettes dominicaines.

Lorsqu'elle revint sur ses pas, le couloir lui parut infiniment long. Toutes les portes étaient fermées, sauf celle de la chambre où gisaient les corps.

Elle ne voulait vraiment pas les regarder, mais ne put s'en empêcher. La tête de Pontus Klingberg était tombée en avant, comme sur le point d'embrasser l'homme sur ses genoux.

La musique d'opéra s'interrompit quelques secondes, puis on passa au mouvement suivant : une aria chantée par un ténor.

Comment avait-elle pu être assez bête pour venir ici seule ?

Elle atteignit le bureau de Gustav plongé dans la pénombre. Il lui fallut quelques secondes pour habituer ses yeux à l'obscurité. Distinguant enfin les objets suspendus aux murs, elle décrocha un couteau massif et le soupesa. Il pouvait être manié aussi bien comme une hache que comme une épée. Soudain, son sang se glaça. Un couteau... Auparavant, il y en avait deux...

Elle se retourna lentement, son regard s'arrêta sur un étrange miroir entouré d'un cadre baroque surmonté d'un crâne. Encore des balivernes vaudou... Le vieux y croyait vraiment dur comme fer.

Soudain, elle perçut un mouvement dans le coin du reflet. Quelque chose avait bougé derrière elle. Elle se retourna, mais ne vit personne.

La peur. Voilà le genre d'hallucination qu'elle provoque, songea-t-elle.

Sur le bureau, Eva aperçut un téléphone. En décrochant le combiné, elle eut l'impression que ses doigts étaient de glaise. Silence. La ligne était coupée.

Elle s'approcha d'une fenêtre. L'étage se trouvait à environ huit mètres de hauteur du sol. Il fallait absolument qu'elle trouve un moyen de sortir de cette maison...

Elle arriva en haut de l'escalier : courbure raffinée du marbre, élégante rampe en fer forgé, le tout d'inspiration rococo. La musique provenant du rez-de-chaussée lui sembla plus forte qu'avant. Elle fouilla le hall des yeux, mais ne distingua aucune silhouette humaine. Ses jambes se mirent à flageller. Très vite, le tremblement se répandit à tout son corps. Elle s'effondra, sans force.

La musique se tut. Des larmes coulaient sur ses joues.

Combien de temps resta-t-elle affalée en haut de l'escalier ? Elle n'en savait rien. Brusquement, le souvenir de ses enfants lui redonna l'energie de se lever et de descendre les marches.

Dans le hall, le bruit d'un moteur électrique la fit sursauter : les rideaux de la salle à manger s'ouvrirent et laissèrent entrer des cascades de lumière blanche dans la pièce. Les portes vitrées qui donnaient sur la terrasse étaient verrouillées. Au-delà, elle pouvait voir la baie et les premiers îlots de l'archipel. Le rez-de-chaussée était sûrement protégé contre les cambriolages par un système de sécurité et les vitres, incassables.

Les rideaux se refermèrent comme au théâtre.

La porte de la salle à manger était grande ouverte sur le premier hall par lequel elle était entrée dans la villa. Il suffisait de le traverser à nouveau pour atteindre le jardin et l'allée. Mais l'endroit était bordé de réduits sombres.

Brandissant sa machette, elle avança, le corps secoué de tremblements. Elle avait l'impression d'étouffer.

Elle longea les alcôves – toutes vides – et tourna la lourde poignée en bronze. Verrouillée.

Des pensées se bousculaient dans son esprit : elle allait mourir, il se trouvait juste derrière son dos, une arme à la main. Elle se retourna lentement pour voir au moins une fois le visage de son bourreau. Personne. Ce n'était que le fruit de son imagination. Elle fit demi-tour et s'enfonça dans la villa. Il devait y avoir une autre sortie quelque part. Elle avait l'impression d'être le jouet d'un fou.

Ils traversèrent Solna, passèrent Järva krog et Bergshamra, franchirent le pont et, dans Stocksund, prirent la Vendeväg à droite. Ils débouchèrent brusquement dans la banlieue huppée, comme si, voyageant à la vitesse de la lumière, ils étaient passés inopinément dans une autre dimension. Des villas gigantesques entourées de véritables parcs, des voitures de luxe garées dans les allées… Enfin, ils arrivèrent à Djursholm.

Lieu de résidence ancestral de la famille Palme, la commune de Djursholm s'était développée en concurrence avec la banlieue de Saltsjöbaden, fief de la famille Wallenberg. Des impasses menaient à des propriétés au bord de l'eau, séparées les unes des autres par quelques centaines de mètres – une distance raisonnable. Inutile de s'inquiéter d'un quelconque vis-à-vis. Les riverains semblaient plutôt jaloux de leur intimité. Ambiance îlienne. Sur le chenal de Stora Värtan, on apercevait des voiliers.

Ils se garèrent dans un parking et continuèrent leur chemin à pied, avec l'air de savoir où ils allaient pour ne pas attirer l'attention. La zone était surveillée par des sociétés de gardiennage.

Ils longèrent le mur d'enceinte de la villa des Klingberg. Ignorant les caméras, ils se dirigèrent vers la rive. Katz avait encore essayé d'appeler Eva, qui ne répondait toujours pas. Sa messagerie s'enclenchait automatiquement, ce qui commençait à inquiéter Katz.

La rue se terminait au bord de l'eau. Plus précisément, elle débouchait sur la rive d'une crique.

Sans réfléchir, Katz escalada le quai et barbota jusqu'à une plage de galets. Jorma le suivit en jurant.

D'épais buissons bordaient la plage. Vingt mètres plus loin, une construction en ciment surgissait des flots, couronnée de fil barbelé. Katz sortit le Glock de sa poche et s'efforça de le tenir au sec au-dessus de l'eau, désormais plus profonde. Finalement, ils durent avancer à la nage.

Ils remontèrent sur la terre ferme à hauteur de la propriété. La villa se trouvait à cent mètres, légèrement en surplomb. Une fois à l'intérieur du jardin, ils se séparèrent. Katz se dirigea vers la terrasse la plus proche et Jorma, dans la direction opposée.

Eva était en danger, Katz le sentait. Il en avait des douleurs musculaires dans tout le corps. Se faufilant vers une zone boisée, il passa des courts de tennis et un garage de six places, puis remonta vers la villa.

Derrière une baie vitrée, des rideaux s'ouvraient et se refermaient, actionnés par des moteurs électriques. Katz entendit de la musique d'opéra dont le volume augmentait et baissait, à la merci d'un auditeur capricieux qui semblait s'amuser avec les télécommandes.

Katz coupa à travers le jardin. Du coin de l'œil, il aperçut Jorma qui approchait du côté opposé – parfaitement synchronisé, comme d'habitude.

Katz parcourut au pas de course les derniers mètres qui le séparaient de la porte principale et tourna la poignée : verrouillée. Une caméra fixée à trois mètres de hauteur sur la façade balayait l'entrée. Elle paraissait réagir au mouvement. Elle ajusta sa focale et zooma sur Katz.

— Derrière aussi, c'est fermé à clé, indiqua Jorma.

À l'intérieur, quelqu'un s'amusait toujours avec la télécommande de la musique. Cela ressemblait à une parodie de signal morse, un ténor s'égosillait puis s'étouffait. Pontus Klingberg ? songea Katz. Était-ce lui, le cerveau de l'affaire ?

Le tuyau d'écoulement de la gouttière descendait jusqu'au sol. À côté d'une terrasse située à l'étage, des rosiers grimpants poussaient le long d'un espalier suspendu à sept mètres de hauteur.

Katz tenta d'escalader le tuyau, mais glissa et retomba par terre. Il réessaya pieds nus, la prise était plus facile.

Trente secondes plus tard, il arrivait au niveau de l'espalier. En jetant un coup d'œil en bas, il fut pris de vertige. Il releva promptement les yeux, tira sur le treillage pour en évaluer la résistance et se lança.

Suspendu à la verticale, les jambes se balançant dans le vide, il se dirigea vers la terrasse, avançant une main après l'autre à la manière d'un singe.

Après avoir escaladé la rambarde, il constata que son blouson était déchiré en de nombreux endroits et qu'il avait plusieurs épines de rosier plantées dans les doigts.

Soudain, la musique se tut. Cent mètres plus loin, les vagues s'écrasaient sur la plage et le ponton.

Jorma, qui grimpait derrière lui, haletait, essoufflé. Katz lui tendit la main et l'aida franchir la balustrade à son tour. Puis il ressortit son Glock. La porte vitrée de la terrasse était entrouverte.

Ils pénétrèrent dans un hall et s'engagèrent dans un couloir qui s'enfonçait dans la villa. Une odeur de viande pourrie les prit à la gorge. Katz appela Eva. Pas de réponse. Il jeta un coup d'œil dans une chambre et aperçut deux corps qui gisaient sur le sol. Julin et Pontus Klingberg.

Katz refoula un haut-le-cœur et se mit à courir en appelant Eva, d'une voix qui lui parut bien frêle.

Le couloir menait à un escalier. En descendant les marches, son arme braquée devant lui, Katz se dit que l'assassin de Pontus Klingberg et Julin devait toujours se trouver dans la maison.

L'opéra reprit, à un volume désormais constant.

Ils traversèrent une salle à manger, atteignirent un couloir de service et, se dirigeant vers la source de la musique, arrivèrent dans un salon. Un lecteur de CD était encastré dans une alcôve. Katz l'éteignit. Le brusque silence lui fit l'effet d'une implosion.

— Je vais voir de l'autre côté, avertit Jorma. Il doit bien y avoir une sortie.

Katz acquiesça. En pénétrant dans la pièce suivante, il sursauta. Accroupie au pied d'un radiateur, Eva tenait un grand couteau.

— Ça va ?

Muette, la tête cachée entre les genoux, elle grelottait de peur. Il l'effleura. Elle tenta de lui dire quelque chose mais son bégaiement l'en empêcha. Une suite inarticulée de consonnes sortit de sa bouche.

Jorma cria quelque chose à Katz depuis l'autre bout de la villa.

Il aurait tant voulu la rassurer... Il lui expliqua qu'elle était hors de danger, qu'ils étaient arrivés à temps, qu'il n'y avait plus rien à craindre. Il avait le cœur serré, comme un père qui s'est montré incapable de protéger son enfant. Il l'aida à se relever, passa son bras sous le sien et l'entraîna vers Jorma, qui les attendait devant la porte de derrière. À côté, un escalier en colimaçon conduisait au sous-sol.

— Il est parti par là... J'ai entendu du bruit.

Katz ouvrant le chemin, ils descendirent pas à pas. Dans des renforcements, du mur, des lampes en forme de flambeaux éclairaient leur chemin.

À environ dix mètres sous le sol, ils atteignirent la dernière marche sur laquelle ils trouvèrent la télécommande du lecteur de CD et une machette.

Il ne s'agissait pas d'une cave, mais d'un passage souterrain qui menait sans doute au garage – un raccourci au sec et au chaud pour les jours de neige ou de pluie torrentielle. Des pas résonnaient au loin. Quelqu'un s'éloignait au pas de course.

Ils s'engagèrent dans le tunnel, en rasant la paroi. Eva marchait seule, elle n'avait plus besoin d'être soutenue. Au plafond, des spots diffusaient une lumière tamisée. Katz se souvint brusquement qu'il était pieds nus.

Ils arrivèrent à un tournant, puis à une bifurcation. Le tunnel se séparait en deux. Le bruit des pas s'était tu. Ils s'arrêtèrent, indécis.

— Je crois que le garage est par là, dit Jorma. Mais il a pris l'autre voie, celle qui va tout droit.

Un bruit nouveau retentit dans le tunnel, comme l'aspiration d'un engin électrique.

Ils le suivirent et, soudain, le souterrain prit fin.

Ils étaient arrivés dans le hangar à bateaux ou, plutôt, dans une espèce de sous-sol du bâtiment. Un ascenseur montait directement au quai. À travers une épaisse vitre, ils pouvaient voir l'eau du chenal comme dans un aquarium.

L'ascenseur était flanqué d'un escalier, que Katz grimpa quatre à quatre. Au-dessus de lui, un moteur hurla. Parvenu à une paroi de plexiglas, il eut tout juste le temps d'apercevoir un bateau couvert glisser le long de la jetée et disparaître au loin.

Un blouson ensanglanté gisait sur un banc – celui de Julin. C'était probablement là qu'on avait déchargé son corps avant de le porter jusqu'à la villa par le souterrain.

Quelque part dans le salon, un téléphone sonnait. Il venait de s'arrêter lorsque Katz se réveilla. Silence. Il la regarda, étendue à côté de lui, nue. Il avait la main enfouie dans ses cheveux et mit une fraction de seconde à se souvenir ce qu'ils faisaient là. Ils avaient couché ensemble. Pour une raison simple : c'était inévitable. Pourtant, ils savaient tous les deux à quel point cela risquait de leur compliquer la vie, de faire vibrer des cordes sensibles, de rouvrir les vieilles plaies, de déclencher de vieux réflexes assoupis.

Il la laissa au lit, endormie, alla chercher le journal et, assis dans la cuisine, parcourut les gros titres de la section « national ».

Pas une ligne sur le double meurtre de Djursholm. Trente-six heures après leur passage, les cadavres n'avaient donc toujours pas été découverts. Ils avaient pris soin d'effacer les fichiers vidéo des caméras de surveillance, mais quelle importance ? Tôt ou tard, on retrouverait les corps et il serait à nouveau soupçonné. Ce n'était qu'une question de temps.

Il ouvrit le réfrigérateur. Un pot de moutarde de Dijon. Un fromage qui avait connu des jours meilleurs. Seule différence notable avec son propre frigo : un flacon de vernis à ongle sur une étagère de la porte.

Il revint vers la chambre et s'arrêta dans l'embrasure de la porte. Le visage d'Eva était parcouru de petites crispations qui trahissaient une activité mentale. Rêvait-elle de ses enfants ? Ils devaient lui manquer. Incapable de comprendre le supplice que lui infligeait leur absence, Katz songea qu'il ne le connaîtrait jamais.

La couverture d'Eva était sur le point de glisser. Il la remit en place et ressortit.

Il démarra l'ordinateur du salon, et consulta ses mails. Le programme de Trotsky était arrivé. Manifestement, le hacker avait écrit du code et corrigé des bugs toute la nuit. Quoi qu'il en soit, le kit d'exploit était prêt, spécialement conçu pour pénétrer des serveurs cryptés. Trotsky était un génie. Il ne voulait pas être payé. Pour lui, seul comptait le défi.

Pensif, Katz se connecta à la chaîne de serveurs piratés à Montréal, Tel Aviv et Varsovie. Joel Klingberg avait tué Angela. Par jalousie, parce qu'elle avait eu une aventure avec son oncle. Puis il avait abattu Julin dans la cabane de chasse. Il avait transporté son corps jusqu'à la villa de Djursholm, où il avait également tué son oncle en représailles.

Mais pourquoi Julin ? Étaient-ils en désaccord ? Klingberg avait-il seulement voulu l'empêcher de nuire ? Ou y avait-il encore une autre explication ?

Katz savait en tout cas par où commencer ses recherches.

Il lui fallut moins d'une heure pour trouver une faille dans le Projet Prio, le nouveau système Internet de l'armée. Le programme était basé sur un logiciel du constructeur de systèmes privés allemand SAP et comportait des conflits d'autorisations. Le système d'exploitation venait de Sun Microsystems. Viraltech, une assez grosse entreprise d'antivirus, avait créé le dispositif de protection contre les codes malveillants. D'après les renseignements de Katz, certaines failles de ce programme n'avaient pas été patchées.

Il obtint son autorisation grâce à un ordinateur de l'Agence du matériel militaire connecté au système. Le logiciel de Trotsky n'eut aucun problème à pirater la machine. Katz tapait des instructions, naviguant à toute vitesse dans le flux.

Il trouva un moteur de recherche interne et y lança une requête sur le nom de Julin. Cela le conduisit à l'Agence de recrutement de la Défense civile et militaire. Il lança la même recherche dans un nouveau moteur et découvrit l'affectation de Julin en temps de guerre : sur l'île de Lovö, à l'Institut national de défense radio. Pas de détails sur sa fonction, ni même sur son grade. En revanche, il y avait une annotation bizarre : Legba. L'esprit vaudou dont leur avait parlé Hammarberg…

Katz se replongea dans la base de données et trouva un nouveau chemin d'accès. Grâce à Trotsky, je suis devenu un fantôme digital qui traverse les murs, se dit-il. Il lança une recherche sur « Legba » et obtint un résultat dans un service du Bureau du renseignement et de la sécurité du ministère de la Défense. Le projet Legba. Information classée secret défense. Il était dans l'impasse.

Il s'enfonça dans le flux, tantôt écrivant des commandes, tantôt laissant l'exploit travailler à sa place. Il avait l'impression d'improviser des pas de danse. Ou des acrobaties. Seule son intuition le guidait.

Il découvrit un nouvel accès : à l'Institut national de défense radio, un ordinateur venait de se connecter. L'utilisateur avait toutes les autorisations. Cependant, Katz hésita.

Un honeypot… *Quelqu'un me facilite la tâche… Il se connecte pour voir s'il sera attaqué.*

La prise de risque ou l'interruption du piratage, il fallait choisir… En fin de compte, il décida de se jeter à l'eau. Il se faisait sûrement des idées. Il flippait inutilement.

À côté de l'ordinateur, le téléphone d'Eva sonna. Katz lut l'écran : Ola. Il préféra ne pas la réveiller. D'ailleurs, il n'avait aucune envie d'être mêlé à leurs problèmes conjugaux. Avec un grognement agacé, il mit le téléphone sur silencieux.

Aucune activité dans la machine connectée au réseau. Elle était là, inerte mais allumée, fin prête à être piratée. Trop facile, se dit Katz.

Il se dirigea vers une autre partie du système, où il tomba sur des données intéressantes. Un cluster de fichiers contenant des mots de passe. La base de données du Bureau du renseignement et de la sécurité, à Gärdet. Il ne comprenait pas comment il avait pu y entrer.

Il trouva les traces d'un vieux réseau botnet. Des hackers – ou peut-être une puissance étrangère – avaient essayé d'infecter la base de données à l'aide d'un code malveillant. Mais peut-être s'agissait-il d'une simulation effectuée par des techniciens du Bureau. L'ombre d'une armée de zombies. L'idée le fit frémir et il laissa le logiciel de Trotsky chercher la prochaine faille.

Ce fut bientôt chose faite. Il découvrit des fichiers cryptés et un registre en accès libre. Lançant simultanément des recherches sur « Legba » et « Julin », il obtint une dizaine de résultats qui menaient invariablement à la Section de collectage d'informations spéciales, prédécesseur du Bureau de collectage d'informations spéciales, un service de renseignements secret de la Défense civile et militaire.

Le projet Legba. Il enregistra les fichiers sur l'ordinateur d'Eva.

Soudain, il remarqua des flux bizarres sur le serveur, comme s'il régnait un genre d'inquiétude dans le réseau. L'ordinateur connecté depuis l'Institut national de défense radio était un « pot de miel », ça ne faisait aucun doute. Désormais, il était traqué par un ou plusieurs *sysops* qui avaient découvert ses logs dans le parefeu et essayaient de remonter jusqu'à lui et retrouvant les chemins qu'il avait empruntés. Plusieurs techniciens étaient sur le coup. L'alerte maximale avait été déclenchée.

Des filets de sueur froide coulaient le long de sa colonne vertébrale – comme si les fantômes du serveur étaient réels, qu'ils pouvaient se matérialiser à n'importe quel instant. Il copia les derniers fichiers en écoutant le souffle du ventilateur, les marmonnements d'Eva dans son sommeil, le bourdonnement du téléphone portable qui ne cessait de vibrer. Dans la cage d'escalier, quelqu'un montait les marches. La panique lui serrait la gorge, il était certainement en proie à des hallucinations. *Ils m'ont trouvé, ils sont plus rapides que moi, j'avais mal évalué leurs moyens…* »

Il fit glisser l'icône du dernier fichier sur le disque dur et éteignit l'ordinateur. Puis il tendit l'oreille en direction de l'escalier. Décidément, son imagination lui jouait des tours.

Le projet Legba avait été lancé par Julin à la fin des années 1970 dans le cadre de la modernisation des services de renseignements de l'armée. Toutefois, Julin n'était pas le seul maître à bord. Il avait bénéficié de soutiens haut placés.

Katz ne cernait pas encore tous les tenants et les aboutissants de l'affaire. Il était seulement parvenu à une reconstruction partielle des fichiers téléchargés. Pour les compléter, il lui faudrait de l'aide, plus tard. Peut-être Trotsky pourrait-il lui créer un logiciel de décryptage encore plus efficace.

Dans les documents, il était fait mention d'un certain « L » ou « Lynx » à la Section de collectage d'informations spéciales, une unité plus ou moins autonome, vaguement placée sous l'autorité du Bureau du renseignement et de la sécurité du ministère de la Défense. Le Lynx était-il le chef de Julin ? Le peu que Katz savait sur la Section de collectage d'informations spéciales, il l'avait appris du temps où il travaillait au Département des Affaires étrangères. Les agents, dont les fonctions étaient protégées par le secret défense, collectaient des informations personnelles, infiltraient des agences d'espionnage étrangères ou effectuaient des analyses de risque sécuritaire pour le compte de l'état-major des armées. Le financement du projet Legba provenait en partie de la Section.

Une autre initiale apparaissait à plusieurs reprises : « G. » Un personnage du secteur privé qui, apparemment, avait fourni à Julin des fonds et des contacts. Gustav Klingberg ? Était-ce aussi simple ?

Quel était le but du projet? Élaborer de meilleures méthodes d'extorsion applicables à des prisonniers en temps de guerre ? Les documents demeuraient sommaires, comme si, pour des raisons de sécurité, on avait hésité à y consigner des données trop précises. Certains ne comportaient que des mots clés. Il aurait fallu à Katz une clé de cryptage pour pouvoir les lire.

On avait réalisé des expériences médicales pour évaluer les effets de substances psycho-actives ou hallucinogènes. D'une manière ou d'une autre, l'École d'interprètes avait été mêlée au projet.

Dans l'un des documents, il lut son propre nom. Il appartenait à « l'unité B », un petit groupe de recrues qui avait été sélectionnées à leur insu pour devenir « experts en techniques d'interrogatoire ». Joel Klingberg en faisait également partie, ainsi que deux personnes de la promotion précédente. Des psychologues de l'armée leur avaient à tous diagnostiqué des psychopathies, et ils étaient considérés comme extrêmement doués en langues. L'unité B n'avait jamais été activée.

À quoi les avait-on préparés? Voulait-on voir de quoi ils étaient capables sous l'effet de drogues expérimentales ? Faire d'eux des tortionnaires et meurtriers dénués d'empathie ?

Julin et le Lynx avaient eu un contact suivi avec l'École d'interprètes pendant plusieurs années. Katz commençait à comprendre comment les pièces du puzzle s'articulaient. Julin s'était arrangé pour qu'il fasse son service au Département des Affaires étrangères et qu'il soit ensuite affecté à Saint-Pétersbourg, pour être sur place en cas de conflit. Mais le conflit n'avait pas eu lieu. L'Union soviétique s'était effondrée comme un château de cartes. Julin avait alors fait en sorte que Katz reste à la Défense, comme un genre de cellule dormante, toujours à son insu.

On avait également mené des expériences sur des hommes de la force d'élite côtière. Les recrues devaient signer des accords de confidentialité qui les engageaient à ne divulguer sous aucun prétexte ce qu'ils allaient vivre. Les fragments d'un rapport étaient joints au document. L'étude avait eu lieu sous la surveillance d'une petite équipe de psychologues de l'armée. Sur les lieux, il y avait également des médecins : des experts en toxicologie de l'Institut de médecine tropicale de Berlin et des spécialistes en drogues naturelles, en sérum antivenimeux et en contrepoisons.

Un soldat décrivait son délire : soudain privé de toute volonté propre, il s'était trouvé dans l'incapacité de refuser d'obéir aux ordres, « y compris les plus absurdes et les plus dangereux ».

Qu'avait-on exigé des cobayes ? Qu'ils se torturent mutuellement ? Qu'ils mènent des interrogatoires sous l'influence de stupéfiants ?

De toute évidence, on avait employé une substance particulière. Laquelle ?

Dans un autre document, on parlait de « dose de tétrodotoxine à modifier ». Un puissant poison qui agissait sur le système nerveux et pour lequel on ne connaissait pas d'antidote, expliquait l'un des toxicologues allemands dans son rapport. Le nom venait des *Tetraodontiformes*, une catégorie de poissons qui comprenait les poissons-ballons, les poissons porc-épic, le poisson lune et les Balistidés. « Peut induire un état de mort apparente. L'activité cardiaque n'est pas perceptible à l'aide d'un stéthoscope, mais on peut évidemment la mesurer par échographie. »

Katz se souvint d'une émission de télévision qui parlait du fugu, un poisson du Pacifique considéré par les Japonais comme un mets raffiné. Pour être autorisé à le nettoyer et à le préparer, un cuisinier devait posséder une licence spéciale, sans quoi les clients de son restaurant risquaient la mort.

Le texte qui suivait était illisible mais, plus loin, Katz trouva un passage sur le datura officinal ou stramoine, qui contenait une substance hallucinogène appelée bufoténine. « Le sujet est en proie à des hallucinations et devient extrêmement violent. »

La description était complétée d'explications chimiques auxquelles Katz ne comprit pas grand-chose, puis d'une liste d'ingrédients pour la fabrication d'une sorte de teinture appelée *Legba* : poisson porc-épic des Caraïbes, stramoine, graisse animale d'une espèce particulière de crapaud et « crâne d'enfant pilé ».

On tenait la recette de sources proches de « G ». Gustav Klingberg, se dit Katz. Le patriarche s'y connaissait en vaudou.

On avait réalisé divers examens et enquêtes auprès des sujets sélectionnés, mais les résultats n'avaient pas été probants. Le projet avait été mis au placard.

Quel était le but des expériences ? Tester les drogues qu'utilisaient les sorciers vaudou pour induire un état de mort apparente ? Était-ce une substance de ce type qu'on lui avait administrée dans la cabane de chasse ?

Vaguement conscient des bourdonnements obstinés du téléphone, Katz poursuivit sa lecture. On avait tenté d'induire chez les sujets un comportement pathologique qui consistait à outrepasser toutes les règles et toutes les prescriptions morales personnelles. Apparemment, Klingberg, Katz et quelques autres interprètes de l'armée avaient fait partie du projet, mais Katz ne comprenait toujours pas comment.

Et l'autre homme de la cabane, le mort apparent ? Celui qui semblait insensible à la douleur… Et qui avait tenté de tuer Jorma… Était-il un cobaye, lui aussi ?

Katz décida de jeter un coup d'œil à l'écran du téléphone. Huit appels de l'ex-mari d'Eva. Plusieurs messages, des sms. Il ouvrit le dernier. Son sang se glaça.

Les quelques secondes qu'il lui fallut pour parcourir le couloir entre le salon et la chambre à coucher lui semblèrent durer une éternité.

Eva était sur le point de se réveiller.

— Qu'est-ce qu'il y a ? demanda-t-elle d'une voix ensommeillée.

— Il faut que tu rappelles ton ex. Il est arrivé quelque chose à ta fille.

Elle n'avait jamais rien éprouvé de tel. Une frayeur bestiale, une douleur physique qui se répandait dans tout son corps. Elle était incapable de rassembler ses pensées, de raisonner, son esprit ne produisait que des fragments d'idées, des ébauches d'associations. Elle avait envie de vomir.

Assise dans le canapé design d'Ola, elle écoutait sans comprendre.

— Recommence depuis le début, dit-elle. Tu l'as laissée devant l'école…

Il lui répéta toute l'histoire pour la énième fois. Il avait déposé Lisa à l'arrêt de bus en voiture à huit heures vingt du matin, à cent mètres de la grille de l'école. Elle avait marché vers la cour et lui avait envoyé un baiser de la main, il avait fait demi-tour vers le centre-ville en lui faisant signe jusqu'à ce qu'elle disparaisse de son champ de vision.

Eva se sentait coupable. Quand Ola lui avait dit que Lisa allait toute seule jusqu'à la grille, cela l'avait dérangée. Lisa était trop petite. Pourquoi n'avait-elle pas exprimé ses réticences ? De toute façon, en ce qui concernait l'éducation des enfants, elle n'avait pas son mot à dire. Ola croyait posséder toutes les compétences nécessaires. Il avait la tête sur les épaules, il savait poser les limites, et cætera.

— Après, personne ne l'a plus vue. Aucun de ses camarades de classe, aucun employé de l'école. Ida, tu sais, sa copine… Elle l'attend tous les jours à l'entrée du bâtiment. Ce matin, c'est ce qu'elle a fait. Elle a attendu jusqu'à la sonnerie.

Ola avait pris dix ans en quelques heures. Ses traits usés, tirés, le défiguraient. Il avait une tête de vautour.

Erika entra dans la pièce et leur proposa timidement du café. Ola la rembarra. Puis il regarda ses mains qui tremblaient comme celles d'un vieux.

— Et après… qu'est-ce qui s'est passé ?

— Anne-Marie, le professeur principal, a essayé de me joindre pendant la récréation, mais j'étais en réunion de planning. J'ai écouté son message juste avant dix heures. Je l'ai rappelée tout de suite. Elle avait l'air gaie, elle m'a demandé si Lisa était malade et combien de temps on comptait la garder à la maison. Ils ont une sortie demain. À Tom Tits à Södertälje.

Il fondit en larmes. Eva en fut abasourdie. Elle ne l'avait jamais vu pleurer, pas même quand sa mère était morte, peu après leur mariage.

Elle s'était rendue chez lui dès qu'elle avait appris la nouvelle. Elle avait traversé la ville comme dans un tunnel, suffoquant à chaque feu rouge. En arrivant, elle s'était effondrée dans le canapé. Ses jambes ne la portaient plus. Maintenant, elle regardait autour d'elle comme si cela pouvait apaiser la panique qui l'étreignait. Des meubles de bon ton, à la fois classiques et modernes, achetés dans des boutiques ROOM. Des décorations de NK Interiör, chic mais sobres. Bref, du style. Le négatif de son propre appartement. Eva ne comprenait pas ce qu'Ola avait bien pu lui trouver, dans le temps. Ils étaient aux antipodes l'un de l'autre, comme l'eau et le feu.

— Et après, qu'est-ce que tu as fait ?

— J'ai eu une crise de panique.

— Tu n'as pas appelé la police ?

— C'est la première chose que j'ai faite. Ils ont envoyé une patrouille. Je leur ai donné le signalement de Lisa.

— D'habitude, il y a une explication logique à ce genre de disparition. Les gens refont vite surface, même les enfants. Elle est peut-être partie avec des copains. Elle a peut-être décidé de faire quelque chose de plus amusant que d'aller en cours. L'école buissonnière, tout simplement.

Elle s'entendait parler avec calme et professionnalisme, sur le même ton que dans une enquête pour fraude. Sa propre voix lui paraissait infiniment lointaine. Afficher une tranquillité de surface était la seule manière de ne pas s'effondrer complètement. Mais elle se rendait bien compte à quel point le scénario absurde qu'elle proposait était en contradiction avec les habitudes de sa consciencieuse petite fille.

— Et tu l'as cherchée ?

— Oui, en même temps que j'essayais de te joindre. Tu ne répondais pas. Je me suis dit que sa maman devait lui manquer et qu'elle avait peut-être décidé d'aller chez toi sur un coup de tête. Ou que tu étais passée la prendre devant l'école… Enfin, j'essayais de trouver une explication plausible.

Ola parut se ressaisir.

— Ensuite, j'ai rappelé la police trois ou quatre fois. On me donne toujours la même réponse : attendre.

— Tu as rappelé sa maîtresse ?

— Oui, et j'ai parlé plusieurs fois avec ses camarades de classe. Ils sont très inquiets. Personne n'a aucune idée de ce qui a pu se passer.

— Elle fréquente d'autres enfants, en dehors de sa classe ? Elle a des amis dans le quartier ?

— Il y a une petite fille dans l'immeuble. Elles jouent ensemble de temps en temps. Lottie. Elle a un an de moins.

Mais cette semaine, elle est en voyage avec sa famille. Son père est pilote chez SAS, ils sont souvent partis. Ils prennent gratuitement l'avion.

Il doit bien y avoir quelqu'un d'autre, se dit-elle. Un autre enfant, quelqu'un qui l'aurait convaincue de s'éloigner de l'école. Mais pour aller où ?

Erika avait couché le bébé, qui ne criait plus. Elle entra et se dirigea vers Eva les bras grands ouverts, dans une attitude grotesque. Finalement, elle serra Eva contre elle, et celle-ci comprit enfin de quoi il s'agissait : un geste de tendresse et de réconfort. Elle se libéra et alla se planter devant la fenêtre.

— Il faut que tu utilises tes relations, reprit Ola. Tu connais des gens à la police. Il faut leur demander de s'activer.

— Je les ai appelés avant de venir.

— Qu'est-ce qu'ils t'ont dit ?

— Qu'ils font tout leur possible. Le signalement a été diffusé à toutes les patrouilles. J'ai parlé au central. Aucun accident n'a été signalé en ville ce matin.

Le calme était pesant. Elle entendait le bruissement sourd de la circulation dans la Ringväg, les marmonnements des conversations sur le trottoir... Insupportable. Elle avait envie d'une cigarette, mais n'en avait pas sur elle. Pourquoi jouait-elle la comédie devant Ola ? Pourquoi vouloir paraître forte alors qu'en réalité elle avait passé une douzaine de coups de fil, hurlé sur tous ses interlocuteurs, supplié qu'on retrouve sa fille ?

— Tu peux me montrer la chambre de Lisa ? demanda-t-elle.

— Bien sûr.

Elle le suivit jusqu'à une partie de l'appartement qu'elle ne connaissait pas. On ne l'y avait jamais invitée.

La chambre était l'opposé diamétral de celle que Lisa partageait avec son frère dans la Torsgata. Un rêve de fillette.

Des meubles d'enfant assortis. Un ciel de lit en dentelle. Un petit fauteuil rose. Une armoire spéciale pour les déguisements. Un système de rangement aux murs. Des livres jeunesse bien rangés. Un ordinateur personnel. Des jouets alignés sur les étagères. Un lecteur de CD sur un banc. Un disque de Loreen autographié.

Dans le lit, Engla, la poupée préférée de Lisa.

À l'idée de ce qui avait pu lui arriver, Eva ressentit une violente nausée.

— Elle tient un journal? Elle a peut-être écrit quelque chose qui pourrait…

Ola secoua la tête.

— Elle a sept ans. Elle commence tout juste à écrire.

J'essaie de m'accrocher à n'importe quoi, pensa-t-elle. Chercher des indices dans sa chambre… Complètement absurde. Comme si on allait y trouver des traces. Comme si Lisa avait pu laisser des renseignements par écrit. Engla dévisageait Eva d'un air sévère. L'odeur de Lisa flottait dans la pièce, les modulations enfantines de sa voix, la chaleur de son petit corps contre celui de sa mère…

Ils passèrent la journée au volant de la voiture d'Ola, décrivant des cercles de plus en plus larges à partir de l'école.

Ils interrogèrent des inconnus dans des aires de jeux, des centres aérés, devant des écoles. Ils téléphonèrent aux camarades de la fillette et leur demandèrent si elle connaissait d'autres enfants, ou d'autres adultes. Avait-elle dit ou fait quelque chose de bizarre ces derniers temps ? Leur avait-elle parlé de personnes qu'ils ne connaissaient pas ? Eva était en contact permanent avec la police. Elle tirait des ficelles, hurlait sur ses interlocuteurs, les forçait à s'activer.

À 20 heures, elle rentra chez elle. Dans toute la région, les patrouilles de police étaient désormais à la recherche de Lisa. Un enquêteur avait appelé les hôpitaux : rien. Fallait-il s'en réjouir ? Eva connaissait la chanson : plus le temps passait, moins on avait de chances de retrouver la personne disparue en vie.

Puis, le coup de fil. Elle eut l'impression de l'avoir attendu depuis le début. D'avoir toujours su. Elle allait se souvenir de chaque détail de la conversation jusqu'à sa mort. Certains événements restent à jamais gravés dans la mémoire de celui qui les vit.

Depuis son retour à l'appartement, elle avait fait un bref résumé de sa journée à Katz, mais avait à peine posé les yeux sur lui. Elle se sentait incapable de soutenir le regard de qui que ce soit, encore moins de l'homme avec lequel elle venait de coucher. Le seul à comprendre le déchirement qu'elle vivait en ces heures atroces, c'était Ola. Lui seul ressentait la même angoisse sans fond.

Elle aurait préféré se retrouver au calme, isolée de tous. Prendre un somnifère et sombrer dans la torpeur, se réveiller et découvrir que tout n'avait été qu'un mauvais rêve.

Mais il fallait affronter la réalité. Ce qu'elle avait subi jusque-là n'était qu'un début, elle le comprit en répondant.

— Eva Westin?

Sans même reconnaître la voix, elle sut que c'était lui.

Il lui expliqua qu'il savait tout d'elle, qu'il connaissait les détails de sa vie quotidienne, son lieu de travail, son domicile, sa situation de famille. Puis il lui annonça calmement qu'il détenait Lisa et que celle-ci était en parfaite santé.

— On s'est déjà rencontrés, dit-il. Il y a longtemps. Mais je ne crois pas que vous vous en souveniez. Enfin, de la rencontre proprement dite. On s'est croisés plus récemment aussi, dans la villa où j'ai grandi. Mais vous ne m'avez pas vu.

Faisait-il allusion à Grubbholmen? À la villa de Djursholm?... Il parlait d'un ton parfaitement anodin, comme s'il s'agissait d'une conversation ordinaire. On aurait dit un télévendeur qui essayait de lui fourguer une quelconque assurance – avec professionnalisme et amabilité.

— Qu'attendez-vous de moi?

— J'y viens, un peu de patience.

— Je veux parler à Lisa.

La voix d'Eva se brisa, elle manquait d'air. Elle tenait le téléphone serré contre son oreille. Katz était assis à côté d'elle sur le lit. Il avait certainement compris à qui elle parlait. D'ailleurs, à ce stade, l'appel était ce qui pouvait leur arriver de moins pire.

— Lisa va bien. Ne vous inquiétez pas pour elle. Elle dort.

— Qu'attendez-vous de moi ?

— Premièrement, je veux que vous ne disiez à personne que je vous ai appelée. Ni au père de Lisa, ni à la police, bien sûr. C'est la condition *sine qua non* de notre collaboration.

— Je veux lui parler, réveillez-la…

— Deuxièmement, je ne veux pas être interrompu. À partir de maintenant, vous parlerez seulement quand je vous le demanderai. À part ça, vous vous tairez et vous m'écouterez. C'est compris ?

— Oui.

— Bon. Voilà ce que je veux en échange.

Elle attendit en silence.

— Je veux Katz. Vous comprenez ? Je devine qu'il est quelque part près de vous. Je peux lui parler ?

Elle tendit le téléphone à Katz. Soudain, elle le détestait. Que faisait-il dans sa vie ? Comment avait-elle pu se laisser attirer dans ce bourbier ?

Katz prit le téléphone comme dans un rêve. Il avait l'impression de se trouver en dehors de son corps.

— Oui ? fit-il. C'est moi.

Silence, hormis le bruit discret d'une respiration. Puis Klingberg parla. Katz n'avait pas entendu sa voix depuis vingt-cinq ans.

— Danny… Ça fait un bail.

Nouveau silence.

— Tu as quelque part où t'asseoir ? Et de quoi noter ? Je vais te donner quelques instructions.

Katz s'installa au bureau d'Eva, sortit une feuille A4 du réservoir de l'imprimante et un crayon de sa poche.

— Je suis prêt, dit-il.

— Inutile de s'énerver, Katz. Gardons notre calme. Je te fais confiance. Tu te souviens ? *La seule personne en qui j'aie jamais vraiment eu confiance…*

Encore ces paroles… Dans un ordre différent… Elles réveillaient en Katz un vague souvenir, brouillé, indéfini. Il n'arrivait pas à le cerner.

— Désolé, dit-il, mais je ne me souviens pas.

— Non ? Écoute. La fille d'Eva est ici, avec moi. Je veux l'échanger contre toi.

Silence. Le souffle de Klingberg et, en arrière-plan, une voix de fillette somnolente qui appelait quelqu'un. Klingberg changea de pièce. Un silence plus dense enveloppait maintenant sa respiration, comme s'il se trouvait dans un espace confiné, tout près d'un mur.

— Dis-moi ce que je dois faire.

— Je veux que tu ailles en République dominicaine. À Saint-Domingue. Je veux que tu t'y trouves au plus tard dans trois jours.

— Je suis recherché.

— Ce n'est pas mon problème. Il est…

Silence. Katz songea à la fillette. À l'angoisse qu'elle devait éprouver.

— … 22 h 30. Là-bas, il est six heures de moins. Tu devras donc y être au plus tard à 16 h 30, heure locale, dans trois jours.

— Ça ne marchera pas.

— Tout est possible. Improvise. Vas-y et, une fois sur place, je te donnerai de nouvelles instructions.

Il entendait la voix étouffée de la fillette en arrière-plan. Klingberg avait dû retourner dans la pièce où elle se trouvait. Elle appelait son père.

— Lisa est réveillée, déclara Klingberg d'une voix neutre. Tu veux parler à ta maman, Lisa ? Tiens, je te la passe.

Eva espérait de toutes ses forces qu'elle ne se mettrait pas à bégayer, qu'elle serait capable de garder son sang-froid pour ne pas effrayer Lisa. Le téléphone lui glissait entre les doigts, elle fut obligée de le tenir des deux mains contre son oreille.

— Bonjour, mon amour. C'est maman. Écoute-moi bien. Tout va s'arranger, même si ce n'est pas ce que tu crois en ce moment. Je te le promets. Tout ira bien.

À l'autre bout du fil, Lisa haletait.

— Calme-toi, Lisa, c'est important. Il faut respirer comme d'habitude. Il ne va rien t'arriver de grave. Je te le promets. Je suis ta maman, tu peux me faire confiance.

Lisa sembla s'apaiser en entendant la voix de sa mère.

— Tu es où, maman ?

— Je suis chez moi.

— Mes affaires sont là ? Tu as trouvé le Bakugan d'Arvid ?

— Je l'ai trouvé. Tout est comme d'habitude, ici. Enfin, j'ai rangé votre chambre pour qu'elle soit propre et belle quand tu reviendras.

Lisa gémit comme si elle avait mal.

— Je ne veux pas être ici, maman.

— Je sais.

— Qu'est-ce qui va se passer ?

— Il ne va rien se passer. On se reverra bientôt, tu vas rentrer à la maison. Ça prendra peut-être un peu de temps, mais ça arrivera. Je te le promets. Je ne sais pas si on pourra beaucoup se parler au téléphone, alors je veux que tu essaies de penser à des choses qui te font plaisir. À des choses agréables. Des choses que tu as envie de faire.

À son grand étonnement, Eva parvenait à garder son calme. Des images de Lisa défilaient dans son esprit comme sur un écran de cinéma, le résumé de ses sept années sur terre depuis sa naissance, un jour cristallin de février à la maternité de Stockholm couverte d'un manteau de neige, jusqu'à la dernière fois qu'Eva l'avait vue, sur le palier, devant chez Ola.

— Je t'aime, Lisa.

— Je t'aime aussi, maman.

Elle se mit à pleurer, puis ses sanglots s'éloignèrent, peu à peu réduits à un bruit de fond distant. Eva s'attendait a ce que Klingberg reprenne le combiné, mais la communication fut coupée.

Sur l'E4 en direction du sud, Katz longeait le lac Vättern. Au loin, Visingö flottait comme une création graphique au milieu de l'immense masse d'eau. Il y avait peu de circulation, quelques poids lourds, des banlieusards entre domicile et travail. Au bord de l'eau, les pentes se couvraient d'une végétation encore fragile.

Il s'arrêta dans une aire de repos, quelque part à proximité de Gränna, pour manger son casse-croûte préparé à l'avance. Derrière les vitres fumées de l'habitacle, il se sentait en sécurité.

Il devait se rendre en voiture de location jusqu'à Malmö, garer le véhicule dans un parking près de la gare centrale et déposer les clés dans la boîte à lettres de l'agence Hertz. Ainsi, il éviterait au maximum d'être vu. On ne devait pas le reconnaître. Dorénavant, c'était capital.

Dans la poche intérieure de sa veste, il avait rangé le passeport qu'une relation de Jorma lui avait procuré : délivré par l'ambassade de la Fédération de Russie. Il voyageait sous la fausse identité d'Igor Liebermann, journaliste juif russe, né à Rostov la même année que Katz. Ses billets d'avion étaient au nom de Liebermann. Si on lui adressait la parole, il devait répondre en russe.

Dans le coffre de la voiture de location, Katz transportait une valise remplie d'affaires de vacancier : vêtements, nécessaire de toilette, guide touristique sur la République dominicaine. Il était équipé d'un téléphone satellite miniature, pas plus grand qu'une boîte d'allumettes, grâce auquel il pouvait appeler de n'importe où, y compris du pôle Sud, avait dit Eva. Elle se l'était procuré auprès de l'antenne de police de l'Office de lutte contre la criminalité économique.

La figurine était posée sur le siège à côté de lui. Le *paket*. Katz ne comprenait pas vraiment pourquoi il l'avait prise. Pour lui servir d'amulette, peut-être. Pourtant, il n'était pas superstitieux.

Il passa Huskvarna et Jönköping, respectant scrupuleusement les limitations de vitesse et laissant la radio allumée pour ne pas manquer un éventuel communiqué sur la circulation.

Il jeta un coup d'œil à la jauge. La voiture était peu gourmande, il lui restait encore les deux tiers du plein. Il n'aurait pas besoin de s'arrêter à une station-service avant son arrivée à Malmö.

Dans le Småland, la végétation se fit plus dense le long de la route : des centaines de kilomètres de forêt secondaire de sapin.

Au nord de Värnamo, Katz aperçut un barrage routier : une patrouille et deux motos. Il ralentit par réflexe et, après avoir dépassé les agents, garda l'œil rivé sur son rétroviseur pendant un bon moment pour s'assurer qu'on ne le suivait pas.

Il allait réussir, il le fallait. Il atterrirait à l'aéroport de Saint-Domingue, *Aeropuerto Las Américas*, se rendrait chez le loueur convenu et recevrait ses prochaines instructions.

Pendant ce temps, Eva et Jorma chercheraient sans relâche où était séquestrée la fillette. Et après… Quel était le but de l'opération ?

À 13 h 30, il se gara devant la gare centrale de Malmö, déposa la clé dans la boîte à lettres convenue et entra dans le hall de la gare. Il vérifia qu'il n'y avait pas de flics en civil aux alentours. Tout semblait calme.

D'après le tableau d'affichage, un train pour le Danemark était à quai. Bientôt, Katz pourrait se détendre un peu. Dès qu'il serait passé de l'autre côté de l'Öresund.

Pendant que son train sortait de gare, il s'assit à une fenêtre et se mit à feuilleter un magazine oublié par un passager. Un contrôleur vint et poinçonna son billet sans le regarder. Pas de douaniers – ils travaillaient plutôt dans l'autre sens.

Sur le pont d'Öresund, il faisait un temps splendide. Le ciel d'un bleu profond était bordé d'embruns à l'horizon. Sous le train, la mer étalait sa noirceur verdâtre.

À Kastrup, l'aéroport de Copenhague, il évita de croiser les regards des passagers qui montaient dans le train. Il tourna le visage vers sa fenêtre, et s'isola.

Il se souvint d'un voyage à Copenhague au début des années 2000, alors qu'il était au plus mal. Son compagnon de route, un jeune homme d'Uppsala, devait retirer une livraison d'héroïne chez un distributeur de Vesterbro et la faire passer en Suède en train. Le rôle de Katz était de faire l'appât sur le trajet du retour, assis à quelques rangées du jeune homme. Si la douane contrôlait des passagers au hasard, ils choisiraient Katz, le drogué invétéré, et non le businessman en costume muni d'un attaché-case qui feuilletait un magazine d'affaires.

Combien avait-il été payé pour le boulot? Quinze grammes ? C'était ce qu'il pensait valoir, à l'époque.

Le train entra dans la Hovedbanegård à 14 h 15. Katz prit l'escalator jusqu'au hall principal, où il acheta un aller simple pour Hambourg. Départ dix minutes plus tard. Timing parfait. Il lui restait sept heures avant son vol, à l'aéroport de Hambourg.

Eva n'était pas allée à l'Office depuis une éternité. Les gens la dévisageaient dans les couloirs. Elle surprit une conversation au passage, dans la salle de conférences.

— Un délai de traitement de quatre-vingt-dix jours ? Mais qu'est-ce qu'ils foutent ? C'est vraiment n'importe quoi... Quelqu'un peut m'expliquer comment ils raisonnent, à la police financière ?

Elle s'enferma dans son bureau, alluma son ordinateur et lut tous ses mails du service juridique. Rien d'urgent. Le bureau d'Interpol à Londres l'informait que les îles Vierges faisaient traîner le dossier sur la transaction. Il faudrait certainement compter encore six mois avant de connaître le détenteur du compte.

Elle fit défiler les intitulés : quatre messages de Danielsson. Il voulait la voir. Manifestement, il n'osait pas l'appeler. Elle lut rapidement son dernier mail, daté de la veille au soir. Il lui souhaitait un prompt rétablissement et lui proposait de dîner dans un restaurant chinois quand elle serait de retour au travail. Il voulait l'informer des dernières avancées dans l'enquête sur le meurtre d'Angela Klingberg.

Rien sur Julin ni sur Pontus Klingberg. Les cadavres pourrissaient donc toujours à Djursholm.

Elle alla chercher une tasse de café à la salle de repos. Sur le chemin de l'Office, elle s'était arrêtée au siège de la police, où la femme commissaire responsable de l'enquête sur la disparition de Lisa l'avait invitée à prendre place dans son bureau. L'avis de recherche n'avait rien donné, personne ne l'avait vue depuis ce matin-là. La commissaire lui avait posé les questions habituelles. Lisa avait-elle eu un comportement anormal ces dernières semaines ? Quelles étaient ses fréquentations habituelles ? Avait-elle déjà fait une fugue ? Lorsque Eva s'etait levée pour partir, la commissaire avait posé une main réconfortante sur son épaule et lui avait menti en disant qu'ils allaient bientôt la retrouver.

Eva avait failli craquer. Sur le point de lui avouer toute la vérité, elle s'était retenue *in extremis*. De toute façon, cette histoire était si compliquée qu'on ne l'aurait sans doute pas crue. Le facteur décisif dans son choix s'appelait Joel Klingberg. Il était capable de tout. S'il soupçonnait un tant soit peu avoir été balancé, il tuerait Lisa.

Comment l'avait-il enlevée ? En voiture, forcément, songea Eva en retournant à son bureau. Dans un véhicule volé et abandonné ensuite. Klingberg et son complice avaient eu de la chance, personne ne les avait vus. Mais les journaux avaient commencé à couvrir l'événement, ce qui pouvait faire surgir des témoins éventuels.

Son téléphone sonna : Ola. Elle répondit.

— Tu as du nouveau ? demanda-t-il.

Il avait la voix rauque d'un homme qui manquait cruellement de sommeil.

— Non. J'ai parlé à la responsable de l'enquête il y a une heure. Ils n'ont pas avancé d'un pouce.

Des mensonges, encore des mensonges. De la rétention d'information. Elle n'en était pas fière. Dès que Lisa serait libérée, elle lui raconterait tout. À lui et à la police. Sur Katz aussi. Elle s'en faisait la promesse.

— Et les hôpitaux?

— Rien non plus.

— Dis-moi que ce n'est pas vrai…

Il inspira profondément avant de continuer :

— Est-ce qu'elle pourrait s'être noyée? Cette ville est pleine d'eau… Elle aurait pu aller sur une rive et… tomber?

— Je ne crois pas.

— Alors quoi? Des pédophiles?

— Je n'en sais rien, Ola. Essaie de dormir un peu. Tu dois être complètement épuisé. Je t'appelle dès que j'ai du nouveau.

Le dossier du Centre national du renseignement sur la période militaire de Katz était toujours sur son bureau. Katz n'avait pas encore essayé de la joindre. Bon ou mauvais signe? Elle ne savait pas quoi en penser. En route vers la République dominicaine avec un faux passeport. Depuis Hambourg jusqu'à Saint-Domingue, avec une escale à Madrid. Mais qu'est-ce qu'ils fabriquaient, tous les deux?

Lisa… Elle préférait ne pas penser à ses conditions de détention. La moindre conjecture la tétanisait. Elle ne lui avait pas reparlé depuis le premier appel de Klingberg. Il avait téléphoné une deuxième fois, demandé à parler à Katz et donné une série d'instructions concernant son arrivée à Saint-Domingue. Rien de plus.

Pour garder l'esprit clair, elle devait refouler les images de Lisa, et s'efforcer de la considérer comme la fille de quelqu'un d'autre.

Où pouvait-elle bien se trouver? Sans doute à Stockholm, dans un lieu que Klingberg considérait comme sûr.

Eva n'avait qu'une piste : Sandra Dahlström. Cette dernière avait dû raconter à Klingberg sa visite chez elle, ce qui lui avait mis la puce à l'oreille. Il n'y avait pas d'autre explication. Mais voilà : Sandra Dahlström s'était évaporée. Jorma avait essayé de la trouver. Il s'était rendu à Mörby et avait jeté un coup d'œil chez elle par l'ouverture de la boîte aux lettres. Devant sa porte, un gros tas de courrier témoignait d'une absence de plusieurs jours.

Eva passa le reste de la matinée à faire des recherches sur l'ancienne bonne. Elle n'obtint que de maigres résultats. Pas de casier judiciaire, pas de main courante, aucune mention dans les registres de police. Rien au fisc non plus. Mme Dahlström n'était propriétaire d'aucun bien immobilier ni d'aucun véhicule. Pas même d'un chien. Sur Internet, son nom apparaissait dans divers contextes, mais il s'agissait manifestement d'autres Sandra Dahlström. Eva fit une recherche d'images pour s'assurer qu'elle n'apparaissait nulle part en photo. Toujours rien.

Eva venait d'éteindre son ordinateur lorsque son portable sonna. Numéro masqué. Elle eut du mal à répondre, sa voix se fêlait.

— Eva Westin…

— Maman, c'est moi.

— Ma chérie… Tu vas bien ?

Un toussotement en arrière-plan. Important. Tout était important, le moindre détail, aussi insignifiant qu'il puisse paraître. Il fallait à tout prix la retrouver.

— Vous me manquez, toi et papa. Pourquoi je n'ai pas le droit de parler à papa aussi ?

— Ce n'est pas moi qui décide… Lisa… Tout va s'arranger, tu vas bientôt rentrer à la maison.

— Je sais, maman.

Eva tendait l'oreille pour entendre un quelconque bruit de fond.

— J'ai le droit de te parler un petit moment. C'est bien, non ?

— C'est très bien. Écoute, Lisa… Raconte-moi quelque chose, n'importe quoi. Quelque chose que tu trouves amusant.

— Comme quoi ?

— Comme ce que tu as envie de faire cet été, par exemple. Vas-y, fais-le. Allez !

Visiblement, Lisa comprit l'intention de sa mère, car elle se mit à raconter une histoire longue et compliquée sur ce qu'elle allait faire pendant les grandes vacances.

— C'est bien, Lisa, continue. En même temps que tu me racontes ton histoire, je vais te poser des questions auxquelles tu répondras seulement par « oui » ou par « non », comme si ça faisait partie de ton histoire.

Lisa continua sa description du chiot qu'Ola allait lui offrir et de ce qu'elle allait faire avec lui à la campagne.

— Est-ce qu'il y a une fenêtre dans la pièce où tu es ? Ne réponds que par « oui » ou par « non », c'est important.

— Non... Le chiot n'aura pas de niche, il dormira dans un panier à côté de mon lit.

— Il n'y a pas de fenêtres. Tu crois que tu es dans une cave ? Réponds seulement par « oui » ou par « non ».

— Non... Il s'appellera Charlie, parce que c'était le nom du chien de papa quand il était petit.

— Bien. Ça a pris beaucoup de temps d'arriver là où tu es ?

— Non... Pas longtemps, mais papa trouve qu'il devrait s'appeler Gruffen. Mais moi, je ne veux pas.

— D'accord... Tu as pu voir quelque chose en y allant, sur la route ?

— Non, seulement un peu d'eau pour que le chiot n'ait pas soif... et des épines qui se sont accrochées à sa fourrure... Maman, je n'ai plus envie de raconter.

Eva jouait avec le feu. Les ravisseurs auraient pu activer un haut-parleur et tout entendre. Enfin, dans ce cas, la voix de Lisa aurait été différente. Plus claire, plus aiguë.

De l'eau. Elle avait vu ou entendu de l'eau quand on l'avait sortie de la voiture. Et des épines… D'une manière ou d'une autre, il y avait eu des épines.

— Je veux rentrer à la maison, maman. Je ne veux plus être ici.

— Je sais, mon amour. Tu vas bientôt rentrer, c'est promis.

Soudain, elle entendit comme un bruit de tonnerre en arrière-plan. Eva le reconnaissait vaguement… De quoi s'agissait-il, au juste ? D'une détonation ! On se servait d'explosifs à proximité !

— Dis-moi combien de jouets tu voudras en rentrant. Il faut qu'il y en ait autant que de gens qui t'entourent.

— Trois jouets. Mais maintenant, il n'y en a qu'un. Les autres jouets ne sont plus là. Je ne sais pas où ils sont. Maman, il faut que j'arrête de te parler, maintenant. Je crois que…

La voix de Lisa disparut au milieu d'une phrase. Eva mit plusieurs secondes à comprendre qu'on avait raccroché.

Le vol Lufthansa jusqu'à Madrid s'était déroulé comme prévu. Katz avait dormi un moment et s'était réveillé peu avant l'atterrissage à Barajas. Il s'était rendu au terminal des vols transatlantiques – sa valise était enregistrée jusqu'à Saint-Domingue – et avait patienté quelques heures dans un bar à côté de la porte d'embarquement. Il fut parmi les premiers passagers à pénétrer dans l'appareil.

Le vol Iberia durerait neuf heures. Il arriverait bien avant les trois jours impartis.

Un chef de cabine distribuait des plaids et des repose-tête gonflables. À côté de Katz, une vieille Espagnole aux cheveux colorés en bleu avait posé à ses pieds un chat enfermé dans une cage. À son grand soulagement, elle ne semblait pas vouloir lui faire la conversation.

Alors que l'avion roulait en direction de la piste de décollage, il eut l'impression d'être épié. Paranoïa, se dit-il en regardant autour de lui. Les passagers étaient majoritairement espagnols, âgés pour la plupart. Ils rentraient sans doute chez eux après avoir rendu visite à des membres de leur famille en Espagne. Une hôtesse de l'air noire d'une beauté sculpturale lui souriait depuis le galley.

Après un repas léger servi lorsqu'ils eurent atteint leur altitude de croisière, Katz repensa à Joel Klingberg.

Quel avait été le déclencheur initial, avant l'escalade? Klingberg avait appris que sa femme le cocufiait avec son oncle et avait décidé de disparaître pour fomenter sa vengeance.

Mais où avait-il passé les premières semaines qui avaient suivi son départ? Dans la cabane du Sörmland? Improbable, elle était trop près du manoir, Pontus ou Angela aurait pu débarquer sans crier gare.

Katz goûta le dessert du plateau-repas : une salade de fruits caribéens pimentée. Trop épicée à son goût. Il n'y toucha plus.

Ensuite, Joel était revenu à son domicile. Angela n'avait pas ouvert la porte au coupable, comme le croyait Katz. L'individu avait utilisé sa propre clé.

Qu'avait-elle pensé en le voyant? Avait-elle été soulagée de le retrouver sain et sauf? Heureuse qu'il n'ait pas été victime d'un accident ou d'un crime, comme elle le craignait? Après sa disparition, prise de remords, elle avait rompu avec Pontus Klingberg. Elle avait sincèrement essayé de récupérer son mari.

Lui avait-il révélé qu'il était au courant de son aventure, ou l'avait-il agressée de but en blanc?

Julin était mêlé à l'histoire depuis le début. Il s'était introduit chez Katz et lui avait volé les objets qui avaient ensuite été placés dans l'appartement de Klingberg. On l'avait payé une petite fortune pour accomplir la tâche : cinquante millions de couronnes déposées sur un compte anonyme aux îles Vierges.

Julin et Klingberg se connaissaient depuis longtemps. Ils s'étaient rencontrés dans les années 1970, lorsque Julin avait été engagé pour effectuer des recherches sur la disparition de Kristoffer. Joel n'était encore qu'un enfant. Julin s'était peu à peu rapproché de la famille. Il les avait entre autres accompagnés aux Caraïbes. Il s'était intéressé tout particulièrement à Joel, à son parcours scolaire exemplaire, à son don pour les langues – et à ses crises de fureur.

Au contact de la famille Klingberg, il avait également découvert les croyances populaires caribéennes, en particulier le vaudou et, dans ce cadre, l'usage de certaines plantes médicinales et leurs effets radicaux sur la volonté. En les administrant à des sujets, on pouvait leur faire accomplir les choses les plus étranges. À l'époque, Julin dirigeait des recherches secrètes pour le compte de l'armée. Katz ne connaissait toujours pas le contenu exact du projet. L'ingestion de stupéfiants puissants par des cobayes humains en était en tout cas l'un des composants.

Katz arrêta une hôtesse de l'air et lui demanda du café, puis il se recala dans son siège et poursuivit son raisonnement.

Julin s'était débrouillé pour que Katz et Joel Klingberg soient admis à l'École d'interprètes de l'armée. Katz, parce qu'il avait été condamné pour une agression extrêmement brutale. Ce que Julin ne savait pas à l'époque, c'était que le coupable de Grubbholmen était en réalité Joel Klingberg. Katz intéressait Julin dans la mesure où il le pensait capable de perpétrer un crime particulièrement bestial. En ce qui concernait Joel, Julin avait dû être au courant de ses agressions sur la personne de Sandra Dahlström, ou du moins les deviner.

Le soupçonnait-il déjà du meurtre de ses parents ?

Katz manquait d'éléments sur les années suivantes. Les deux hommes avaient en tout cas gardé le contact.

Puis, quelques mois plus tôt, Klingberg avait fait appel à Julin pour mettre au point un meurtre. Angela devait engager Katz, cela faisait partie du plan On l'avait sciemment dirigée vers lui et on avait fait en sorte qu'un lien affectif se noue entre eux. Mais pourquoi Katz ? Pour permettre à

Klingberg de réaliser encore une fois ses fantasmes violents ? Ou pour assouvir une vengeance... Mais qu'est-ce que Katz avait bien pu lui faire pour mériter cela ?

Katz interrompit le cours de ses pensées aussi facilement qu'en appuyant sur la touche « pause » d'un lecteur de musique.

Deux rangées plus loin, une dispute avait éclaté entre un père et son fils, un garçonnet de cinq ans qui, apparemment, refusait de terminer son plateau-repas. L'homme, âgé d'une trentaine d'années, semblait être dans un état d'ébriété avancé. Il attrapa son fils par la nuque et lui écrasa le visage dans le plateau. Le garçon se mit à pleurer. Tout le monde paraissait embarrassé, mais personne n'osait intervenir. Pas étonnant : le père avait un physique de bodybuilder et portait des tatouages de gang sur les bras et le cou. Il était défoncé, cela se voyait à son regard.

— *¡Pide disculpas!* disait-il. Excuse-toi !

— *Perdoneme, papá...* Pardon, papa.

— *¡No te oigo!* rétorqua le père en giflant son fils. Je ne t'entends pas !

Une femme assise à côté d'eux, sans doute la mère du garçon, gardait les yeux rivés sur ses genoux, pétrifiée.

— Ne te mêle pas de ça, dit l'homme à Katz en remarquant qu'il les regardait.

Puis il ébouriffa les cheveux du garçon, ouvrit une mignonnette de cognac et la versa dans son verre.

Katz rappuya sur la touche « play ».

Après le meurtre d'Angela, Klingberg et Julin avaient eu un différend. Julin avait projeté le meurtre de Katz de sa propre initiative. Il avait envoyé un tueur à gages chez Jorma. En fait, il commençait à s'inquiéter. Non seulement Katz avait, contre toute attente, réussi à échapper à la police, mais Julin était en plus persuadé qu'il le traquait personnellement. Les secrets militaires. Voilà ce que Julin cherchait à protéger. À ses yeux, ils revêtaient plus d'importance que le complot auquel il était mêlé.

Mais Klingberg s'était opposé à l'exécution de Katz. Il avait fait assassiner Julin aux abords de la cabane de chasse. Avait-il libéré Katz pour pouvoir continuer son jeu macabre ?

La raison de leur présence dans le Sörmland était l'assassinat programmé de Pontus Klingberg, qui avait prévu d'y séjourner à ce moment-là. Mais Katz avait fait une apparition inopinée et gêné le déroulement du plan.

Katz ferma les yeux et se représenta une fillette de sept ans victime d'un enlèvement. S'il lui arrivait quelque chose, il ne se le pardonnerait jamais.

Quelques rangées plus loin, le querelleur tatoué recommençait à faire des siennes. Cette fois, il s'en prenait à l'hôtesse noire. Il avait essayé de la tripoter et s'était mis en rogne quand elle avait réagi.

— *¡Puta negra!* cria-t-il. Pute noire!

Katz se leva de son siège, étira ses jambes et s'assit sur l'accoudoir le plus proche, les yeux rivés sur l'homme. Lorsque l'hôtesse repassa, le gangster tenta de lui faire un croche-pied. Elle l'enjamba. Il en profita pour fourrer sa main sous sa jupe. Reculant avec un cri, elle trébucha. Un chef de cabine accourut pour l'aider à se relever.

Katz regardait toujours fixement l'homme, qui lui adressa un sourire narquois. Un bagarreur chevronné, se dit Katz. Cela se lisait dans ses yeux : durs, méprisants. L'homme cherchait l'affrontement. Une swastika était tatouée sur son avant-bras.

Une demi-heure plus tard, Katz le vit se diriger vers les toilettes au fond de l'appareil. Dans la cabine, l'éclairage était désormais en veilleuse. Les passagers dormaient. L'hôtesse agressée avait changé de secteur. Elle servait désormais la classe affaires derrière des rideaux tirés. Le personnel, visiblement déconcentré par ce passager aussi imprévisible que violent, cherchait à éviter l'escalade. Depuis l'incident avec l'hôtesse, c'était le chef de cabine qui s'occupait de lui. Il lui avait apporté trois grands cocktails à base de rhum, que Katz avait soigneusement comptés.

La femme et le fils dormaient sous leurs plaids. Le petit avait les yeux rougis par les pleurs.

Katz attendit que le voyant « occupé » des toilettes s'allume, puis il se leva. Par précaution, il emprunta l'allée opposée et fit un détour par l'arrière de l'avion. Il se posta ensuite devant la porte des toilettes.

Pas de file d'attente. Aux alentours, tous les passagers somnolaient. Katz se trouvait juste à côté du rideau du galley, que le personnel navigant tirait pour préparer les plateaux-repas. Katz le ferma discrètement.

Ainsi plongé dans le noir, il n'était plus visible depuis la cabine. Seul le voyant rouge éclairait le recoin caché.

Quand l'homme ouvrit la porte, Katz lui enfonça le pouce dans l'œil. L'homme se plia en deux de douleur. Ce mouvement vers le bas amplifia le coup de genou que Katz lui assena alors au visage. L'homme tomba en arrière et se cogna la tête contre le siège des toilettes. Une incisive ensanglantée dépassait entre ses lèvres. Katz lui envoya un coup de pied dans l'entrejambe. Puis, d'une main, il le souleva par la nuque et de l'autre, lui attrapa la gorge. Cela lui permit de le retourner et de lui plonger la tête dans les toilettes tout en fermant du pied la porte en accordéon. La gorge pressée contre le rebord de la cuvette, l'homme luttait pour reprendre son souffle.

— *Señor, quiero que me escuche con mucho cuidado. Si le veo a Usted golpear a un niño o hostigar a una mujer, le mato. ¿Me entiende ?*

Cela faisait vingt-cinq ans que Katz n'avait pas parlé espagnol – depuis ses années à l'École d'interprètes où, ayant un peu de temps libre, il s'était inscrit à un cours intensif. Il s'étonna de la facilité avec laquelle les mots s'articulaient dans sa bouche. On aurait dit qu'ils y prenaient naissance au moment même où il décidait de les prononcer.

L'homme ne répondit pas, Katz lui souleva la tête. Il était sur le point de la lui cogner contre le rebord du siège, mais se retint et contempla avec dégoût ses mains ensanglantées. L'homme gisait sur le sol, choqué.

— *¡No me mate!* murmura-t-il. Ne me tuez pas !

Katz se lava les mains en évitant de se regarder dans la glace – et de croiser son propre regard haineux. L'homme gémit.

C'est décidément le langage que je maîtrise le mieux, songea Katz en retournant à sa place. Celui de la violence. Quelle sorte d'homme je suis ? Qu'est-ce qui ne tourne pas rond, chez moi ?

Trois jouets au départ, mais deux ne sont plus là. Il en reste un. Qui est-ce ?

On dirait une devinette, se dit Eva. Si je trouve la réponse, je trouverai Lisa.

Sa fille était donc seule quelque part, gardée par une personne.

À Stockholm. Le trajet en voiture avait été rapide. À proximité de l'eau. Et des épines étaient restées accrochées à ses habits.

La lumière s'éteignit avec un clic sourd, plongeant la cage d'escalier dans le noir. Eva et Jorma se trouvaient à Mörby Centrum, quelques marches en deçà de l'appartement de Sandra Dahlström. Il était 2 heures du matin.

Jorma… Après l'adolescence, ils s'étaient perdus de vue et, malgré tout le temps écoulé, elle avait confiance en lui. Parce qu'ils étaient faits de la même étoffe déchirée, issus du même espace-temps, nés dans les mêmes conditions sordides, dans des familles où tout le monde se fichait de ce qu'il adviendrait d'eux.

Jorma lui fit signe de le suivre. Quelque part, un téléviseur bourdonnait. Sans doute un film d'action.

Ils arrivèrent sur le palier. Aucune lueur à travers les judas des voisins. Jorma tâtonna, cherchant quelque chose au-dessus du gond supérieur de la porte. Une allumette. Eva se souvint de l'astuce. Ils l'employaient du temps où elle participait elle-même à des cambriolages. Cela servait à vérifier si un occupant avait pénétré dans un logement après qu'on était passé en éclaireur. Si la porte avait été ouverte, l'allumette était brisée.

Jorma sortit un jeu de cales – celles du fournisseur auto *Biltema*, les meilleures du marché. Il en choisit une, courba le bout et l'inséra entre la porte et l'encadrement, juste en dessous de la serrure de sécurité.

Elle avait eu du mal à le croire quand il lui avait assuré pouvoir la forcer en moins de trente secondes. Cela ne lui en prit même pas dix. Deux, trois tours, aidé d'une simple pince à becs plats pour augmenter la pression vers le haut. Elle entendit le pêne céder.

Ils restèrent un instant immobiles, tendant l'oreille. Seul l'écho de la télévision du voisin couche-tard, deux étages plus bas, trouvait le silence.

Jorma parcourut rapidement les pièces, tirant les rideaux et baissant les stores devant toutes les fenêtres. Puis il alluma sa torche électrique.

En fouillant les armoires de la chambre, Eva repensa aux paroles de Lisa : une petite pièce aveugle proche de l'eau, des épines qui restaient accrochées aux habits.

À proximité d'un lieu où l'on faisait sauter des explosifs.

Elle s'était renseignée auprès de l'Administration nationale des routes. Un employé lui avait énuméré de mauvais gré les chantiers importants qui employaient des explosifs dans la région de Stockholm. Les travaux de Norra länken à proximité de Roslagstull. La construction du tunnel de City, dans le quartier de Vasastan, au centre-ville. *Les rats deviennent fous, ils sont terrorisés par les explosions, ça les fait remonter des égouts, on voit de véritables monstres à l'air libre, des rongeurs de plus d'un kilo dans le parc Vasa...* Le chantier de la nouvelle gare ferroviaire sous l'Odenplan. À Arlanda, l'aéroport de Stockholm, un parking souterrain en construction. À l'hôpital de Söder, on démolissait de vieux immeubles pour les remplacer par du neuf. Entre le transformateur de Danderyd et la banlieue de Järva, on forait la roche pour y passer un conduit d'électricité vers un nouveau quartier en projet. En écoutant l'employé débiter sa liste, Eva comprit qu'elle ne trouverait pas Lisa par ce biais. Dans le privé, une multitude d'entreprises de BTP utilisaient également des explosifs pour construire des piscines ou des abris, pour réaliser des terrassements ou extraire de la roche.

L'heure et la date des explosions étaient-elles consignées quelque part ? avait-elle demandé.

Possible, il fallait le demander aux maîtres d'œuvre.

Eva avait alors appelé le Central d'explosions minières et quelques autres grandes entreprises. Elle connaissait l'heure exacte de l'explosion qui l'intéressait puisqu'elle l'avait entendue elle-même au téléphone. Au Central, un homme courtois lui avait promis de se renseigner auprès de ses chefs artificiers. Mais cela prendrait du temps, elle allait devoir s'armer de patience.

Elle fouilla quatre armoires dans la chambre à coucher. Rien d'intéressant, seulement des habits.

Elle inspecta tous les tiroirs : une table de chevet, une commode et une coiffeuse.

Partout, l'odeur d'une inconnue, celle de Sandra Dahlström. Elle n'avait peut-être rien à voir avec l'affaire. Son absence pouvait s'expliquer autrement. Un quelconque voyage, des vacances ou encore une visite chez un parent éloigné. Mais quelque chose clochait. Sans Mme Dahlström, comment Joel Klingberg aurait-il pu obtenir ses renseignements sur Eva ?

Gisait-elle quelque part, morte? Klingberg s'était-il débarrassée d'elle, comme Julin? Tout était possible.

Eva jeta un coup d'œil dans le salon. Le faisceau de la torche électrique de Jorma dansait sur le sol. Il explorait des étagères en fredonnant une mélodie. Il faisait preuve d'un calme olympien… Étonnant.

Sous le lit, Eva trouva une boîte de rangement à roulettes : encore des habits, mais plus grands. Sans doute ceux de Linnie Holm, que Sandra Dahlström conservait précieusement.

Ils entendirent un bruit dans la cage d'escalier. L'ascenseur s'arrêta, s'ouvrit, se referma. Des pas retentirent sur le sol carrelé, suivis du cliquetis d'un trousseau de clés.

Dans le couloir, Jorma sortit doucement son pistolet de sa poche – un Desert Eagle israélien. Quel nom absurde… Avant de partir, Jorma avait montré à Eva comment l'utiliser, en cas de besoin. Le plus naturellement du monde, comme s'il s'agissait d'un renseignement utile parmi d'autres.

Accroupi, l'arme braquée sur la porte d'entrée, Jorma souffla tranquillement pour écarter une mèche de cheveux qui lui barrait le visage et, sans le moindre signe de nervosité, attendit.

Sur le palier, encore deux pas. Le bruit métallique des clés. Un individu maladroit, sans doute ivre. La porte de l'appartement voisin s'ouvrit, puis se referma. Ils entendirent le raclement du verrou.

Après cinq minutes de silence, ils reprirent la fouille. Le voisin avait mis de la musique à bas volume.

Après avoir passé toute la chambre au crible, Eva rejoignit Jorma dans le salon. Il était assis dans un fauteuil, sous un poster de Shiva, une cigarette à la main. Sur ses genoux, il tenait un répertoire et un petit album photo.

— Caché dans le panier à linge, annonça-t-il en désignant l'album photo. Les gens y mettent souvent leurs objets de valeur. Ou dans le congélateur.

Il montra le répertoire à Eva. Des traces de givre se dessinaient sur les bords.

— Ils s'imaginent que d'éventuels cambrioleurs n'auront pas l'idée de chercher là. Évidemment, c'est la première chose que font lesdits cambrioleurs. À part ça, rien d'intéressant, sauf si tu as trouvé quelque chose dans la chambre. Pas d'ordinateur, pas de tablette, pas de bijoux ni de liquide. Je suis déçu.

Avec un sourire ironique, il écrasa sa cigarette dans un pot de fleur.

— En tout cas, pour une raison « x », elle considère cet album photo et ce répertoire comme des objets de valeur.

Eva se mit à les feuilleter. D'abord le répertoire. Des numéros de téléphone : médecin généraliste, dentiste, assurances, renseignements médicaux, fournisseur d'électricité. Une femme solitaire, se dit Eva en arrivant à la dernière page.

Åkesson, Jonas. Pas d'adresse, seulement un numéro de téléphone portable rayé. Le garçon sans abri dont Sandra Dahlström avait été le référent familial. À côté du numéro, six chiffres étaient notés, deux par deux :

16 05 12. Le jour où Jonas Åkesson avait été retrouvé mort dans une voiture à Märsta.

Eva revint en arrière dans le carnet. Quelques noms défilèrent – les rares fréquentations de Mme Dahlström : une certaine Anki Rågkling, une dénommée Myriam Pettersson qui habitait quelques rues plus loin.

Eva s'arrêta à la lettre « K ». Pas de noms, mais plusieurs numéros de portable notés successivement avec des encres différentes, les anciens ayant tour à tour été rayés et remplacés par de plus récents. Joel Klingberg.

Le dernier de la série était tout frais, récemment inscrit au crayon à papier. Étant donné sa longueur, il s'agissait d'un numéro à l'étranger.

Eva ouvrit ensuite l'album. Jonas Åkesson, enfant, photographié dans l'appartement qu'ils venaient d'inspecter. Assis par terre, jouant aux Lego. Il devait avoir dix ans.

Puis Jonas grandissait. Avec Linnie Holm sur le ferry de l'archipel. À l'entrée du parc d'attractions de Gröna Lund. Devant une voiture à côté d'un couple à l'apparence soignée –, peut-être ses parents biologiques ; Eva leur trouva un air de famille.

En vacances avec Sandra Dahlström et Linnie Holm, sans doute sur une île grecque. Une tierce personne avait pris la photo. Jonas devait avoir environ treize ans, mais ses traits commençaient à se creuser. Se droguait-il déjà, si jeune ?

Les pochettes suivantes étaient vides. Jusqu'à la dernière page, où il réapparaissait. En compagnie de Rickard Julin.

Eva mit un instant à se remettre de son étonnement.

La photo devait dater d'il y a un ou deux ans. Qui l'avait prise ? Sans doute Sandra Dahlström. Les deux hommes se trouvaient devant une maison, apparemment abandonnée. Aucun des deux ne regardait l'objectif, le cliché semblait avoir été pris par erreur. Julin était en plein mouvement, il s'éloignait de l'objectif.

La découverte remplit Eva de perplexité. Quel était le lien entre Rickard Julin et Jonas Åkesson ?

Elle scruta la photo. Prise à l'automne. Devant la maison, les arbres jaunissaient. Des vitres brisées, une partie du toit effondrée. Une maison d'architecte qui avait dû connaître son heure de gloire. Derrière, on devinait un jardin où, visiblement, la nature avait repris ses droits.

Au-dessus des deux hommes, un ciel d'un bleu profond. Eva eut comme l'impression qu'ils se trouvaient non loin d'une nappe d'eau.

Au-dessus de la mer des Caraïbes, l'appareil traversa une importante zone de turbulences. Un instant, Katz crut qu'ils allaient devoir atterrir d'urgence sur l'eau turquoise. Finalement, la piste apparut, juste au bord de l'eau. Le ciel nuageux échouait au loin contre un horizon noir. La saison des ouragans n'allait pas tarder. Plus que quelques semaines.

En quittant l'avion Katz aperçut fugitivement l'homme qu'il avait tabassé. Appuyé sur sa femme, celui-ci descendait les marches en boitant. Il feignit de ne pas reconnaître son agresseur, mais l'effroi miroitait au fond de son regard. Cette lueur de terreur ne le quitterait pas de sitôt.

Il était 7 heures, heure locale. Dans la chaleur déjà pesante, il flottait une vague odeur de décomposition. On frisait les cent pour cent d'humidité.

Katz prit sa valise sur le tapis roulant, passa la douane et pénétra dans le hall d'arrivée. Du merengué s'échappait des taxis stationnés devant le bâtiment. Pêle-mêle, touristes européens et Dominicains d'origine espagnole ou africaine sortaient et entraient par les portes automatiques La foule présentait toutes les nuances de couleurs de peau.

Katz aperçut l'enseigne d'une agence de location de voitures.

Il s'avança vers la jeune femme d'une vingtaine d'années affairée au comptoir et se présenta : señor Katz. Elle lui adressa un sourire professionnel et sortit d'une armoire une enveloppe contenant les clés d'un véhicule.

— Votre voiture est garée en 91A, précisa-t-elle en lui indiquant la place sur un plan de l'aéroport. Bienvenue en République dominicaine, señor Katz. Nous vous souhaitons un agréable séjour.

À l'endroit indiqué, il trouva une Land Rover blanche décapotable. À peine eut-il refermé la portière qu'un téléphone portable se mit à sonner dans la boîte à gants.

Katz fouilla sous le manuel d'utilisateur de la voiture, trouva l'appareil et répondit. La voix de Klingberg résonna :

— Je ne te tiendrai pas la jambe, Katz. Il y a une chambre d'hôtel réservée à ton nom dans la Zona Colonial, la vieille ville de Saint-Domingue. Ça va te plaire. C'est un hôtel de première classe. Piscine sur le toit. Le parking est au sous-sol, tu peux y garer la voiture jusqu'à ce que je te rappelle. Tout est payé d'avance, ne t'en fais pas. Tu trouveras l'adresse de l'hôtel dans la boîte à gants. C'est compris ?

— Oui.

— Bien. Fais ce que je te dis, tout simplement. Garde ce téléphone à portée de main vingt-quatre heures sur vingt-quatre pour recevoir mes instructions. Il est partiellement bloqué, tu ne peux pas passer de coups de fil sortants. Suis mes instructions à la lettre, c'est important. Sinon, la fillette mourra.

— J'avais compris.

— Bien. Au fait, tu as couché avec elle ?

— Avec qui ?

— Angela.

Ne sachant quoi répondre, Katz garda le silence et contempla la condensation qui s'élevait du bitume surchauffé.

À l'horizon, vers le nord, le paysage côtier se transformait en collines arrondies.

— Elle était plutôt ton genre que le mien, tu ne trouves pas ? Mon Dieu… Je m'en doutais. Je le savais depuis le début, en fait. Cela dit, tu n'as pas dû avoir beaucoup de temps avant que ça parte en vrille. Bref, maintenant, va à l'hôtel. Le voyage a été long, tu as besoin de repos.

En sortant du parking, Katz surveilla ses arrières dans le rétroviseur. Devant les terminaux, un spectacle tropical foisonnant : la végétation, les gens, le va-et-vient incessant des autobus et des taxis. L'air tremblotait dans la chaleur. Klingberg avait probablement engagé des fouines pour le suivre. Katz restait attentif. En se dirigeant vers l'autoroute, il ne remarqua aucun véhicule suspect.

L'hôtel se trouvait de l'autre côté du fleuve Ozama, dans la partie sud de la vieille ville. Katz accomplit les formalités d'enregistrement habituelles à la réception, prit l'ascenseur et arriva dans sa suite avec vue sur le port et la forteresse espagnole à l'embouchure du fleuve. Il brancha le portable fourni par Klingberg sur un chargeur qu'il avait trouvé dans la voiture, et le posa sur la table de chevet. En parcourant la liste d'appels, il constata que l'appareil n'avait servi que pour le seul coup de fil de Klingberg, un moment auparavant.

La carte SIM provenait de la société de télécommunication publique dominicaine.

Katz défit sa valise, rangea ses habits dans l'armoire, ses affaires de toilette dans la salle de bains et l'amulette sur le bureau. Puis il démarra son ordinateur et se connecta au réseau Wifi de l'hôtel. Envisageant d'abord d'appeler Eva par le téléphone satellite, il décida finalement de lui envoyer un mail pour lui dire qu'il était bien arrivé.

Une mignonnette de rhum trois étoiles et un cigare de qualité étaient posés sur la table basse en guise de cadeau de bienvenue. Katz prit des glaçons et du Coca dans le frigo et se prépara un *Cuba libre* sans trop forcer sur l'alcool. Puis il s'installa dans un fauteuil en osier sur le balcon, à l'ombre de la marquise, laissant la porte bien ouverte pour entendre une éventuellle sonnerie.

L'hôtel donnait sur une petite rue, loin des grandes artères touristiques. Dans un coin, un vendeur de fruits se rafraîchissait à l'aide d'un éventail. Un manchot coiffé d'un chapeau de paille passa à dos de mulet. Devant l'entrée de l'établissement, deux enfants mendiaient. Katz passa une heure sur le balcon dans l'attente d'un hypothétique appel, puis décida de sortir.

Il consacra le reste de la matinée à se promener en ville, le téléphone au fond de sa poche. Il visita Notre-Dame de l'Incarnation, la première cathédrale du nouveau monde, et fit un tour par l'Alcazar de Colon, le palais des vice-rois. Puis il traversa le Parque Colon, où des hibiscus et des palmiers poussiéreux ployaient sous la chaleur.

Il parcourut les rues en damier, premier modèle d'aménagement urbain du nouveau monde bientôt imité par toutes les villes espagnoles du continent américain. Katz évoluait au milieu d'une foule grouillante et bigarrée où se mêlaient touristes américains et mendiants dépenaillés, où l'extrême pauvreté côtoyait un luxe démesuré.

Il consultait régulièrement l'écran du téléphone, inquiet de manquer un appel de Klingberg. Mais l'appareil demeurait silencieux. Il n'y avait qu'à attendre.

Sur le Malecón, après avoir déjeuné, il lut le chapitre sur l'histoire de la ville dans son guide touristique en buvant son café.

Hispaniola fut découverte par Christophe Colomb lors de son premier voyage d'exploration en 1492. L'île resta sous domination espagnole pendant deux cents ans, puis la partie ouest fut cédée aux Français et baptisée Haïti, mais dans la pratique, les deux pays étaient dirigés par des propriétaires de plantations qui avaient accumulé des fortunes en faisant le commerce du sucre.

À l'époque des guerres napoléoniennes, une révolte éclata dans la partie française de l'île. Après une lutte acharnée, les esclaves vainquirent les Français et proclamèrent l'indépendance. Leur chef, Toussaint Louverture, devint empereur d'Haïti. De sanglantes guerres civiles se succédèrent alors. Néanmoins, l'esclavage fut aboli et une réforme agraire fut mise en œuvre aux dépens des propriétaires de plantations.

Du côté espagnol, en revanche, l'asservissement continua – perpétuelle pomme de discorde entre les deux États. Combat pour la liberté, conflits entre groupes ethniques et linguistiques, haine entre Blancs et Noirs… Tous ces facteurs conduisirent à un demi-siècle de conflits frontaliers entre la République dominicaine et Haïti.

Dans les années 1930, le général Trujillo, proche des États-Unis, prit le pouvoir en République dominicaine. « Le Bienfaiteur », comme l'appelaient couramment ses sujets, rebaptisa la capitale, qui devint Ciudad Trujillo. Sa politique raciste contre les Dominicains d'origine haïtienne raviva les tensions entre Port-au-Prince et Saint-Domingue. En 1937, durant le massacre du Persil – celui dont Angela Klingberg avait parlé à Katz –, trente mille Haïtiens furent sauvagement tués à la machette par l'armée dans les régions frontalières.

Au début des années 1960, une conjuration de jeunes officiers de l'armée assassina Trujillo. Peu à peu, une démocratie fragile s'établit dans le pays. Le tourisme se développa et l'agriculture fut modernisée. La République dominicaine devint ainsi l'un des pays les plus riches des Caraïbes. Haïti, en revanche, ne cessa de s'appauvrir.

Katz reposa le livre et balaya des yeux la promenade bordée de palmiers. À la table voisine, deux femmes se plaignaient, refusant d'être servies par des *africanos*. En face, des yachts de luxe étaient amarrés au quai, bien alignés. Le ciel s'obscurcissait. Au nord, des éclairs s'abattaient sur les collines. Katz décida de rentrer à l'hôtel.

Quelques minutes après son retour, la tempête tropicale éclata. Démarrant son ordinateur, il constata que l'électricité était coupée. Plus de connexion à Internet. Et sa batterie était à plat.

Il sortit le téléphone satellite. Déchargé. Quelle poisse… Un obscur pressentiment le taraudait. Il avait dû se passer quelque chose en Suède pendant son absence. Et Eva cherchait certainement à le joindre.

L'assistante sociale du centre d'accueil pour jeunes, une petite femme âgée d'environ trente ans qui portait une marque de naissance sous l'œil gauche, posa le dossier de Jonas Åkesson sur la table.

— Maintenant qu'il nous a quittés, le secret ne s'applique plus, dit-elle tristement. Je n'arrive pas à accepter sa mort. On s'est vus il y a trois mois, il avait arrêté la drogue. Pour de bon. Enfin, c'est ce que je croyais, en tout cas.

— Qu'est-ce qui vous a donné cette impression ? demanda Eva.

— L'expérience. Il voulait vraiment arrêter, c'était une décision existentielle. Ce genre de conviction marche infiniment mieux que la mise sous tutelle forcée ou un quelconque programme de désintoxication. Il avait réussi à devenir clean par ses propres moyens. C'était une véritable prouesse. Vous savez comment réagit le corps quand il est brutalement privé d'héroïne ?

— En fait, oui, je le sais.

— Les douleurs sont insupportables. Tout votre corps vous démange, comme si des insectes grouillaient sous votre peau. Et puis il y a les angoisses. On fait de l'insomnie… On a des crampes d'estomac, des vomissements, des diarrhées... On a l'impression d'avoir les os en plâtre, le moindre contact est ressenti comme un coup de poing.

— Comment y est-il parvenu ?

— Il s'était procuré du tramadol et de la codéïne qu'il a pris pendant le sevrage. Ça apaise, bien sûr, mais ça n'explique pas tout. Il voulait vraiment arrêter. Il voulait tourner la page.

— Comment est-ce que vous communiquiez, tous les deux ? Il était sourd, non ?

— Mes parents sont sourds, j'ai appris la langue des signes toute petite. D'ailleurs, dans la région de Stockholm, je suis la seule spécialiste dans l'accueil de toxicomanes sourds-muets, qui sont plus nombreux qu'on ne le croit. Mais avec un appareil, Jonas entendait un peu.

Eva ouvrit le dossier : commentaires sur sa santé mentale, sur les programmes de désintoxication qu'il avait suivis, données sur ses référents, dont les principaux semblaient avoir été Sandra Dahlström et Linnie Holm. Enquêtes, décisions de placement en famille d'accueil. Rien sur ses parents biologiques, sans doute encore protégés par le secret. Eva n'aurait accès à la totalité du dossier que munie d'une autorisation spéciale délivrée par la police.

— Vous disiez qu'il voulait vous voir peu avant sa mort...

— Oui, il avait quelque chose à me dire.

— À propos de quoi ?

— Je n'en sais rien, c'était assez confus. Il était dans une situation qui lui déplaisait et voulait s'en sortir, une expérience médicale à laquelle il participait depuis plusieurs années et qui lui permettait de se fournir en stupéfiants. Il voulait quitter le projet. Pour ça, il devait d'abord arrêter la drogue. On avait rendez-vous ici deux jours avant qu'on le retrouve mort. Il m'aurait donné plus d'informations.

— Ça semble bien mystérieux...

— N'oubliez pas que Jonas n'était pas fiable à cent pour cent. Parfois, avec lui, la limite entre la réalité et l'imaginaire se brouillait – c'était sa stratégie pour rendre sa vie plus supportable. Ces dernières années, il a atterri plusieurs fois aux urgences de l'hôpital psychiatrique Sankt Göran dans un état de psychose toxique. Il prétendait que des voix lui dictaient ses actions et dirigeaient sa volonté. Il lui arrivait de devenir extrêmement violent. Sur le plan général, son agressivité empirait.

— Enfant, il était déjà agressif?

— Quand il avait dix ans, il a presque battu sa petite sœur à mort. Pour ses parents biologiques, ça a été la goutte d'eau qui a fait déborder le vase. Ils ont demandé aux services sociaux de le prendre en charge.

— Pensez-vous que Jonas avait une personnalité psychopathique ? C'est ce que je lis dans son dossier.

— L'avis a été émis par un médecin, il y a plusieurs années de ça. Personnellement, je ne suis pas convaincue. Jonas n'était pas dénué d'empathie, il était capable d'éprouver de la compassion.

— Vous ne savez pas de quelles expériences médicales il parlait ?

— Non. Une histoire qu'il avait inventée, je suppose.

Eva regarda le parking par la fenêtre. Il s'était mis à pleuvoir. L'image de Lisa apparut dans son esprit, elle la refoula.

— Avez-vous été en contact avec Sandra Dahlström ou Linnie Holm ? Elles sont mentionnées dans le dossier.

— Je les connais de nom, mais elles étaient référentes avant que je commence ici. D'ailleurs, quand je suis arrivée, j'ai repris le dossier de Jonas parce que personne d'autre ne parvenait à gérer ses crises. Au point où il en était, il ne pouvait plus se tourner vers aucun service public, sauf les urgences psychiatriques, où le personnel soignant n'a pas vraiment le choix. Ils étaient bien obligés de l'admettre quand il se présentait.

— Savez-vous où il a passé les derniers mois de sa vie, après avoir arrêté la drogue ?

— Il s'était grillé dans tous les foyers. Il dormait dans des tunnels, entre autres. À dix-sept ans. C'est affreux.

— Vous a-t-il jamais parlé d'une maison abandonnée où il aurait pu loger ?

— Si… D'ailleurs, je croyais que ce genre de choses n'existait pas à Stockholm, étant donné les prix de l'immobilier.

— Vous a-t-il dit où elle se trouvait ?

— Non. Il m'a seulement dit que là-bas, il avait la paix. Il y avait une entrée qu'il était seul à connaître. C'était un soulagement pour lui. Les toxicos se volent souvent les uns les autres…

En retournant à l'Office, Eva essaya de joindre Katz. Pas de réponse. Le téléphone semblait éteint, aucun signal ne passait. Un peu inquiétant. S'il avait bien reçu la photo de Jonas Åkesson et Rickard Julin qu'elle lui avait scannée et envoyée, il aurait dû réagir. Cependant, le seul signe de vie qu'il avait donné depuis son départ était un mail laconique dans lequel il lui annonçait qu'il était bien arrivé.

Au Central d'explosions minières, le même employé que la dernière fois répondit.

— Les chefs artificiers m'ont adressé un certain nombre de données, mais aucune explosion n'a été enregistrée à l'heure que vous m'avez indiquée, c'est à dire à 12 h 05 avant-hier.

— Vous attendez encore beaucoup de réponses ?

— Une dizaine.

— Vous pouvez m'appeler dès que vous obtiendrez quelque chose d'intéressant ?

— Comptez sur moi. De quoi est-ce qu'il s'agit ? C'est important ?

— Nous essayons de localiser une fillette victime d'un enlèvement.

Silence.

— Je vais mettre la pression sur les gars. Je vous rappelle dans l'après-midi.

Une maison abandonnée, songea-t-elle en raccrochant. Une cachette que seule une poignée de gens connaissait… Des explosions… Il y avait un lien, elle en était sûre.

Un quart d'heure plus tard, elle arriva à l'Office de lutte contre la criminalité économique. À son grand étonnement, Danielsson l'attendait dans son bureau. Il avait posé quatre photos sur sa table. Sur la première, Eva se trouvait devant la grille d'entrée de la demeure des Klingberg, à Djursholm.

— Tu peux m'expliquer ce que tu fabriques, Eva ? Fini les mensonges.

— Comment te les es-tu procurées ?

— La fille aînée de Klingberg s'inquiétait pour son père. Elle s'est rendue sur place et a enclenché l'alarme. Je suis le premier policier à être arrivé sur les lieux. Il y a des caméras de surveillance tout autour de la propriété. Les vidéos ont été effacées, mais on les a récupérées grâce à des sauvegardes.

— Et… tu comptes m'arrêter ?

— Peut-être.

Il se leva et contempla les images d'un air sceptique.

— Il y avait deux corps à l'intérieur : Pontus Klingberg et l'ancien patron de Katz, Rickard Julin. Tu comprends ce que ça signifie ? Ça risque de faire des vagues.

— Qui d'autre sait que j'étais là ?

— Pour l'instant, il n'y a que moi. On m'a chargé de visionner les vidéos et je n'ai encore rien dit. Mais je vais bien être obligé de le faire, ce n'est qu'une question de temps.

— Combien de temps ?
— Il est déjà écoulé. Tu vas m'expliquer de quoi il s'agit, oui ou merde ?
— Je ne peux pas.
— Tu n'as pas le choix.
— On a toujours le choix. Ma fille est en danger.
Il la dévisagea pendant un moment. Puis, comprenant qu'elle n'ajouterait rien de plus, que rien n'y ferait, que ni les supplications, ni les menaces n'y changeraient rien, il reprit :
— Je ne comprends pas bien pourquoi, mais je te donne trois heures pour déblayer le merdier dans lequel tu t'es fichue. Après, tu seras convoquée à un interrogatoire et j'exigerai des explications concernant ta présence devant une maison où l'on a trouvé deux corps, en compagnie de deux individus dont l'un est soupçonné de meurtre et l'autre, un criminel notoire.
Elle s'avança vers la table et regarda les photos de Katz et Jorma.
— C'est toi qui les planques ? demanda Danielsson. Ne me réponds pas tout de suite. Mais fais vite. Je risque ma carrière pour toi. Et je me demande bien pourquoi. Parce qu'on a couché ensemble ? Je ne crois pas. Quoi qu'il se soit passé entre nous, c'est fini. Tu n'es pas mon genre, Eva. Je commence à le comprendre.
Elle lui adressa un sourire tourmenté.
— Eva Dahlman, dit-il avant de sortir. Ton nom de jeune fille, pas vrai ? Victime d'une agression similaire à celle d'Angela Klingberg en 1984. Danny Katz avait été inculpé, mais tu as refusé de témoigner contre lui.
Elle lui lança un regard suppliant.
— Tu peux me rendre encore un service ? Le dernier, je te le promets.
Il soupira. Elle choisit de prendre cette réponse timorée pour un « oui ».

— Un numéro de téléphone. En République dominicaine, je crois. Un portable. On doit pouvoir remonter sa trace et trouver le nom de l'utilisateur.

— Pourquoi tu n'appelles pas le numéro en question, tout simplement ?

— Impossible. Le détenteur ne doit rien savoir, c'est vital. Je t'expliquerai plus tard.

Tôt le lendemain matin, le téléphone sonna enfin. La voix de Klingberg semblait lointaine, le réseau devait être faible à l'endroit où il se trouvait. Il ordonna à Katz de se mettre immédiatement au volant de sa voiture et de se diriger vers San Juan de la Maguana, à l'ouest. L'itinéraire était déjà saisi dans l'ordinateur de bord du véhicule. Il allait recevoir ses prochaines instructions en chemin. Surtout, il ne devait rien prendre avec lui, c'était important. Rien de plus que les vêtements qu'il avait sur le dos et le téléphone.

Dis au personnel de l'hôtel que tu vas faire une excursion et que tu seras de retour dans quelques jours. Laisse tes affaires dans ta chambre. Au fait, j'ai les moyens de vérifier que tu fais bien ce que je te dis. Crois-moi sur parole, ça vaut mieux.

Le garage était plongé dans le noir. L'électricité n'avait pas été rétablie. Un portier alla chercher la Land Rover.

Katz se faufila à travers les ruelles de la vieille ville et prit l'avenue George Washington. Peu à peu, la route traversa des bidonvilles, longea des cabanes en tôle et en plastique qui seraient bientôt emportées par les ouragans. Des enfants en haillons jouaient parmi les ordures.

Une heure plus tard, Katz bifurqua vers le nord-ouest. Il eut soudain l'impression de se retrouver en plein

Moyen Âge. Des ouvriers agricoles munis de houes et de machettes. Des charrues tirées par des bœufs. Les seuls Blancs qu'il vit étaient au volant des voitures qu'il croisait.

La circulation se raréfia à mesure qu'il pénétrait dans les terres. Le paysage se transforma, verdoyant, ponctué de collines boisées.

Puis, des vallées couvertes de savane. Au nord, le Pico Duarte s'élevait à trois mille mètres d'altitude, entouré d'un anneau de nuages.

Katz se gara sur une aire de repos. Un homme chaussé de sandales en lambeaux voulut lui vendre de l'essence qu'il portait dans un bidon. Il parlait un français créolisé. Katz refusa. L'homme disparut dans les champs, son bidon à la main.

Katz ouvrit le capot et, pendant environ cinq minutes, fit semblant d'inspecter le moteur. Aucun véhicule n'apparut sur la route. Il ouvrit la portière du côté passager et sortit le téléphone satellite et le chargeur qu'il avait cachés sous le tapis. Il déchira un morceau du scotch isolant qu'il avait également apporté, retourna à l'avant du véhicule et fixa les appareils sous le radiateur. Il fallait qu'il trouve de l'électricité quelque part pour appeler Eva.

Une heure plus tard, Katz arrivait à San Juan de la Maguana.

Une petite ville de province ensommeillée. Des hommes en chapeaux de paille, désœuvrés, assis à l'ombre de parasols troués. Un groupe d'enfants poursuivit sa voiture en mendiant. Katz s'immobilisa dans ce qui devait être le centre-ville, devant une pharmacie. Il resta au volant, profitant de la climatisation. Dix minutes plus tard, Klingberg l'appela.

— Je devine que tu es arrivé.

— Oui.

— Tu t'es arrêté en route, si j'ai bien compris.

Le véhicule devait être muni d'un dispositif de géolocalisation. Soit Klingberg se connectait directement au GPS de la Land Rover, soit il avait placé un émetteur quelque part dans le véhicule.

— Le moteur faisait un bruit bizarre. J'ai eu peur qu'il soit en surchauffe. Fausse alerte.

— Tant mieux. J'espère que tu as bien profité du paysage. La sierra. La mer en sortant de Saint-Domingue. C'est là que je passais mes étés, gamin. Deux mois par an avec mon grand-père. D'ailleurs, personnellement, je n'en garde que de bons souvenirs.

Il se tut. Sa respiration semblait proche, comme s'il tenait le combiné tout près de sa bouche.

— Tu approches du but. À partir de maintenant, il faudra que tu suives très attentivement mes instructions. C'est compris ?

Katz confirma.

— Continue vers l'ouest en direction de Las Matas de Farfán. Quelques kilomètres après le village, tu verras une petite chapelle au bord de la route. Je t'appellerai quand tu y seras.

Il raccrocha. Katz démarra.

Il fallait à tout prix transmettre à Katz les dernières informations qu'elle avait obtenues. Si elle trouvait Lisa, il pourrait rentrer tout de suite.

Mais cette saleté de téléphone satellite ne répondait pas.

Danielsson était parvenu à localiser le numéro noté dans le répertoire de Sandra Dahlström : un abonnement dominicain. Deux jours plus tôt, il avait reçu un appel masqué qui avait duré trois minutes. À part cela, il était resté inutilisé.

Eva scruta la maison cachée derrière le jardin envahi par la végétation. Lisa... Maintenant qu'il y avait une lueur d'espoir, elle osait lui consacrer ses pensées.

Au Central d'explosions minières, on lui avait dégoté l'information qu'elle cherchait. Son aimable interlocuteur l'avait rappelée dans l'après-midi pour lui annoncer la nouvelle, qu'il espérait bonne. Deux jours plus tôt, à 12 h 05, quatre charges d'explosifs de deux kilos avaient sauté sous la roche, au bord de la Margretelundsväg, à Traneberg. Il s'agissait de travaux de terrassement retardés dans le cadre de la construction du tramway entre Alvik et Solna.

— Les détonations ont dû être clairement audibles dans un rayon de cinq cents mètres, avait expliqué l'employé, et les vibrations, perceptibles dans un rayon d'un kilomètre.

Voici donc où était retenue Lisa : quelque part le long du trajet parcouru par Klingberg le jour où il avait feint sa disparition.

Son expédition à Traneberg n'avait donc rien à voir avec l'enlèvement de son frère, comme l'avait d'abord cru Katz. Ni avec une quelconque intention de faire porter le chapeau à Katz, qui habitait dans les environs. Rien à voir non plus avec le chantier naval où mouillait parfois le yacht de la famille. Julin avait déposé Klingberg à la villa abandonnée, puis garé la voiture au parking où il avait croisé par hasard Jonas Åkesson.

Après sa discussion avec l'employé du Central, Eva s'était immédiatement rendue sur les lieux. Elle surveillait désormais la maison déserte, située à deux cents mètres du chantier, qui disparaissait presque sous la végétation du jardin à l'abandon.

Marianne Lindblom, la précieuse collaboratrice d'Eva à l'Office, avait déniché un tas de renseignements. Le terrain et la maison avaient été achetés dix ans plus tôt par Capitol Security, qui avait obtenu un permis pour y construire des bureaux. Mais la villa n'avait jamais été démolie. Elle continuait donc à tomber en ruine.

Assise au volant de sa voiture, Eva épiait le bâtiment à l'aide de jumelles en attendant l'arrivée de Jorma. Jusqu'ici, aucun mouvement, pas de véhicule, rien. Le chantier naval et les petites entreprises environnantes étaient fermés pour la journée.

Son téléphone sonna. Elle répondit, pensant que c'était Jorma. La voix d'Ola retentit dans le combiné.

— Du nouveau ?

— Non.

— J'ai l'impression de devenir fou. Je ne travaille plus, je ne mange plus, je ne dors plus. Je passe mon temps à ressasser.

— On va la retrouver.

— Comment tu le sais ? Il faut qu'on commence à envisager le pire. Qu'elle soit morte.

Non, pas ça… Malheureusement, Eva ne pouvait pas divulguer ses informations. Elle ne pouvait même pas mêler la police à ses recherches. Car une chose était absolument sûre : Klingberg tiendrait parole.

— Tu es où ? Il faut que je te voie… Juste pour parler un peu. Erika ne me supporte plus.

Eva gardait les yeux rivés sur la villa : la peinture jaune qui s'écaillait sur la façade en bois, le trou béant du balcon affaissé, le toit en partie effondré. Cette maison d'architecte autrefois luxueuse avait dû avoir de l'éclat : trois étages avec vue sur le lac d'Ulvsunda. Elle possédait sûrement une dizaine de chambres. Et une cave. Eva n'arrivait pas à voir ce qui se trouvait à l'arrière de la maison… Un abri de jardin ? Un garage ?

— Eva, tu m'entends ? Tu es toujours là ?

Près de l'eau, un endroit où on entend des détonations… Et si elle se trompait ? Elle ne pouvait pas se le permettre. C'était sa seule chance.

— Je suis là.

— Et la police, qu'est-ce qu'elle fabrique ? Ils ne m'ont pas appelé depuis plus de vingt-quatre heures. Ils se fichent de nous ? Ce serait vraiment le pompon… Il faut que tu te serves de tes relations. Je deviens fou à force de rester là à ne rien faire. Et Arvid… Qu'est-ce que je vais lui dire ? Il ne comprend rien à ce qui se passe…

Un homme brisé, se dit Eva. Si ça tournait mal, il ne s'en remettrait pas. Elle non plus.

Soudain, au loin, sur la route, elle perçut un mouvement. Elle espérait voir apparaître la voiture de Jorma, mais le véhicule qui avançait lentement dans sa direction lui était inconnu. L'auto s'arrêta à une cinquantaine de mètres de la maison. Une femme descendit et lança un regard suspicieux autour d'elle. Elle portait un gilet de laine gris.

— Il faut que je raccroche. Je dois m'occuper d'un truc, je te rappelle plus tard. Essaie de garder ton calme. On va y arriver.

Il roulait à travers la forêt vierge vers la frontière haïtienne. Ici et là, une clairière s'ouvrait sur une plantation de tabac. Katz n'avait croisé ni être humain ni véhicule depuis un bon moment. À son passage, des papillons multicolores s'envolaient des fossés, effrayés.

Klingberg l'avait guidé sur les petites routes qui s'enfonçaient dans la brousse.

Katz alluma l'autoradio et fit défiler des stations grésillantes qui émettaient depuis Port-au-Prince : de la salsa, du reggae jamaïcain. Il tomba sur un talk-show dont la présentatrice parlait un français parsemé d'expressions créoles qu'il avait du mal à comprendre. Tout au bout de la bande FM, une station dominicaine diffusait un bulletin d'informations en espagnol. Un ouragan de faible puissance allait toucher la côte est dans les vingt-quatre heures. On conseillait aux populations des villes de Punta Cana et La Romana de ne pas sortir de chez elles et de suivre les infos. Il était possible qu'on évacue des zones côtières.

La route grimpait, Katz gagnait de l'altitude. Un essaim de perroquets survola en jacassant un versant de montagne. Le terrain était crevassé de ruisseaux, une boue argileuse éclaboussait les vitres du 4 × 4. Soudain, dans un virage abrupt, le véhicule se mit à déraper. Katz ne parvint à l'arrêter qu'après le tournant.

Il aperçut alors un autel au bord de la route et s'approcha. Sur une nappe blanche, une tête de serpent gisait dans une flaque de sang. Autour, on avait disposé une bouteille de rhum, un crucifix et un candélabre muni de bougies rouges. On avait également cloué des chaussures aux troncs d'arbre qui délimitaient la clairière.

Katz reprit le volant. Il s'enfonçait dans la forêt, la route était de plus en plus mauvaise – enfin, si l'on pouvait encore appeler « route » cette soupe boueuse qui formait un étroit passage entre les arbres.

Soudain, le sentier s'élargit et le paysage s'ouvrit. Des plantations de canne à sucre abandonnées. Des cabanes tombant en ruine. Des écriteaux en français et en espagnol.

Puis, le bâti devint plus dense. Des moulins à canne à sucre, une construction en béton – une raffinerie, devina Katz. De petites habitations en tôle et en bambou munies de vérandas. Puis un édifice plus imposant, de style colonial, entouré de palmiers.

Des chiens sauvages aboyaient dans la cour. À l'instant où Katz s'arrêta, son téléphone sonna. Le réseau était faible, il distingua à peine la voix de Klingberg :

— Tu es arrivé. On a fait ta chambre dans la grande maison.

La bâtisse semblait inhabitée depuis plusieurs années : volets fermés, meubles recouverts de draps blancs piquetés de traces d'humidité. Une épaisse couche de poussière tapissait le sol du salon.

Pas d'électricité. Dans la cuisine, des calebasses à eau vides. Par terre, des crottes de rats.

Dans une bibliothèque, un mur couvert d'ouvrages en espagnol et en français reliés de cuir. En face, une galerie de tableaux : des huiles représentant les propriétaires successifs de la demeure. Le plus ancien, un homme en chapeau à plume tenant une pipe en terre, devait dater du XVIIe siècle. Le plus récent était un portrait de Gustav Klingberg, alors âgé de la quarantaine, vêtu d'un costume à rayures tennis, un limier étendu à ses pieds.

À l'étage, Katz trouva sa chambre. Sur la table de chevet, une bouteille d'eau minérale. Le long des murs, des meubles rustiques en acajou massif. Un lit coiffé d'une moustiquaire trônait au milieu de la pièce et une porte vitrée donnait sur une terrasse avec vue sur une piscine pleine de vase.

L'après-midi passa sans que Katz croise personne. Il erra sans but parmi les vestiges de la plantation Klingberg, entre des moulins à canne à sucre abandonnés et une usine vidée de toutes ses machines.

Dans un abri, du matériel d'abattage pendait à des crochets : des masques et des pistolets. Plus loin, Katz trouva un enclos d'abattage incrusté de sang noirci. Des ossements – entre autres des crânes de cochons – étaient entassés derrière la porte.

Katz décrocha un pistolet d'abattage et le soupesa. Une mécanique élémentaire : un piston propulsé dans un cylindre par un ressort qui, malgré la rouille, paraissait fonctionner. Katz empocha l'arme. C'était toujours mieux que rien.

Il s'engagea dans un sentier boueux envahi par la végétation. Il jeta un coup d'œil dans d'anciens logements ouvriers : sols en terre battue et toits en tôle ondulée. Il manquait des portes et des fenêtres, mais on avait laissé les lits superposés en ferraille. Des posters jaunis vantaient un rhum haïtien. Dans les armoires, traînaient encore de vieilles chaussures pourries et quelques vêtements.

À l'horizon, des nuages avançaient, menaçants, chargés de pluie, dans un ciel macabre.

Katz s'approcha d'une baraque en ciment. Sur la porte, une peinture à même le bois représentait un homme noir sanguinolent léché par des chiens. Legba alias saint Roch, le saint patron des esclaves haïtiens. La porte était verrouillée à l'aide d'un gros cadenas. Pas de fenêtres. Devant l'entrée, un tonneau rempli de sel.

Katz fit demi-tour vers la propriété puis, trouvant un sentier qui menait vers une petite construction à l'orée du bois, il bifurqua.

Une chapelle, constata-t-il. Elle jouxtait un cimetière qui ne contenait que deux tombes surmontées de croix en fonte serties de photographies sous verre. Sur l'une des photos, une vieille femme noire gisait dans un cercueil, enveloppée d'un linceul blanc. Katz lut l'inscription : « Marie Bennoit, née le 27 septembre 1921, morte le 11 novembre 1978. »

Sur l'autre croix, la photo, assez floue, représentait un jeune métis, également étendu dans un cercueil. Pas de nom, mais des années : 1963-1979. Le garçon ressemblait à Kristoffer Klingberg.

Sur le chemin du retour, Katz fut poursuivi par des nuées de moustiques. La nuit tombait rapidement. Une nuit sans lune, sans étoiles. Les nuages s'amassaient dans le ciel bas. Sur la route, une meute de chiens sauvages se mit à grogner et à montrer les dents au passage de Katz, qui leur lança un gros caillou et les regarda détaler.

L'orage éclata. De grands éclairs strièrent le ciel et illuminèrent les montagnes, tels des néons clignotants. Il se mit à pleuvoir à grosses gouttes tièdes. L'averse s'intensifia rapidement et finit par fouetter le visage de Katz. S'affaissant sous les rafales de vent, les champs de canne à sucre semblaient piétinés par des géants invisibles.

Katz monta dans sa chambre et alluma les bougies du candélabre posé près de son lit. Il bâcla les volets. La pluie tambourinait contre le toit, produisant un vacarme sourd et ininterrompu. Katz jeta un coup d'œil au téléphone. La batterie était presque à plat et il n'avait aucun moyen de la recharger. Si Klingberg avait encore quelque chose à lui dire, il fallait qu'il se dépêche. Mais peut-être n'était-ce pas son intention...

Katz s'allongea sur le matelas et contempla le ciel de lit troué.

Soudain, tout lui revint.

La petite amie de Klingberg à Uppsala. Comment s'appelait-elle ?... Ingrid ?

Voilà un des effets de la came. Elle lui avait perforé la mémoire, détruisant des pans entiers d'informations vitales.

Pendant leur dernier semestre à l'université d'Uppsala, Klingberg avait retrouvé un ancien amour d'adolescence. Leur relation avait tenu quelques mois lorsqu'ils étaient à l'internat, jusqu'à ce que la jeune fille parte en France faire des études de langues. Klingberg et elle avaient alors rompu.

La jeune fille leur avait rendu visite dans leur chambre d'étudiant. Klingberg avait discrètement prié Katz de se tenir à l'écart pendant quelques heures. Ce dernier était allé s'installer au café Ofvandahls, où il avait bu une demi-douzaine de cafés noirs en révisant son russe, puis il était remonté dans la chambre. Klingberg et Ingrid l'avaient accueilli avec des regards de honte et de satisfaction mêlées.

Une demoiselle de la haute société, issue du même monde que Klingberg. Elle conduisait une Porsche 211 rouge que ses parents lui avaient offerte pour son bac.

Un jour – c'était en mai, Katz s'en souvenait maintenant –, elle était venue à une soirée dans leur couloir de la cité universitaire. Katz s'était retrouvé seul avec elle au balcon. Sourire en coin, il lui avait proposé une gauloise en français – une langue qu'il avait apprise en un an au lycée – et prêté son blouson de cuir parce qu'elle avait froid. Ils avaient bu du whisky millésimé qu'elle avait apporté de chez ses parents. Katz n'avait jamais goûté à ce genre de boisson avant de rencontrer Klingberg. Leur univers lui paraissait irréel : voyages linguistiques, domaines familiaux, voitures de sport et chauffeurs particuliers – de l'argent, encore et toujours de l'argent.

Katz avait mis la main sous la jupe de la jeune fille, son doigt avait longé le bord de sa culotte. Elle mouillait déjà. Il avait poursuivi son tâtonnement sous le tissu et touché les lèvres glissantes de sécrétion tout en continuant à plaisanter en français, le dos tourné à la porte du balcon pour ne pas être vu.

Était-il défoncé ? Il ne se rappelait pas. Peut-être avait-il pris quelque chose. À l'époque, il faisait encore des rechutes. Quoi qu'il en soit, au moment des faits, il n'avait éprouvé aucun scrupule. Aucun dilemme moral. Pas à l'époque. Il considérait cela comme une sorte de restitution d'impôts. Prendre aux riches et rendre aux pauvres…

De l'indifférence, voilà ce qu'il ressentait. Voire du mépris pour Klingberg. Klingberg le faiblard, le ringard… N'était-ce pas ainsi ? Son geste n'était-il pas délibéré, au fond ? N'avait-il pas intentionnellement détruit leur relation ?

Deux jours plus tard, un samedi alors, que Klingberg était chez son grand-père à Djursholm, elle était revenue. Katz et elle avaient couché ensemble dans le lit de Klingberg. Après l'acte, elle se sentait tellement coupable qu'elle s'était mise à pleurer. Katz s'en souvenait parfaitement, à présent.

Il ne s'était même pas efforcé de dissimuler son délit. Le dimanche soir, quand Klingberg était rentré, la boîte de capotes gisait encore dans son lit défait. Le châle de la fille, oublié, par terre. Quand Klingberg avait demandé à Katz ce qui s'était passé, celui-ci lui avait ri au nez. « Je ne comprends pas, avait marmonné Klingberg en quittant la pièce. Tu étais la seule personne en qui j'avais vraiment confiance… »

Peu après, leur service avait pris fin et leurs chemins s'étaient séparés. À l'époque, Katz était convaincu qu'ils ne se reverraient jamais.

Il fut réveillé en pleine nuit par des tambours. La photo sur la tombe… Kristoffer était-il vraiment enterré dans la forêt dominicaine ? Comment était-il arrivé là ? Katz repensa à l'épisode d'Ingrid. Il n'avait éprouvé aucun remords. Voilà ce que la drogue avait fait de lui. Et voilà pourquoi, après avoir ingéré des substances en quantités astronomiques pendant toute la décennie qui avait suivi, il avait complètement oublié l'incident.

L'orage se calmait, peut-être provisoirement. Étendu dans son lit, Katz écoutait les rafales des tambours au loin. La batterie du téléphone posé sur sa table de chevet n'était pas complètement déchargée. De toute façon, Klingberg ne l'appellerait pas.

En s'habillant, Katz entendit la débandade crépitante des cafards sur le parquet. Ses pensées tournaient à vide, il avait la curieuse impression de s'enfoncer dans un monde de plus en plus étrange. Comment était-il arrivé là ? Quel était l'événement déclencheur ?

Dans la cour, il fut accueilli par un panorama gris métallisé. Le paysage semblait recouvert de chrome. De petits agglomérats d'étoiles épars apparaissaient à travers le voile nuageux. Les tambours avaient changé de litanie.

Il longea les cabanes et se dirigea vers les champs de canne à sucre. Les chauves-souris exécutaient de véritables acrobaties, la pleine lune semblait pendue à un fil invisible. Guidé par le martèlement des percussions, il passa les moulins et parvint à un vaste champ. De l'autre côté, la jungle se dressait comme un mur noir. Entre les troncs d'arbre, Katz distinguait cependant des lueurs vacillantes.

Katz marcha le long d'un ancien canal d'irrigation vers le scintillement. L'eau croupissante exhalait une odeur de vase et de plantes pourries. Des grenouilles coassantes bondissaient, fuyant à son approche. Il atteignit l'orée du bois. Une voûte taillée à la machette dans la végétation dense donnait sur un sentier récemment défriché.

Katz s'enfonça dans la forêt. Après quelques minutes, une clairière s'ouvrit devant lui. Au centre, dans un trou, un feu brûlait. Prudent, Katz recula de vingt pas dans la jungle pour ne pas dévoiler sa présence.

Une fête. Des danseurs en extase. Un homme ivre buvait du rhum au goulot. Il essuya le col de la bouteille et la passa à un jeune garçon. Plus loin, des joueurs de tambour accroupis ; une vieille qui faisait cliqueter un genre de hochet. Des pauvres, tous vêtus de haillons.

Assise sur une chaise à côté des percussionnistes, une silhouette humaine se tenait immobile, recouverte d'un drap blanc. Sur ses genoux, elle tenait un crâne. Entre les mâchoires du crâne, on avait enfoncé un cigare et, devant ses orbites vides, posé des lunettes de pilote. L'individu dissimulé sous le drap ne bougeait pas d'un cil.

Un homme ramassa un charbon ardent et se mit à le manger pendant qu'une femme lui brossait le dos avec une poule vivante en chantonnant en créole. Katz aperçut quelques Blancs… Non, faux. Il s'agissait d'hommes nus enduits d'une argile claire.

Des danseurs tombèrent en transe, se tortillant comme des serpents sur le sol. D'autres poussaient des cris bestiaux d'extase ou de douleur. Un porcelet fut conduit à un autel, hurlant à la mort. Une femme l'égorgea d'un seul coup de couteau et le relâcha. L'animal s'enfuit dans la forêt en giclant du sang – un cochon sacrifié au monde des esprits.

Les yeux de Katz étaient instinctivement attirés par la silhouette sous le drap, d'où dépassaient des pieds, chaussés de tennis blanches.

C'était Sandra Dahlström. Aucun doute. Eva l'observait à travers ses jumelles. L'ancienne bonne s'était garée à une cinquantaine de mètres de la maison abandonnée.

Ses cheveux grisonnants étaient attachés en queue-de-cheval sur sa nuque. Après avoir lancé un regard méfiant autour d'elle, elle s'éloigna en direction d'un sentier, à droite, et se dirigea vers la colline derrière la propriété. Elle disparut du champ de vision d'Eva.

C'était le moment d'agir.

Eva descendit de voiture et se lança à sa poursuite au pas de course. Des souvenirs de Lisa défilaient dans son esprit. Elle se promit de devenir une meilleure maman, de faire figure d'exemple. De dominer ses tendances autodestructrices. À ses pieds, son ombre la devançait en tressautant. Tout et n'importe quoi, pourvu que sa fille s'en sorte indemne.

Eva progressait discrètement, les larmes aux yeux. Lisa lui manquait tellement qu'elle devait ravaler ses sanglots. Arrivée au sentier, elle ralentit et se pencha pour jeter un coup d'œil. Elle perçut un mouvement fugitif, Sandra Dahlström se volatilisa.

Eva gravit la colline qui surplombait la villa.

En bas, aucun signe de vie. Depuis son poste d'observation surélevé, elle avait une vue dégagée sur la maison aux portes et aux fenêtres barricadées de plaques de tôle et de planches. Une vraie forteresse.

Il devait y avoir une entrée secrète quelque part. Sandra Dahlström aurait pu l'y conduire, mais elle l'avait manquée de quelques secondes.

À droite de la bâtisse, un hangar délabré. À gauche, un garage béant rempli de bric-à-brac.

Eva scruta les environs. Des pommiers retournés à l'état sauvage, une pelouse transformée en pré. Sur fond d'herbe jaune, des coquelicots flamboyaient.

Se courbant pour ne pas être vue, Eva se laissa glisser vers le garage, en bas de la pente.

Elle n'était plus qu'à vingt mètres de la villa. Toujours pas un bruit. L'herbe avait été piétinée jusqu'à une allée de gravier qui contournait la maison.

Quelque part à l'intérieur, Lisa était enfermée avec Sandra Dahlström, la seule personne qui restait des trois, d'après ce qu'elle lui avait dit au téléphone. La pièce dans laquelle on la séquestrait n'était pas insonorisée, sinon, Eva n'aurait pas entendu les déflagrations.

Mais où se trouvait l'entrée ?

Le temps allait bientôt lui manquer. Elle avait du mal à garder les idées claires, elle aurait voulu suivre son seul instinct qui lui dictait de retrouver Lisa le plus vite possible. Mais n'était-ce pas plus sage de retourner à la voiture pour attendre l'arrivée de Jorma ? Elle n'était même pas armée. Quand Sandra Dahlström réapparaîtrait, à deux, ils pourraient la forcer à les conduire jusqu'à Lisa. La surprendre dans la même pièce que son otage, c'était risqué.

S'éloignant à reculons vers le garage, Eva trébucha sur un tonneau d'eau de pluie crevé et tomba. Elle resta étendue par terre.

À sa gauche poussaient de hautes ronces. Des églantiers. Sans cette chute, elle n'aurait jamais découvert ce qui se cachait derrière. On ne pouvait l'apercevoir que juste au-dessus du sol, à la naissance des ronces, là où la broussaille était plus clairsemée. Les églantiers avaient recouvert la margelle d'un puits, formant un taillis opaque qui l'abritait des regards. Une échelle dépassait de l'ouverture.

Et des épines qui se sont accrochées…

Eva se redressa et écarta les branchages. Son châle s'accrocha au taillis, elle ne prit pas le temps de le récupérer. Le couvercle du puits était posé à côté du muret. Elle franchit la margelle et descendit l'échelle.

Arrivée au fond du puits asséché, elle découvrit un étroit passage qui devait mener vers la maison. Elle se courba pour y entrer, tâtonnant dans le noir complet. Après quelques pas dans le souterrain, elle atteignit un tournant abrupt et, derrière, aperçut un rayon de lumière.

Une porte entrebâillée.

Elle l'ouvrit avec précaution. Au plafond, des néons éclairaient une sorte de laboratoire. C'était là que Julin menait ses expériences et manipulait des substances psychoactives, elle le sentait au plus profond de son être. Des séparateurs étaient rangés le long d'une paillasse. Ils devaient servir à isoler des poisons végétaux. Sur les étagères, des tubes à essai, des flacons, des emballages de produits chimiques. Dans une armoire ouverte, des seringues.

Derrière une deuxième porte, Eva découvrit une petite chambre. Contre le mur, un lit défait. En face, dans une alcôve, une armoire contenant quelques jeans et T-shirts. Un costume était accroché à un cintre. Sur une table pliante, un récipient et des couverts. Au pied du lit, un garrot en cuir et une aiguille à insuline. Jonas Åkesson avait vécu ici. Quand

Julin avait compris que Katz était sur ses traces, il lui avait administré une overdose mortelle dans son lit.

Klingberg avait également séjourné ici après son simulacre de disparition. Le costume devait lui appartenir.

Soudain, Eva entendit un bruit provenant de l'intérieur de la maison. Des sanglots lointains. Lisa. Elle était en vie.

Derrière une porte coulissante, un couloir menait à un escalier éclairé par la lumière du jour qui tombait du rez-de-chaussée. Eva s'avança prudemment, puis s'immobilisa, prenant soudain conscience de sa vulnérabilité.

Du coin de l'œil, elle perçut un mouvement. En se retournant, elle fut éblouie par un arc de lumière électrique. La douleur se propagea instantanément dans son corps. Elle eut l'impression que ses muscles se détachaient de ses os. Deux mètres plus loin, Sandra Dahlström, qui la tenait en joue avec un Taser, lui décocha une nouvelle décharge. La vision d'Eva s'obscurcit.

En se réveillant, Katz n'avait aucune idée de l'heure qu'il pouvait être. Le petit matin, devina-t-il. Dehors, un jour gris se levait.

Le vent produisait des grincements métalliques. Katz entendit les tuiles remuer sur le toit. Au loin, des arbres s'écroulaient avec des chocs sourds. Klingberg était assis sur une chaise, dos au mur. Il le contemplait.

— Un ouragan tropical, dit-il. De plus de douze sur l'échelle de Beaufort. C'est le bruit qu'ils font. En grossissant, ils gémissent. Bientôt, il hurlera, et tu n'entendras plus que ça.

Klingberg était plus grand que dans son souvenir – peut-être à cause de sa maigreur. Il ressemblait au portrait de son grand-père accroché au rez-de-chaussée. Sa chevelure était encore brune, pas le moindre cheveu devenu gris. Son regard, impénétrable. Il portait un pantalon kaki, une chemise beige et une veste légère.

— Un jour, Gustav m'a raconté l'histoire d'un médecin qui devait aider un Dominicain à se débarrasser de sa peau noire. Le problème, c'était que le patient n'arrivait pas à se décider. Il ne savait pas quelle couleur choisir à la place. *Moreno*, foncé, *canelo*, cannelle, *blanco-oscuro*, blanc foncé…

Si, si, ça existe. Ou *trigueño*, couleur de blé. Aucun de ces mots ne qualifie une peau blanche, ce sont des euphémismes qui renvoient à différentes nuances de peau noire. Je ne me rappelle pas la fin de l'histoire, mais je sais ce qu'elle signifie en substance : l'héritage africain est une malédiction.

Il baissa les yeux sur son pantalon, y découvrit une tache et la gratta.

— Tu as vu la cérémonie cette nuit, reprit-il. Dans la forêt. Après ton passage au cimetière. Des gens désespérés qui cherchent le réconfort dans la seule chose qui leur reste, c'est-à-dire leur foi. Ma grand-mère dirigeait ce genre de cérémonies. Marie Bennoit. Elle était prêtresse dans un péristyle, un temple vaudou, de l'autre côté de la frontière. Dans sa famille, on pratiquait la magie noire. Ou la superstition, si tu préfères.

Sur une table à côté de lui, Klingberg avait posé la figurine que Katz avait laissée à l'hôtel et le téléphone satellite caché sous le capot de la voiture.

— J'ai apporté ça, dit Klingberg. De toute façon, tu ne repartiras pas.

— Où est la fillette ? Tu devais la relâcher.

Klingberg ne répondit pas. Il alla vers la fenêtre et ouvrit les volets. Les palmiers ployaient sous le vent. Au loin, Katz entendit une espèce de rugissement – un bruit effarant.

— C'est justement ici qu'il m'avait raconté cette histoire, si je me souviens bien… Le paradis sur terre de Gustav. Une batey classique, le premier village de canne à sucre qu'il a fait construire, le seul qu'il a conservé jusqu'à sa mort. À la fin des années 1940, l'heure de gloire de la plantation, deux cents Haïtiens travaillaient ici. Dans cette villa, Gustav organisait des réceptions. Il invitait Ramfis Trujillo et son entourage – Porfirio Rubirosa entre autres. Tu sais qui c'était ? Il faisait partie de la jet-set internationale de l'époque, un play-boy, un homme à femmes. Gustav commandait des putes aux bordels de Port-au-Prince pour ses invités. Elles étaient envoyées ici à dos de mulet. De riches Blancs et de misérables Noires faisaient des orgies au bord de la piscine. Elles étaient payées en nourriture. Après la fête, elles pouvaient en emporter autant que leurs mulets en supportaient. Les Noirs étaient considérés comme une sorte de bétail humain dont on faisait ce qu'on voulait. Ça s'appliquait aussi à Marie Bennoit... Et, plus tard, à Kristoffer.

La crosse d'un revolver dépassait de la poche de Klingberg, qui hocha la tête en remarquant que Katz l'avait vu.

— Dès qu'on arrivait ici, grand-père devenait nostalgique. Une fois... J'avais douze ans... Je l'ai vu lâcher ses chiens sur un contremaître. C'était l'été avant la mort de mes parents. Gustav et moi, on était seuls ici. Le contremaître haïtien avait volé dans la caisse. Gustav trouvait que je devais voir sa punition, que ce serait instructif. L'homme a été mordu à la gorge, les marques formaient un collier sanglant autour de son cou... Je ne l'oublierai jamais.

Il se tut et regarda tristement Katz. Dehors, des chiens sauvages s'étaient mis à hurler.

— L'été 1978, Kristoffer devait être ici, mais on me le cachait. En fait, Julin l'avait retrouvé à la plantation, mais il n'était plus que l'ombre de lui-même. Julin avait tout compris : c'était grand-père qui avait manigancé l'enlèvement et renvoyé son petit-fils à Marie Bennoit pour qu'elle lève le mauvais sort qu'elle avait jeté sur la famille : Marie Bennoit – des négociations échouaient, Lisbet, la femme de Gustav, était victime d'évanouissements inexplicables... – lui faisait une trouille bleue. La terreur qu'inspirait la malédiction à Gustav a été plus forte que son amour pour son petit-fils. Julin avait des preuves. Il s'était assuré un moyen de pression à perpétuité sur mon grand-père.

Brusquement silencieux, Klingberg tourna vers Katz un regard vitreux.

— Tu as des questions ? lui demanda-t-il. Par exemple sur ce qui s'est passé au port de Hässelby ?

Katz acquiesça et, dans le même temps, fouilla très discrètement dans sa poche. Il s'était endormi tout habillé. Le pistolet d'abattage était toujours là.

— J'ai été réveillé par des cambrioleurs, reprit Klingberg. J'ai eu la frayeur de ma vie et je me suis caché dans le coffre d'une couchette. Les adultes étaient partis en ville. Pontus et ses amis voulaient aller prendre un verre. À travers la fente du couvercle, j'ai vu deux garçons de mon âge vandaliser le bateau. Et j'ai décidé que ça ne resterait pas impuni.

— Tu nous as suivis ?

— Toi et l'autre, vous vous êtes séparés. Tu es parti avec une fille. Eva, la mère de Lisa. Vous êtes allés dans un garage à vélos où vous vous êtes défoncés… Vous étiez complètement K-O.

— Mais tu n'étais pas seul…

Klingberg lui lança un regard désolé.

— Non, j'ai appelé mon ancienne bonne, Sandra Dahlström, qui est venue m'aider. Pendant que vous dormiez, elle vous a injecté encore plus de drogue. Ensuite, on vous a emmenés sur un îlot à proximité et j'ai eu le droit de faire de vous ce que je voulais. Je crois que j'ai hérité de la soif de vengeance de mon grand-père.

Klingberg regarda l'heure.

— Debout, dit-il à Katz. Il faut qu'on en finisse avant l'arrivée de l'ouragan.

Lorsqu'ils sortirent dans la cour, l'ouragan s'était encore intensifié, les chiens sauvages s'étaient tus. Ils traversèrent lentement le village. Son revolver braqué dans le dos de Katz, Klingberg poursuivait son récit, comblant les lacunes, complétant l'histoire comme s'il voulait s'assurer que son ancien camarade la comprendrait dans ses moindres détails.

Il lui parla de la haine qu'il éprouvait pour ses parents et pour son grand frère disparu, dans l'ombre duquel il avait vécu, de sa haine envers lui-même, parce qu'il était resté seul, sans eux, parce que Kristoffer était devenu le centre absolu de leur existence, l'absence à laquelle ils se référaient sans cesse. Ils n'ont jamais su que leur fils aîné était toujours en vie, qu'il se trouvait dans une plantation à la frontière entre Haïti et la République dominicaine.

Il lui raconta le meurtre de ses parents, au manoir, comment il les avait trouvés un soir, ivres morts, endormis chacun dans son canapé, au salon – l'occasion qu'il attendait. Comment il les avait traînés jusqu'au garage et assis dans la voiture, comment il avait déposé des bouteilles d'alcool sur leurs genoux, entrelacé leurs doigts, fixé le tuyau d'arrosage au pot d'échappement et coincé l'autre bout dans l'habitacle… Comment, en guise de baiser d'adieu, il leur avait fait un suçon sur le cou, sans bien comprendre pourquoi… Comment il avait démarré le moteur, le choc psychologique qu'il avait ressenti – non pas parce qu'il était en train de commettre un crime odieux, mais parce qu'il l'osait. Gustav l'avait soupçonné, mais il avait choisi de se taire.

Puis il précisa comment, adolescent, il avait éveillé la curiosité de Julin, avec ses crises de rage et son don pour les langues.

Joel relata à Katz tout ce qu'il savait sur le projet de recherche militaire, inspiré de ce qu'avait vu Julin en République dominicaine, il parla des pressions exercées sur Gustav pour qu'il finance le projet. Enfin, il expliqua comment Julin l'avait aidé à assassiner sa femme. Il ouvrait son cœur à Katz dans la certitude que ce dernier ne survivrait pas.

Après un kilomètre de marche, il se tut. Katz et lui s'arrêtèrent devant la baraque en béton décorée d'un saint Roch. Le tonneau de sel était ouvert. La porte, entrebâillée.

— Entre ! Tu ne lui fais plus peur. Pas sans ça.

Klingberg, le revolver toujours braqué sur Katz, agita le *paket*. Katz obtempéra.

À l'intérieur, sur une chaise au pied du mur, une silhouette humaine était assise, immobile, couverte d'un drap sale. Une paire de tennis blanches dépassaient. L'ouragan tonnait toujours plus fort. Klingberg dut hausser la voix pour se faire entendre.

— Prends un peu de sel dans le tonneau et jette-le sur lui.

Katz s'exécuta. Lorsque le sel toucha le drap, la silhouette tressauta.

— Recommence ! C'est comme ça qu'on réveille les morts vivants.

Katz jeta une nouvelle poignée de sel. La silhouette fut traversée de convulsions. Ses pieds raclaient nerveusement le sol. Soudain, le drap tomba.

L'homme était un métis âgé d'une cinquantaine d'années, vêtu d'un jean déchiré et d'un T-shirt souillé, le regard vide et amorphe comme celui d'un drogué. Katz remarqua son type nordique : des yeux verts, des cheveux blonds qui tranchaient avec la peau mate.

— Il se croit mort, expliqua Klingberg. Parce qu'il veut l'être… Il n'a plus aucune raison de vivre.

Sur la joue de l'homme, Katz aperçut la cicatrice laissée par le tesson de bouteille. L'homme montra ses incisives et émit un grognement bas mais distinct.

— Peu après avoir été retrouvé par Julin, mon frère est mort d'une maladie tropicale. C'était seulement un mois après le décès de Marie Bennoit. Elle l'avait élevé comme s'il était son propre fils. Elle avait fait de son mieux malgré des conditions de vie difficiles.

Klingberg jeta un regard méprisant à l'homme.

— Il prétend être Kristoffer, il dit qu'on l'a déterré après ses funérailles. Notre grand-mère n'était plus là pour le protéger contre la haine que Gustav a engendrée ici.

Klingberg saisit une poignée de sel et la jeta sur l'homme, qui tressaillit.

— Qu'est-ce que tu en penses, Katz ? C'est Kristoffer ?

Katz préféra garder le silence.

— Il a servi de cobaye à Julin… Il avait les mêmes symptômes que les autres. Il y a un hôpital de l'autre côté de la frontière, une clinique psychiatrique où on essaie de soigner les gens comme lui. Julin y est allé. À Port-au-Prince aussi. Regarde-moi ça. Une vraie chiffe molle. On peut lui faire faire n'importe quoi, il se croit obligé d'obéir.

Un coup de feu retentit, puis Katz n'entendit plus rien. Il eut une sensation de brûlure à la cuisse. Tombant la tête la première, il se cogna la joue par terre et perdit connaissance.

Eva se réveilla étendue sur le sol, dans une pièce qui sentait le moisi, les mains ligotées à un tuyau d'arrivée d'eau chaude. Son corps était encore endolori par les décharges électriques.

— Maman… Tu es là ?

La voix de Lisa provenait d'une autre partie de la maison. Eva aurait voulu crier, lui dire qu'elle était là, que tout allait s'arranger, mais elle en était incapable.

— Maman… Réponds !

Eva se mit à pleurer. Comment avait-elle pu prendre ce risque insensé ? Entrer seule dans la maison, c'était de la folie !

— Maman, s'il te plaît…

La voix de Lisa s'interrompit – on avait sans doute fermé la porte de sa geôle. Eva fit un effort surhumain pour ne pas se laisser envahir par la panique.

Quelques minutes passèrent. Son corps semblait récupérer, elle recouvrait peu à peu ses esprits. Elle entendit un bruit de pas. Brusquement, Sandra Dahlström surgit devant elle.

— Tu as dit à quelqu'un que tu avais l'intention de venir ici ?

— Non.

— Salope ! Tu mens !

— Je suis venue seule.

Sandra Dahlström pointa le Taser sur Eva et lui décocha une décharge. Eva eut l'impression d'être brûlée de l'intérieur.

— Dis-moi la vérité !

Après une minute, Eva parvint à répondre.

— Je le jure… Je suis venue seule.

— Comment tu as trouvé ?

— On fait sauter des explosifs dans un chantier à côté… J'ai reconnu le bruit au téléphone et j'ai réussi à obtenir les horaires des explosions auprès de l'entreprise responsable du chantier…

Brusquement, elle s'arrêta. Son bégaiement venait de lui verrouiller tout le corps.

Sandra Dahlström hocha la tête, se pencha vers elle et vérifia que ses liens en plastique étaient bien serrés. Puis elle alla chercher du scotch isolant dans une armoire en acier.

Il fallait gagner du temps. À tout prix. Elle devait dénicher un moyen de sortir de là. Mais la douleur de la décharge circulait encore dans son corps, engourdissant ses muscles.

Parle-lui, se dit-elle. Retiens son attention… sans bégayer.

— Je ne comprends pas, murmura-t-elle. Tu savais que Julin se servait de Jonas comme cobaye et tu n'as rien fait pour le protéger.

Sandra l'ignora et sortit de l'armoire un torchon de cuisine qu'elle roula en boule.

— Tu savais que Klingberg et Julin avaient assassiné Jonas. Ici même, dans cette maison, en lui injectant une forte dose d'héroïne.

Sa voix ne portait plus. Sandra attrapa le scotch isolant et en arracha un morceau à pleines dents. Dans la faible lumière de la porte entrebâillée, les cicatrices de morsures luisaient sur ses bras.

— Comment se fait-il que Joel exerce un tel pouvoir sur toi ?

— L'amour, tout simplement.

Ils entretenaient donc une relation depuis que Klingberg était adolescent… Tout en réfléchissant, Eva tirait discrètement sur ses liens pour en éprouver la résistance. Chacun assouvissait ses besoins, chacun y trouvait son compte. Sandra avait essayé d'aimer Linnie aussi fort, mais n'y était jamais parvenue. Elle avait continué à fréquenter Klingberg tout en sachant pertinemment qu'il se servait d'elle.

— Tu ne m'as toujours pas dit la vérité. Est-ce que quelqu'un sait que tu es là ?

— Non.

Sandra modifia le réglage de son Taser.

— Maintenant, il est sur la puissance maximale. Je vais aller le tester sur ta fille.

À cet instant, Eva sentit une bouffée de haine l'envahir qui dépassait de loin la peur et la douleur.

— Si tu la touches, je te tue.

Sandra Dahlström lui lança un regard indifférent, puis, se penchant sur elle, enfonça le torchon en boule dans sa bouche et le fixa en faisant plusieurs tours de scotch autour de sa tête.

Puis elle sortit. Durant les dix secondes interminables qui suivirent, Eva fut submergée par l'idée que sa fille allait mourir, qu'elle allait elle-même mourir, que lorsque tout serait fini, il ne resterait plus qu'Arvid. Lisa l'appela à nouveau, faiblement, de loin. Eva soufflait bruyamment par le nez. Le torchon enfoncé dans sa bouche l'empêchait de respirer.

Soudain, deux coups de feu retentirent dans la pièce adjacente. Ils provenaient d'une arme à poing. On poussa un cri, des pas s'éloignèrent en courant.

Quand Eva retrouva ses esprits, Jorma était penché au-dessus d'elle, occupé à défaire ses liens. Elle avait dû tourner de l'œil.

— Lisa… Où est-elle ?

— Dans une autre pièce. Indemne.

— Et Sandra ?

— Je ne sais pas. Elle a disparu.

Jorma tenait un pistolet.

— Tu lui as tiré dessus ?

— Je ne sais pas si je l'ai touchée. Je ne savais même pas si j'étais au bon endroit. J'ai trouvé ton foulard accroché à des ronces… Il m'a conduit à l'entrée. Arrivé dans la maison, j'ai vu une femme qui pointait un Taser. J'ai tiré sans crier garde.

Il conduisit Eva le long d'un hall jusqu'à une pièce aveugle à l'autre bout du bâtiment. En découvrant sa fille sanglée à un lit d'hôpital, elle ressentit une douleur indescriptible. Un désespoir sans fond. Mais Lisa était en vie, c'était tout ce qui comptait.

Ensuite, sa mémoire flanchait. Elle se souvenait avoir longuement tenu Lisa dans ses bras pendant que Jorma fouillait le reste de la bâtisse. Elles avaient pleuré ensemble de peur et de soulagement. Puis Jorma l'avait appelée depuis le laboratoire. Le corps sans vie de Sandra Dahlström gisait sur le sol. Elle avait dû avaler du poison, son visage était noir violacé. Eva ne se souvenait plus si Lisa avait vu le cadavre ou si elle était encore dans la chambre aveugle à ce moment-là. Ou déjà sortie de la maison. Plus tard, Eva avait appelé Ola en larmes pour lui annoncer la fin du cauchemar.

Encore agenouillé dans l'enclos d'abattage, Katz se sentait engourdi et confus. On lui avait administré la même substance qu'à la cabane de chasse, mais une dose plus forte. Klingberg n'avait pas eu besoin de l'attacher. Les muscles de Katz ne répondaient plus.

Quelque chose lui serrait la tête. Il avait un disque de métal fixé sur le front, dont les bords tranchants l'écorchaient. Un masque d'abattage.

Klingberg se tenait devant lui. Il souleva une bouteille en plastique et en renifla le contenu.

— De la tétrodotoxine mélangée à une substance hallucinogène, la bufoténine. Dans le temps, on en enduisait l'intérieur des chaussures de la victime, ou on lui en versait sur le dos. Une fois que la victime, qui avait manifesté tous les symptômes de la mort clinique, était enterrée, le sorcier qui l'avait empoisonnée la déterrait.

La cuisse de Katz saignait abondamment. Toutefois, la balle semblait avoir traversé le tissu musculaire sans toucher l'os ni les artères.

Klingberg s'approcha et versa quelques gouttes de la solution sur la blessure. Puis il dit quelques mots en espagnol à l'homme aux tennis blanches et tourna les talons.

Par la porte ouverte, Katz vit les chiens sauvages rassemblés sur la route, affamés. Ils avaient flairé la chair fraîche. Quand le corps de Katz, maculé du sang qui aurait giclé de l'orifice d'entrée du piston dans son front, serait abandonné dans la baraque, ils entreraient. Ils le lécheraient d'abord, puis ils s'attaqueraient aux tissus mous... peut-être commenceraient-ils par le cou... Car Klingberg l'aurait déchiqueté avant eux, comme il avait vu un limier le faire à un employé agricole, un jour, dans un passé lointain, à la plantation de son grand-père.

Katz fut envahi par une puissante sensation de paix – la même que celle d'une montée d'héroïne. Ses muscles ne lui obéissaient plus, mais les endorphines faisaient leur effet. Était-ce la mort qui lui était réservée? Heureux, défoncé sous l'effet de psychotropes caribéens?

Le vent hurlait au-dehors. Il vit voler des tuiles, légères comme des feuilles mortes, puis d'autres débris : planches, branchages, buissons arrachés avec leurs racines. Des tôles se détachèrent d'un bâtiment au loin, s'élevèrent dans les airs et flottèrent à trente mètres de hauteur avant de retomber avec fracas.

Dans l'abri, tout était étrangement tranquille. L'homme se tapait doucement la jambe avec un marteau. Il semblait absent, encore plus défoncé que Katz. Un miséreux dans un trou perdu au bout du monde. Qui était-il? Kristoffer Klingberg? Son corps était couvert de cicatrices. Sur le dos, des stries indiquaient qu'il avait été sauvagement fouetté – quand il était enfant? Esclave dans la plantation d'un homme blanc? Mort depuis de longues années... Mort vivant. Quels traumatismes pouvaient bien conduire un être humain à s'autosuggérer qu'il était mort? Cela dit, Katz connaissait la réponse. N'avait-il pas lui-même vécu ainsi pendant plus de dix ans? Tel un zombie?

Katz entendit Klingberg comme à travers un couloir long d'un kilomètre. Que faisait-il encore là ? Voulait-il assister à son exécution ? Quoi qu'il en soit, il hurlait pour se faire entendre :

— C'est logique, Katz ! Quand tu mourras, je relâcherais la petite ! Tu es prêt à te sacrifier ?

N'étant pas en mesure de parler – il ne pouvait même plus avaler sa salive –, Katz acquiesça du regard. Il ne pensait pas que Klingberg épargnerait la petite pour autant. Au point où il en était arrivé, ce fou furieux...

— J'aurais pu retourner en Suède... D'ailleurs, je le pourrais peut-être encore. Tout t'accuse. On te condamnera pour le meurtre de Julin aussi. Et c'était la seule personne qui, théoriquement, aurait pu témoigner contre moi. Tu sais pourquoi je l'ai tué ?

Il observait fixement Katz.

— Parce qu'il voulait te tuer. Tu étais sur la piste du jeune sourd-muet, il ne voulait pas prendre de risques. Je m'y suis opposé. Je t'ai sauvé la vie. Parce que je me réjouissais à l'idée que tu sois traqué pour quelque chose que j'avais fait...

L'ouïe de Katz commençait à se brouiller, il ne comprenait plus les vociférations de Klingberg. Par intermittence, comme si on actionnait un relais électrique dans sa tête, le vacarme ambiant prenait le dessus – une sorte d'acouphène hallucinatoire.

— Ça a été si facile de se servir de toi, Katz. Tu étais condamné d'avance, exactement comme à Hässelby.

Quand il était rentré de chez son grand-père, Klingberg avait soudain eu l'impression de reconnaître l'expression dure et froide de Katz. Il avait alors compris deux choses : Katz avaient couché avec Ingrid, et Katz était l'un des voyous qui avaient vandalisé le yacht de son grand-père. Klingberg n'avait eu aucun mal à voir ses soupçons confirmés. Katz, le camarade qui l'avait défendu contre un parachutiste à

Karlsborg, l'ami qu'il admirait tant… Klingberg avait ressenti une haine croissante envers lui. Contre Ingrid aussi. Depuis la disparition de son frère, depuis que ses parents lui avaient préféré le chagrin, il ne supportait plus la trahison. L'été suivant, Ingrid n'était jamais revenue de son voyage linguistique en France. Elle avait disparu corps et biens au cours d'une randonnée dans les Pyrénées. Klingberg savait où se trouvait son corps, évidemment. Enfin, ce qui en restait.

La colère, songea Katz. Cette terrible colère qu'ils portaient tous les deux en eux. Il fallait que Katz réveille la sienne pour avoir une chance de s'en sortir. Seule la colère lui donnerait l'énergie de se libérer. Il se moqua intérieurement de sa propre folie.

— Les étoffes…, parvint-il à articuler. Quelqu'un t'a envoyé des étoffes vaudou juste avant ta disparition.

— Oui. Bizarre, tu ne trouves pas ?

Klingberg ricana.

— Un Noir tue un Juif. N'est-ce pas ironique ? Bientôt, dès que je serai parti, il va te percuter la tête avec ce piston. Neuf centimètres de métal enfoncés dans le cerveau.

Klingberg était antisémite. Raciste et antisémite, comme son oncle et son grand-père. Katz l'avait pressenti quand ils étaient à l'École d'interprètes, mais avait choisi de l'ignorer. À vrai dire, il se fichait éperdument de tout ce qui se rapportait à Klingberg. Parce qu'au fond il le méprisait.

— Si tu te voyais, Katz, le spectacle ne t'enchanterait pas. Un masque d'abattage sur la tête, à genoux, couvert de merde.

En effet, Katz sentait l'odeur de son ultime humiliation. Peu importait. La drogue le rendait heureux, elle faisait de lui un homme sans vie. Klingberg saignait du nez, un filet rouge courait sur son menton, le long de sa gorge, mais il ne semblait pas s'en rendre compte.

— Je dois partir, maintenant, annonça-t-il. Avant que les routes ne deviennent impraticables.

Après avoir fait un signe de tête au mort vivant, il sortit à reculons de la pièce. Sur le seuil, alors que le vent tiraillait ses habits, il s'arrêta un court instant, puis il tourna les talons et, recroquevillé, s'éloigna le long de la route.

En prenant conscience de ce qui l'attendait, Katz eut le vertige : il lui restait dix ou vingt respirations avant de mourir.

L'homme allait être obligé de s'accroupir en face de lui pour lui assener le coup mortel à l'aide du pistolet d'abattage. Sauf s'il préférait soulever Katz et l'appuyer sur quelque chose. Ou l'étendre sur le dos.

La colère, se répéta Katz. C'est maintenant qu'elle doit ressurgir. Elle seule pouvait le sauver. Elle seule lui avait permis de survivre à la rue pendant tant d'années.

Dans l'un de ses poings serrés, il avait gardé un peu de sel. En pensant à Angela, à Eva, à Lisa que Klingberg retenait captive quelque part et qu'il n'épargnerait pas, il sentit l'euphorie artificielle faire peu à peu place à la noirceur et à la haine.

L'homme s'agenouilla devant lui et leva lentement le marteau. Ainsi campé, il se rendit compte qu'il ne pourrait pas abattre Katz sous cet angle.

Il se releva et, d'un léger coup de pied, fit basculer Katz en arrière. Celui-ci se retrouva dos à une paroi de planches. Dehors, la tourmente faisait rage, un tronc d'arbre roula sur la route, des tuiles volèrent, des tôles ondulées traversèrent les airs. La haine grandissait en Katz, toute cette haine accumulée depuis l'enfance. Il parvint à hisser la main devant son visage, comme pour se protéger. Sans comprendre, l'homme le regarda lécher le sel dans son poing ouvert. Katz sentait le poids du pistolet d'abattage dans sa poche. Ses muscles se ravivèrent, lui arrachant un gémissement de douleur. Mais il resta concentré sur sa colère, qui était en train de le ressusciter.

L'homme se pencha sur lui, brandissant le marteau. Le sel agissait… Les crampes qui paralysaient le corps de Katz s'atténuaient peu à peu, il fut traversé de convulsions et s'affaissa sur le côté. Quand l'homme se pencha en avant pour le relever, il tenait le pistolet caché dans sa main. Encore un peu plus près… L'homme allait devoir tirer Katz par les bras pour l'étendre sur le dos. Katz flaira son haleine, l'odeur d'huile anti-insectes qui émanait de sa peau…

Plus que vingt centimètres entre eux… Katz s'étonna de la précision de ses propres mouvements, il exécuta le geste comme s'il était parfaitement préparé à la situation. Lorsqu'il pointa l'objet froid sur la tempe de l'homme, celui-ci parut étonné. Katz actionna le levier déclencheur et son bras fut parcouru par la secousse du recul. L'homme s'affaissa sur lui, la moitié gauche de son os frontal enfoncée dans son cerveau.

Combien de temps Katz passa-t-il ainsi, écrasé sous le poids de l'homme mort ? Une heure ? Vingt-quatre heures ? En proie à des hallucinations auditives, il était persuadé que le mort lui parlait. En suédois. Kristoffer… N'était-ce pas lui, malgré tout ?

Finalement, le dérèglement des sens reflua comme la marée. Katz retrouva ses forces et put à nouveau bouger.

Le soir venu, il sortit de l'abattoir. L'ouragan était passé. Le village de canne à sucre ressemblait à un champ de bataille. Les fenêtres de la maison principale étaient brisées, le toit, envolé. Partout gisaient des débris, pêle-mêle. Depuis l'orée du bois, les chiens sauvages observaient Katz, titubant vers la maison. La Land Rover avait disparu. Klingberg n'avait pas pris la peine de vérifier que sa victime était bien morte avant de partir.

Katz monta dans sa chambre. Sur le lit, il aperçut son portefeuille et son téléphone, dont la sonnerie retentit au même instant. Klingberg, se dit-il. Mais ce fut la voix de Jorma qui résonna dans le combiné, lointaine :

— Katz, c'est toi ? On a retrouvé Lisa... Elle est indemne...

La communication fut coupée. L'appareil venait de consommer la dernière once d'électricité contenue dans la batterie.

Katz loua une petite chambre sommairement meublée à Las Malvinas, un quartier nord de Saint-Domingue : un lit, une lampe et un lavabo en inox. Toilettes et douche sur le palier.

Le premier soir, il acheta quelques grammes d'herbe jamaïcaine à un revendeur de rue. Il roula un joint et le fuma devant sa fenêtre en regardant distraitement le coucher de soleil. À cette latitude, la nuit tombait aussi vite que quand on tourne le variateur d'une lampe. La mer était d'huile. La tempête avait frôlé la côte sans causer trop de dégâts.

Katz avait fait du stop. Un camion chargé de poterie l'avait conduit de Port-au-Prince à Saint-Domingue. Où avait-il puisé la force de se déplacer? Il n'en savait rien. Il avait boitillé pendant une heure le long de la route, en pleine jungle. Il avait traversé la frontière et atteint une bourgade haïtienne. Des villageois bienveillants s'étaient occupés de lui. On avait fait appel à Médecins sans frontières pour soigner sa blessure par balle. On l'avait laissé dormir dans un hamac à la mission, on lui avait donné de l'eau et de la nourriture. Le lendemain matin, on avait arrêté un camion dans la rue principale pour qu'il puisse repartir.

— Erzulie Freda? avait demandé Katz en montrant le poupon en robe à paillettes pendu au rétroviseur.

Le chauffeur lui avait adressé un sourire comme Katz n'en avait pas vu depuis bien des années.

Il ne savait pas combien de temps il resterait. Jusqu'à ce qu'il y voie plus clair. Et qu'il ait accompli ce qu'il s'était promis de faire.

Il récupérait progressivement. Le poison n'avait pas entièrement quitté son corps, il agissait encore sur ses muscles, mais la plaie sur sa cuisse cicatrisait à une vitesse étonnante. Il évitait autant que possible de penser à l'homme qu'il avait tué.

Dès son arrivée à Saint-Domingue, il avait appelé Eva.

— Tu me manques, avait-elle dit. Quand est-ce que tu reviens?

— Je ne sais pas.

— Tu regrettes qu'on ait couché ensemble?

— Je ne crois pas.

Il avait entendu sa respiration calme et compris son soulagement d'avoir récupéré sa fille. Elle avait essayé de lui raconter comment ils s'y étaient pris, mais Katz n'avait pas eu la force de l'écouter, encore moins de lui raconter ce que lui-même avait vécu.

— Fais-moi signe à ton retour, Katz. On a plein de choses à démêler.

En attendant, il s'attelait à sa tâche : sonder le terrain, réfléchir, se procurer un plan du port. Un matin, il se rendit avenue Sarasota, un peu excentrée. L'immeuble rose datait de la fin des années 1950. L'entrée était surmontée d'un relief représentant une ménorah – le chandelier à sept branches.

Le service du samedi matin avait déjà commencé. Katz prit une kippa et un livre de prières sur une étagère et l'ouvrit à la page de l'*Amidah*. À gauche, le texte en espagnol, à droite, en hébreu. Debout sur la bimah, le cantor lisait de sa belle voix soporifique, une basse profonde et résonnante.

Dans l'assemblée, une trentaine de personnes, la plupart d'origine séfarade–, c'est-à-dire plutôt petites et à la peau mate. Hommes et femmes étaient séparés par l'allée centrale. La mekhitsa était munie d'un rideau qu'on n'avait pas pris la peine de tirer. Personne ne parut remarquer sa présence. On le prenait peut-être pour un des habituels touristes américains.

Le cantor en était à la parasha de la semaine. L'extrait parlait de vengeance : de la vengeance divine, juste mais impénétrable, et de la soif de vengeance humaine, compréhensible mais vaine.

Après le service, le religieux s'approcha de Katz pour faire sa connaissance, s'étonna de sa nationalité suédoise et lui parla de la communauté de Saint-Domingue, la plus ancienne du Nouveau Monde. Les premiers séfarades étaient arrivés avec les colons espagnols et avaient conservé clandestinement leur foi. Plus tard, d'autres Juifs étaient arrivés des Antilles hollandaises et, pendant la guerre, il y avait eu des réfugiés européens. Trujillo s'était montré généreux. Il les avait accueillis dans le pays. On avait alloué aux Juifs un territoire au nord de l'île, dans la province de Sousa. Le Jewish World Congress s'était chargé de leur acheter des terres et du bétail.

Le cantor décrivit en riant la pénible reconversion d'universitaires allemands en fermiers.

— Tu as besoin d'aide ? finit-il par demander à Katz.

— Oui…

— Dis-moi ce qu'il te faut.

— Il me faut un pistolet. Mais n'aie pas peur.

Le cantor prit un air grave.

— Tu as des ennuis ?

— C'est uniquement pour me défendre. Si tout se déroule comme prévu, je n'en ferai pas usage.

Hésitation. Katz était un parfait inconnu. Sa demande devait paraître absurde. Toutefois, le cantor lut dans son regard la gravité de sa situation et sut apprécier sa franchise.

— Tout ce que je peux te donner, c'est un numéro de téléphone. Ensuite, il faudra te débrouiller. Le shabbat dure encore huit heures. Repasse après la havdalah.

Le bateau était amarré tout au bout d'un ponton sur le fleuve Ozama, avec les autres yachts de luxe. Katz l'observait à travers des jumelles. Le *St Rochus* naviguait désormais sous pavillon panaméen.

— Mille pesos pour m'emmener là-bas.

Depuis le pont de son bateau de tourisme, l'homme le regarda d'un air sceptique.

— Maintenant ? Il va bientôt faire nuit.

— Oui, maintenant.

— Qu'est-ce que tu vas faire là-bas ? Je ne veux pas être mêlé à des affaires louches.

— Je veux jeter un coup d'œil, c'est tout.

Katz sortit de sa poche une liasse et tendit un billet de cinquante dollars à l'homme. À bord du bateau, il sentit la rage se réveiller en lui. Il fallait qu'il trouve un exutoire à sa colère, sinon elle l'étoufferait.

Il ôta son sac à dos étanche et le posa sur le pont. Il ne pesait presque rien. Une torche électrique, une bombe de gaz poivré et un Colt miniature, voilà tout ce qu'il contenait.

Ils quittèrent la rive. La nuit était en train de tomber sur l'embouchure du fleuve. Des lanternes s'allumaient sur les ponts des bateaux, le long des quais.

Le *St Rochus* – le yacht qu'il avait vandalisé dans une autre vie – était amarré tout au bout.

Ils contournèrent la jetée extérieure et s'approchèrent des docks. Katz vérifia l'heure : 18 h 30. La chaleur restait suspendue dans l'air comme un bandage moite.

— Je n'irai pas plus loin, prévint l'homme. Des gardes patrouillent sur les quais. Tu veux faire demi-tour, ou je te dépose ici, sur le Malecón ?

Lorsqu'il se retourna vers son passager, celui-ci avait disparu.

Devant la grille qui délimitait la zone des plaisanciers, côté terre, un homme montait la garde. Katz nagea en silence vers l'arrière du bateau le plus proche. Plus loin, sur une embarcation surmontée d'une maison de trois étages, une fête battait son plein.

À l'ombre de la coque, personne ne pouvait le voir. Dix mètres plus loin, un homme en smoking pissait par-dessus le bastingage. Katz resta immobile, agrippé à une chaîne d'ancre, respirant les odeurs d'essence et de grillades. Sa blessure à la jambe ne le faisait pas souffrir. Une fois l'homme disparu, il reprit son chemin.

Katz arriva au *St Rochus* plongé dans le noir. Klingberg s'était absenté. Tôt ou tard, il reviendrait. Katz n'était pas pressé. Il l'attendrait. La vengeance est un plat qui se mange froid.

Il fit le tour du yacht à la nage, rasant la carène. Il tendit l'oreille : rien. Cabines éteintes. Personne sur le pont.

À côté du plongeoir, une échelle permettait de monter à bord. Katz grimpa et s'affaissa au pied d'une paroi. Le clapot produisait de petits soupirs en s'écrasant sur la coque. Une scène de l'abattoir revint à Katz en flash-back. Il n'avait pas eu le choix. Il allait cependant devoir vivre avec un mort sur la conscience pendant le restant de ses jours. La colère grondait en lui – une profonde haine pour Klingberg.

Il ôta son sac à dos et sa chemise trempée, puis attendit que le garde arrive à l'opposé du quai. Il se faufila alors le long du pont jusqu'à la porte qui menait aux cabines et au salon. Elle n'était pas verrouillée.

Il descendit l'escalier exactement comme ce soir-là, avec Jorma, le revolver dans une main et la torche électrique dans l'autre. Par une porte de cabine ouverte, il projeta le faisceau de sa lampe : une couchette sale, des restes de nourriture dans des emballages en plastique, une forte odeur d'huile anti-insectes – celle de l'homme qu'il avait tué.

Il pénétra dans le salon, identique à ses souvenirs : des meubles fixés au sol, une table, un comptoir en teck.

— Asseyez-vous, Katz !

L'ordre avait surgi d'un coin sombre au fond de la pièce. Une voix suédoise, mais pas celle de Klingberg. Katz distingua deux hommes confortablement installés dans un canapé et un troisième, accroupi à côté d'un coffre-fort encastré dans une cloison. L'homme qui avait parlé pointait sur lui une arme munie d'un silencieux.

— Posez votre revolver sur la table. Je ne voudrais pas qu'il arrive un malheur.

Katz obéit.

— Videz vos poches, je vous prie.

La bombe de gaz poivré, son dernier recours... Il la posa sur la table.

— Bien. Installez-vous. Ne vous inquiétez pas, vous ne risquez rien. Nous voulons juste discuter un peu avec vous.

De son arme braquée sur Katz, l'homme suivait avec souplesse et stabilité chacun des mouvements de sa cible. Pas un tremblement. Un professionnel. Katz s'assit.

— Où est Klingberg ?

— Dorénavant, vous n'aurez plus à vous soucier de lui. Dans quelques années, il sera déclaré mort. On ne retrouvera pas son corps. C'est simple, il n'existe plus.

Katz, ébahi, dévisageait son interlocuteur. Difficile de distinguer ses traits dans l'obscurité. Il était solidement bâti, barbu, chauve.

— À mon grand regret, je ne peux pas me présenter. Mes collègues non plus.

Le Lynx. Le chef de Julin.

L'homme accroupi sortit un objet du coffre-fort, peut-être un disque dur. Il le rangea dans un sac et se redressa.

— Quand nous aurons terminé, il faudra que vous oubliiez chaque instant de notre rencontre. C'est simple, elle n'a jamais eu lieu.

Katz acquiesça, dans l'attente d'une quelconque explication.

— Vous avez deviné qui je suis, je crois. Ou plutôt, mon alias. Il disparaîtra lui aussi, et vous ne le prononcerez plus jamais. Sous aucune circonstance. Vous nous avez donné du fil à retordre. Comme quoi la seule manière de stocker des informations en toute sécurité, c'est de les garder ici, précisa-t-il en designant sa tête. Et si, envers et contre tout, vous entriez à nouveau par effraction dans notre système informatique, vous n'y trouveriez rien. Ce que vous avez vu… Disons, quelques fragments d'un ensemble plus vaste… N'existe plus. Tout est effacé.

L'homme croisa les jambes et, pointant toujours son arme sur Katz, l'observa attentivement.

— Ces données n'auraient même pas dû traîner dans le système. Une négligence de notre part.

Il se recula dans l'ombre. Son visage disparut presque entièrement à la vue de Katz.

— Vous devez vous poser un tas de questions. Je vais peut-être pouvoir répondre à certaines d'entre elles… On vous doit bien ça.

— Vous travaillez pour qui ? La Section de collectage d'informations spéciales ?

— C'est plus compliqué que ça. Le projet Legba avait des ramifications internationales. Il a été abandonné il y a des années de ça, mais nous sommes nombreux à devoir faire le ménage. Mes deux amis ici présents, par exemple, parlent seulement anglais. Et hébreu.

L'un des hommes esquissa un sourire fugace à l'intention de Katz. Il portait au cou une chaîne en or et un pendentif représentant un Haï. Le Mossad, se dit Katz. Ou peut-être le Shin Bet.

— C'est une vieille histoire qui remonte à la fin de la guerre froide. Il fallait anticiper le scénario catastrophe, c'est-à-dire que les Russes, en désespoir de cause, lancés dans une course aux armements qui leur coûtait beaucoup trop cher, fassent une bêtise… Lancent une attaque stratégique contre un pays neutre pour intimider l'adversaire. Certaines informations que nous avions reçues allaient dans ce sens. Ma mission était d'élaborer rapidement des méthodes plus efficaces de collecte d'informations. À savoir former les meilleurs experts en interrogatoires, des hommes prêts à enfreindre la convention de Genève si nécessaire en situation de crise, ou même avant.

— Votre mission était de former des tortionnaires ?

— Si vous posez la question dans ces termes à mes amis ici présents, vous verrez que leur perspective est assez différente. C'est un problème classique de philosophie pratique : dans quelles conditions est-il acceptable d'ôter une vie pour en sauver d'autres ?

Il garda un instant le silence avant de poursuivre :

— À l'époque, Julin était mon subalterne direct. Je lui ai donné carte blanche pour former une nouvelle génération d'interprètes militaires. À condition que les recrues ne soient pas au courant qu'elles faisaient partie du programme. Il y avait une législation à prendre en compte, mais nous voulions tout de même avoir des individus disponibles en cas de crise. Vous n'avez pas atterri dans la formation par hasard.

— J'ai été condamné à tort pour l'agression d'une femme.

— Je sais. Et Julin le savait aussi. Mais votre CV était tout de même assez étoffé. Bagarreur notoire, cambriolages aggravés, coups et blessures. Vous n'avez jamais été condamné parce que vous étiez mineur au moment des faits. Et par-dessus tout ça, vous aviez des talents extraordinaires en langues et en informatique. Vous avez été sélectionné, puis formé pour devenir une arme. On devait pouvoir vous déclencher quand les circonstances l'exigeaient.

— Et si ça n'avait pas marché ? Si j'avais refusé ?

— Je ne pense pas que vous l'auriez fait, Katz.

Qui était-il, vu de l'extérieur ? Il tenta d'analyser son parcours et ce qu'il était devenu. Mais quelque chose clochait dans le discours du Lynx, Katz n'était ni un tueur à gages ni un psychopathe.

— Et les substances que Julin utilisait dans ses expériences ?

— Elles faisaient partie du projet depuis le départ. Mais il y a eu des coupes budgétaires, les subventions ont diminué. Julin a décidé de faire cavalier seul, avec des fonds fournis par Gustav Klingberg. Et, plus tard, par Joel Klingberg.

— Et le ministère de la Défense a fermé les yeux ?

— Des soldats qui ne connaissent pas la peur. Des soldats qui tuent sans réfléchir. C'est rare. Quel commandement n'en rêve pas ? En même temps, nous pouvions nous en laver les mains. À l'état-major des armées, seules une ou deux personnes étaient au courant. Ni le commandant en chef des armées, ni le ministre n'en savait rien.

— Mais vous, si ?

— Julin nous tenait informés. Il transmettait aussi ses résultats à des organisations homologues à l'étranger, ajouta-t-il en faisant un signe de tête à l'homme assis à côté de lui. Nous n'agissons jamais seuls. Nous ne sommes pas entourés de néant. Nous sommes du bon côté, de celui des vainqueurs. Nous avons beau nous vanter de notre neutralité, nous avons tout de même des alliés. Le projet de Julin intéressait beaucoup de gens. Les Américains en avaient un du même genre. Les Russes aussi. Dans les cultures traditionnelles sibériennes, on connaît des substances végétales qui agissent sur la personnalité. Le problème, c'est que Julin est allé trop loin. Des têtes risquaient de tomber. Mon organisation pouvait pâtir de ses agissements. Vis-à-vis de ses cobayes, il ne respectait pas nécessairement notre principe de volontariat. Les toxicomanes, par exemple, ont rarement le choix. Et surtout, ils ne sont pas fiables. Tôt ou tard, il y aurait eu des fuites. Mais, en fin de compte, Klingberg a réglé le problème à notre place, puisque Julin n'est plus de ce monde.

— Et les cinquante millions ? demanda Katz. D'où sortaient-ils ?

— Ils avaient été fournis entre autres par Joel Klingberg. Et par des multinationales du secteur de la sécurité qui commençaient à s'intéresser au projet. On transférait les fonds à travers Klingberg Aluminium plutôt que Capitol Security pour éviter tout rapprochement possible avec Julin. L'argent devait être blanchi sur les îles Vierges, puis déposé sur l'un des comptes de Julin à l'étranger. Ensuite, il y a eu cette histoire avec la femme de Joel Klingberg. Elle le trompait avec son oncle. Et il a perdu les pédales.

— Comment Joel Klingberg a-t-il pu convaincre Julin de devenir complice de l'assassinat d'Angela Klingberg ?

— Il avait des moyens de pression. Julin et les Klingberg étaient en affaire depuis plusieurs décennies. Joel Klingberg l'a peut-être menacé de lui couper les fonds. Nous ne savons pas exactement. De toute façon, il est trop tard, on ne le saura jamais.

Le Lynx rangea son arme, se leva et fit quelques pas. Katz entrevoyait désormais son visage à la faible lueur qui entrait par les hublots. Entre soixante-dix et quatre-vingts ans. Bien conservé. En bonne condition physique. Sur sa gorge, d'anciennes marques de lacérations au poignard. Cet homme venait d'en tuer un autre : Klingberg. Pour sauver sa peau. Sans l'ombre d'une hésitation.

Le Lynx sortit de sa poche intérieure un document qu'il posa devant Katz : un passeport russe.

— La question, maintenant, c'est : que faire de vous ? À mon avis, vous avez deux possibilités. Soit vous restez ici, avec notre soutien. Vous avez déjà un début de fausse identité… Vous deviendrez le journaliste russe Igor Liebermann. Vous n'avez pas de famille en Suède, vous ne manquerez à personne. Nous disposons de cinquante millions de couronnes sur un compte anonyme à la *Banco Popular Dominicano*. Pour nous, ce ne sera pas grand-chose de modifier les données et de vous en reverser une partie. Disons quinze millions. Si vous ne vous plaisez pas aux Caraïbes, mes amis ici présents peuvent se débrouiller pour que vous soyez accueilli chez eux. Vous suivriez pour ainsi dire les pas de vos grands-parents.

Il sait tout sur moi, se dit Katz. Il me suit à distance depuis des années, il a suivi mon évolution comme un chercheur observe son objet à la loupe.

— Quelle est l'autre possibilité ?

— Nous faisons le ménage après Klingberg. Vous êtes innocenté, vous continuez votre vie à Stockholm, mais à une condition : vous restez à notre disposition. Je dois vous avouer que vous m'avez impressionné.

— Et si je refuse ?

— Ce sera difficile. Vous allez sans doute bientôt devoir donner un coup de main à un ami qui va au-devant de difficultés.

Il se tut et scruta Katz, lui laissant le temps de digérer le message.

— Bref… Quel que soit votre choix, il y aura une condition *sine qua non* : que cette rencontre n'ait jamais eu lieu.

Stockholm, juin 2012

Par une nuit douloureusement claire de la fin du mois de juin, ils se trouvaient tous les trois réunis dans le salon de Jorma, à Midsommarkransen. Le froid entrait par la porte grande ouverte du balcon.

— À quoi tu penses ? lui demanda Eva.

Elle était assise sur le canapé, tout près de lui. Il prit la bouteille de rhum qu'il avait rapportée de son voyage et remplit leurs verres : du Barbancourt haïtien.

— À rien.

— Tu es sûr ? On aurait dit que si.

— J'en suis sûr.

Il leur avait raconté quasiment toutes ses aventures, sauf sa rencontre avec le Lynx. Il leur avait annoncé que Klingberg était mort, qu'il tenait le renseignement de source sûre, mais qu'il ne savait pas comment c'était arrivé. Il avait parlé d'Ingrid, la petite amie de Klingberg, de ce qu'il avait vécu à la plantation, des rôles que Gustav Klingberg et Julin avaient joués dans l'enlèvement du petit Kristoffer. Ils avaient posé des questions, Katz y avait répondu du mieux qu'il le pouvait. Puis la conversation avait tourné court. Après tout ce qu'ils avaient traversé, ils étaient épuisés.

— Une étoile de David, comme quand tu avais seize ans…

Elle toucha le pendentif de Katz.

— Mon père me l'avait offerte pour ma Bar Mitzvah. Je l'ai remise hier. Ça faisait des années que je ne la portais plus.

Il avait beaucoup pensé à Benjamin. Âgé de quatorze ans quand il était mort, il n'en gardait que de pâles souvenirs. Il avait sans doute refoulé les images trop douloureuses.

Il ferma les yeux, se remémorant la synagogue de la Sankt Paulsgata le jour où on lui avait demandé de s'avancer pour bénir la Torah et en lire un extrait en hébreu. En découvrant qu'il savait attacher les téphillins, le *chel roch* au-dessus de la naissance des cheveux, bien au milieu, et le *chel yad* sur le biceps droit car il était gaucher, son père s'était illuminé. Katz portait également le talit, le châle de prière – ce fut la seule et unique fois de sa vie. Assis au premier rang, sa kippa fixée sur son crâne dégarni, son père rayonnait de fierté. Six mois plus tard, il n'était plus.

À Saint-Domingue, le passé était venu hanter, Katz. Ses parents lui étaient apparus comme des fantômes pleins de mystères, laissant dans leur sillage une foule de questions qu'il ne s'était jamais posées. Pourquoi l'avoir laissé en plan ? Pour avoir déménagé sans arrêt ? Les accès de rage de Benjamin… Quelle était leur origine ? Avait-il vraiment tué un homme pour un passeport ? Anne, sa mère, avait quinze ans de moins que son mari. Katz ne l'avait guère connue non plus. Ils l'avaient tenu à l'écart, c'était eux deux contre le monde.

Soudain, il frissonna. Eva alla fermer la porte du balcon. En revenant, elle interrogea Katz :

— Le fichier que tu as trouvé dans l'ordinateur de Klingberg, celui qui contenait des notes… Qu'est-ce qu'il faisait là ? Il y parlait d'un éventuel lien entre l'enlèvement de son frère et la mort de ses parents, c'est ça ?

— C'était pour qu'on le croie innocent. Il ne savait pas exactement ce qui allait se passer une fois la mécanique enclenchée. Il avait laissé de subtils indices de son innocence au cas où on se mettrait à farfouiller dans son ordinateur.

Jorma, assis au piano, hocha la tête.

— Il voulait se réserver la possibilité de revenir en Suède et de clamer : « Regardez ! Je n'ai rien à voir avec tout ça ! »

— Quelque chose de ce genre.

Jorma semblait absent. L'effet de la boisson ?

— Et Jonas Åkesson… Il doit y en avoir plein d'autres comme lui, des drogués qui ont été les cobayes de Julin…

Peut-être, songea Katz. Mais ils ne le sauraient jamais. Le Lynx aurait bientôt fait le ménage.

Jorma se mit à jouer. Katz contempla ses doigts agiles, sa main gauche qui triturait les basses, frappant des accords colorés, alors que sa droite tâtonnait dans les aigus, avançant timidement dans la mélodie. Un air de Carmichael – d'une beauté profonde.

Katz fit semblant de ne pas remarquer le bras qu'Eva avait lové autour de sa taille.

Il aurait pu rester à Saint-Domingue. Était-ce une erreur de revenir ? Après la rencontre sur le yacht, il y avait passé encore deux semaines sous son faux nom d'Igor Liebermann, dans un hôtel du Malecón, pour voir l'effet que cela lui faisait. Le Lynx avait raison, il n'avait pas de famille, il ne manquerait à personne, sauf aux deux amis qui se trouvaient dans la pièce, Jorma et Eva.

Une nouvelle identité, le droit de disparaître… N'était-ce pas ce dont il rêvait depuis si longtemps ? Quinze millions en capital de départ. Pourquoi ne pas avoir saisi l'occasion ?

Parce qu'on ne pouvait pas se mentir à soi-même.

Il se servit du rhum et saisit la main d'Eva. Elle avait un peu trop bu – il fallait la prendre comme elle était. Au fond, on ne changeait pas. On n'oubliait jamais d'où on venait.

À présent, Jorma jouait un morceau classique. Une sonate pour piano. Dans un lointain passé, à la maison de redressement de Hässelby Gård, un professeur de musique avait déclaré n'avoir jamais rencontré de musicien aussi doué que lui. À condition que Jorma suive un enseignement *ad hoc*, il aurait le monde à ses pieds, lui avait prédit son professeur. Ce n'était pas arrivé. Personne n'avait eu le courage de le mettre sur la bonne voie.

Katz contempla son plus vieil ami : visage fermé, regard tourné vers un ailleurs hypothétique. Une petite lueur de souffrance au coin de l'œil.

Il laissa errer ses pensées. Il se souvint de la lettre de mendicité qu'il avait écrite à Klingberg quinze ans auparavant… Ce geste fâcheux n'était pas resté impuni. Klingberg l'avait transmise anonymement aux journaux après le meurtre d'Angela pour lui faire porter le chapeau. La toxicomanie l'avait fait ramper, mendier, s'humilier – mais c'était du passé.

Jorma jouait toujours, l'air distrait. Quelque chose clochait. Un ami qui va au-devant de difficultés… Était-ce de lui que parlait le Lynx ? Sauf si Katz se faisait des idées…

Quoi qu'il en soit, il n'avait pas encore donné de réponse définitive. Il aurait eu bien du mal. On ne trouvait pas un homme comme le Lynx dans l'annuaire. À un moment ou à un autre, il prendrait sans doute contact avec Katz… Sauf si toute l'histoire était reléguée aux oubliettes.

Danielsson avait en tout cas reçu les informations nécessaires pour l'innocenter. Eva s'en était chargée. On s'en était également mêlé en haut lieu. L'enquête avait été classée secret. Le Lynx avait sans doute tiré les ficelles en coulisses.

Dehors, la nuit tombait lentement. La lumière faiblissait, mais elle ne disparaîtrait pas complètement. Nuits blanches à Stockholm. Sa ville. Il se resservit une larme de rhum, la dernière de la soirée. Il voulait se réveiller vif et alerte le lendemain.

CET OUVRAGE A ÉTÉ COMPOSÉ
PAR DATAMATICS
ET ACHEVÉ D'IMPRIMER
PAR CPI – FIRMIN-DIDOT – LE MESNIL SUR L'ESTRÉE (EURE)
POUR LE COMPTE DES ÉDITIONS J.-C. LATTÈS
17, RUE JACOB - 75006 PARIS
EN MARS 2016

N° d'édition : 01 – N° impression: 134187
Dépôt légal : avril 2016
Imprimé en France